Seduzida por um Highlander

Universo dos Livros Editora Ltda.
Rua do Bosque, 1589 – Bloco 2 – Conj. 603/606
CEP 01136-001 – Barra Funda – São Paulo/SP
Telefone/Fax: (11) 3392-3336
www.universodoslivros.com.br
e-mail: editor@universodoslivros.com.br
Siga-nos no Twitter: @univdoslivros

MAYA BANKS

Seduzida por um Highlander

São Paulo
2017

UNIVERSO DOS LIVROS

Diretor editorial
Luis Matos

Editora-chefe
Marcia Batista

Assistentes editoriais
Aline Graça
Letícia Nakamura

Tradução
Alline Salles

Preparação
Clarisse Cintra | BR75

Revisão
Mariane Genaro
Jéssica Dametta Cruz

Arte
Aline Maria
Valdinei Gomes

Capa
Zuleika Iamashita

Avaliação do original
Rayanna Pereira

Dados Internacionais de Catalogação na Publicação (CIP)
(Câmara Brasileira do Livro, SP, Brasil)

B218s

Banks, Maya

Seduzida por um Higlander / Maya Banks. — São Paulo :
Universo dos Livros, 2017.
384 p. — (Irmãos McCabe ; 2).

ISBN: 978-85-503-0183-9
Título original: *Seduction of a Highland Lass.*

1.Ficção americana. I.Título. II. Série.

Viviane Neves dos Santos - CRB8-nº 8428 CDD 813
CDU 821.111(73)-3

Para TJ

– Não, guerreiro. Não vou deixar que você morra.

Lábios tocaram a testa dele, demorando-se na têmpora. Ele virou o rosto, querendo sua boca na dela. Pensou que *poderia* morrer se ela não o beijasse de novo.

Houve uma hesitação, o que pareceu uma eternidade para ele, antes que, finalmente, os lábios dela tocassem os seus. Apenas um toque simples e inocente como o de uma criança.

Ele resmungou. Até parece que queria um simples selinho.

– Me beije, anjo.

Ele sentiu mais do que ouviu a irritação dela, mas, então, sua respiração soprou quente sobre a boca dele. Ele conseguia sentir o cheiro dela. Conseguia senti-la tremendo contra ele. O pequeno sopro de ar sinalizava que ela estava perto. Muito perto.

Precisou de toda sua força, mas ele ergueu o braço e enfiou a mão no cabelo dela, segurando sua nuca para mantê-la no lugar. Levantou a cabeça, e seus lábios se encontraram em um beijo quente e voraz.

Senhor, como ela era doce. O sabor dela preencheu a sua boca e escorregou pela língua como o mel. Ele apertou os lábios dela impacientemente, exigindo que ela os abrisse para ele. Com um suspiro, ela lhe deu o que ele queria. Seus lábios se abriram e ele adentrou, acariciando e provando cada parte daquela boca.

Sim, era o paraíso. Porque, se aquilo fosse o inferno, não haveria um homem em toda a Escócia que andaria pelo caminho da retidão.

Sem forças, ele caiu para trás, e sua cabeça bateu no travesseiro com um estrondo.

– Você exagerou, guerreiro – ela o repreendeu com a voz rouca.

– Valeu a pena – ele sussurrou.

Capítulo 1

Alaric McCabe observava as terras McCabe e lutava contra uma indecisão irritante. Inspirou o ar frio e olhou para o céu. Não nevaria naquele dia. Mas em breve. O outono havia se estabelecido nas Terras Altas. O ar mais gelado e os dias mais curtos haviam chegado.

Depois de tantos anos de esforço para sobreviver, para reconstruir seu clã, seu irmão Ewan fizera grandes avanços para devolver a glória aos McCabe. Naquele inverno, o clã não passaria fome. As crianças não ficariam sem roupas adequadas.

Agora era hora de Alaric fazer sua parte para o clã. Em pouco tempo, ele viajaria para o castelo McDonald, onde pediria formalmente a mão de Rionna McDonald em casamento.

Era apenas uma cerimônia. O acordo fora selado semanas antes. Agora, o laird idoso queria que Alaric passasse um tempo entre os McDonald, um clã que um dia se tornaria seu quando se casasse com a filha e única herdeira de McDonald.

Mesmo agora o pátio estava cheio de atividade, enquanto um grupo de soldados McCabe se preparava para viajar com Alaric.

Ewan, o irmão mais velho de Alaric e laird do Clã McCabe, quis enviar seus homens mais confiáveis para acompanhar o irmão na viagem, porém ele recusou. Ainda existia perigo para a esposa de Ewan, Mairin, que estava grávida.

Enquanto vivesse, Duncan Cameron seria uma ameaça aos McCabe. Ele cobiçava o que era de Ewan – a esposa e o futuro controle do laird sobre Neamh Álainn, um legado recebido pelo casamento com Mairin, a filha do antigo rei da Escócia.

E agora, por causa da paz temporária nas Terras Altas e da ameaça que Duncan Cameron era, não apenas para os clãs vizinhos, mas para o trono do rei David, Alaric concordou que o casamento consolidaria uma aliança entre os McCabe e o único clã entre Neamh Álainn e as terras McCabe.

Era uma boa proposta. Rionna McDonald era formosa, mesmo que fosse uma moça esquisita que preferisse as roupas e as atividades de um homem. E Alaric teria o que ele nunca conseguiria se permanecesse com Ewan: o próprio clã para liderar. Suas próprias terras. Um herdeiro para receber o manto da liderança.

Então, por que ele não estava muito empolgado para montar no cavalo e seguir para o seu destino?

Alaric se virou quando ouviu um barulho à esquerda. Mairin McCabe estava subindo a colina correndo, ou pelo menos tentava correr, e Cormac, seu guarda designado naquele dia, parecia desesperado ao seguir os passos dela. Seu xale estava enrolado firmemente, e os lábios tremiam de frio.

Alaric ergueu a mão e ela a segurou, apoiando-se nele ao tentar respirar.

– Você não deveria estar aqui em cima, moça – Alaric a repreendeu. – Vai congelar até a morte.

– Não, ela não deveria – Cormac concordou. – Se nosso laird descobrir, vai ficar bravo.

Mairin revirou os olhos e depois olhou ansiosa para Alaric.

– Tem tudo do que precisa para a viagem?

Alaric sorriu.

– Tenho, sim. Gertie embrulhou comida suficiente para uma viagem duas vezes mais longa.

Ela alternava entre apertar e dar tapinhas na mão de Alaric, os olhos preocupados enquanto passava a outra mão na barriga enorme. Ele a puxou para mais perto para que se aquecesse no calor de seu corpo.

– Talvez devesse esperar outro dia. Já está quase na hora do almoço. Talvez devesse esperar e partir ao amanhecer.

Alaric abafou sua risada. Mairin não estava feliz com a partida dele. Estava muito acostumada a ter seu clã bem onde ela queria. Nas terras McCabe. E, agora que Alaric iria partir, ela começara a verbalizar sua preocupação e insatisfação.

– Não vou demorar muito, Mairin – ele disse gentilmente. – Algumas semanas, no máximo. Então voltarei por um tempo antes de me casar e morar permanentemente no castelo McDonald.

Ela deu um sorriso triste, ao se lembrar de que Alaric deixaria os McCabe e, por motivos práticos, se tornaria um McDonald.

– Pare com essa tristeza, moça. Não é bom para o bebê. Nem é bom você estar aqui fora neste frio.

Mairin suspirou e jogou os braços em volta de Alaric. Ele deu um passo para trás e trocou olhares divertidos com Cormac por cima da cabeça dela. A moça estava ainda mais emotiva agora que carregava uma criança, e os membros do clã se acostumaram com suas demonstrações espontâneas de afeto.

– Vou sentir sua falta, Alaric. Sei que Ewan também vai. Ele não fala nada, mas está mais quieto agora.

– Vou sentir sua falta também – Alaric disse solenemente. – Descanse bastante, estarei aqui quando der à luz o mais novo McCabe.

Falando nisso, o rosto de Mairin se iluminou e ela deu um passo para trás, dando um tapinha em sua bochecha.

– Seja bom com Rionna, Alaric. Sei que você e Ewan acham que ela precisa de uma mão firme, mas, na verdade, acho que é de amor e aceitação o que ela mais precisa.

Alaric ficou inquieto, intimidado por ela querer discutir questões amorosas com ele. Por Deus.

Ela riu.

– Tudo bem. Posso ver que o deixei desconfortável. Mas pense no que eu disse.

– Milady, o laird a viu e não parece feliz – Cormac disse.

Alaric se virou e viu Ewan em pé no pátio, com os braços cruzados à frente do peito e uma carranca no rosto.

– Venha, Mairin – Alaric disse ao colocar a mão dela sob seu braço. – É melhor eu levá-la de volta ao meu irmão antes de ele vir atrás de você.

Mairin resmungou baixinho, mas permitiu que Alaric a escoltasse para descer a colina.

Quando chegaram ao pátio, Ewan olhou para a esposa, mas voltou a atenção para Alaric.

– Tem tudo do que precisa?

Alaric assentiu.

Caelen, o irmão McCabe mais novo, veio ficar ao lado de Ewan.

– Tem certeza de que não quer que eu o acompanhe?

– Precisam de você aqui – Alaric disse. – Mais ainda, à medida que a hora de Mairin se aproxima. A neve logo estará sobre nós. Seria típico de Duncan planejar um ataque quando acha que menos esperamos.

Mairin estremeceu de novo ao lado de Alaric e ele se virou para ela.

– Me dê um abraço, irmã, depois volte para o castelo antes que morra de frio. Meus homens estão prontos e não quero você chorando em cima de nós enquanto tentamos partir.

Como esperado, Mairin fez uma careta, mas, de novo, jogou os braços em volta de Alaric e o apertou forte.

– Que Deus esteja com você – ela sussurrou.

Alaric passou a mão afetuosamente no cabelo dela, depois a obrigou a voltar ao castelo. Ewan reforçou a declaração de Alaric com uma careta feroz.

Mairin mostrou a língua, depois se virou e foi embora, com Cormac seguindo-a para as escadas do castelo.

– Se precisar de mim, me envie uma mensagem – Ewan disse. – Irei até você imediatamente.

Alaric pegou o braço de Ewan e os dois irmãos se encararam por bastante tempo antes de Alaric soltá-lo. Caelen bateu nas costas de Alaric quando ele foi montar no cavalo.

– Será bom para você – Caelen disse sinceramente, assim que Alaric montou em seu cavalo.

Alaric olhou para o irmão e sentiu a primeira agitação de satisfação.

– Será, sim.

Ele respirou fundo ao apertar as rédeas nas mãos. Suas terras. Seu clã. Ele seria laird. Sim, isso seria bom.

Alaric e uma dúzia de soldados McCabe cavalgaram em passo regular durante o dia. Como saíram tarde, o que normalmente levaria um dia inteiro de cavalgada agora exigiria que eles chegassem nas terras McDonald na manhã seguinte.

Sabendo disso, Alaric não pressionou e, na verdade, fez seus homens pararem e acamparem logo após o pôr do sol. Fizeram apenas uma fogueira e mantiveram a chama baixa para que não iluminasse uma grande área.

Depois de comerem o que Gertie preparara para a viagem, Alaric dividiu seus homens em dois grupos e disse para os primeiros seis fazerem o primeiro turno de vigia.

Eles se posicionaram em volta do acampamento, fornecendo proteção para os outros seis que dormiriam por algumas horas.

Embora Alaric estivesse escalado para o segundo turno, não conseguia dormir. Ficou deitado acordado no chão duro, olhando para o céu cheio de estrelas. Era uma noite clara e fria. Os ventos vinham do norte, anunciando uma mudança no tempo.

Casado. Com Rionna McDonald. Ele se esforçava, mas não conseguia se encantar com a imagem da moça. Tudo o que conseguia se lembrar era de seu cabelo dourado vibrante. Ela era quieta, o que ele supôs ser uma boa característica para uma mulher, apesar de Mairin não ser uma esposa quieta nem particularmente obediente. Ele ainda a achava cativante e sabia que Ewan não mudaria uma única coisa nela.

Mairin era tudo o que uma mulher deveria ser – delicada e doce –, enquanto Rionna era masculinizada tanto no modo de se vestir quanto no modo de agir. Não era uma moça sem atrativos, o que tornava intrigante o fato de assumir atividades completamente inadequadas para uma dama.

Era algo sobre o que ele precisava conversar com ela imediatamente.

Uma leve mudança no ar foi o único alerta que Alaric teve antes de desviar para o lado. Uma espada atingiu a lateral do seu corpo, cortando a roupa e a pele.

A dor queimou seu corpo, mas ele a ignorou e pegou a espada, levantando-se. Seus homens acordaram e o ar noturno se encheu com os sons da batalha.

Alaric lutou contra dois homens, o barulho das espadas atormentava seus ouvidos. Suas mãos vibravam com os golpes repetidos, enquanto ele aparava e empurrava.

Ele recuou até o perímetro estabelecido por seus homens e quase tropeçou em um homem que colocara como vigia. Uma flecha estava fincada em seu peito, uma prova do quanto a emboscada fora discreta.

Eles estavam em menor número e, embora Alaric pusesse os soldados McCabe contra qualquer um, a qualquer hora, e tivesse a certeza do resultado, a sua única opção foi bater em retirada para que não fossem massacrados.

Ele gritou rouco para seus homens pegarem os cavalos.

Então matou o homem à frente e se esforçou para montar no cavalo. Escorria sangue da lateral do seu corpo. O cheiro acre subiu pelo ar frio e preencheu as narinas dele. Sua visão já estava embaçada e ele sabia que, se não montasse no cavalo, estaria acabado.

Assobiou e o cavalo veio até ele no momento em que outro guerreiro o atacou. Enfraquecendo rapidamente pela perda de sangue, ele lutou sem a disciplina que Ewan lhe ensinara. Assumiu riscos. Estava imprudente. Estava lutando pela vida.

Com um grito, o oponente de Alaric atacou. Agarrando a espada com as duas mãos, Alaric se movimentou, cortando o pescoço do atacante e o decapitando.

Alaric não perdeu um único segundo saboreando a vitória. Já havia outro atacante avançando sobre ele. Com a pouca força que lhe restava, ele se jogou em seu cavalo e lhe ordenou que corresse.

Pôde ver os corpos à medida que o cavalo cavalgava para longe e, com uma sensação ruim, soube que não eram do inimigo. Ele perdera a maioria dos soldados no ataque, senão todos eles.

– Para casa – ele ordenou rouco.

Pressionou o seu ferimento e tentou, bravamente, permanecer consciente, mas, a cada solavanco do cavalo pelo terreno, a visão de Alaric ficava mais turva.

Seu último pensamento foi que tinha que chegar em casa para avisar Ewan. Só esperava que não tivessem atacado o castelo McCabe também.

Capítulo 2

Keeley McDonald se levantara antes do amanhecer para cuidar da lareira e se preparar para o dia. Ela estava na metade do caminho entre a pilha de lenha atrás de sua cabana e a porta quando se deu conta do quanto era ridículo imaginar que tinha o dia cheio de afazeres e atividades.

Parou quando contornou a cabana e olhou para baixo no vale que se alongava até o cume a muitos quilômetros dali. A fumaça do castelo e das cabanas McDonald subia como um sussurro e flutuava preguiçosamente em direção ao céu.

Que conveniente ser agraciada com uma vista privilegiada do único lugar no qual nunca fora bem-vinda. Seu lar. Seu clã. Não mais. Eles se viraram contra ela. Não a reconheciam como sua família. Ela estava banida.

Seria essa sua punição? Ser exilada para uma cabana onde se lembraria eternamente de sua origem, perto o suficiente para ver, mas impedida de retornar?

Ela pensou que deveria ser grata por ter algum lugar. Poderia ser pior. Poderia ter sido obrigada a sair de sua casa sem lugar para ir e sem recursos, além de encontrar seu caminho sozinha.

Os lábios dela formaram uma linha fina e o lábio superior se curvou em um rosnado.

Era uma provação para sua boa natureza ter de mergulhar em tais assuntos. Só a deixou mais amarga e brava. Não havia nada que pudesse fazer. Não poderia mudar o passado. Seu único arrependimento era não ter conseguido justiça contra o McDonald desgraçado por tudo o que fizera. E a esposa dele. Ela sabia a verdade. Keeley vira nos olhos dela, mas a senhora do castelo havia punido Keeley pelos pecados do marido.

Catriona McDonald morrera há quatro anos e, mesmo assim, Rionna não fora visitar Keeley. Sua amiga de infância mais antiga e querida não fora vê-la. Não a havia chamado de volta ao lar. E Rionna, de todas as pessoas, sabia a verdade.

Keeley suspirou. Era estupidez ficar ali remoendo as mágoas do passado e as esperanças perdidas. Era estupidez algum dia ter tido esperança de que, quando a mãe de Rionna morresse, pudesse ser bem-vinda de volta ao clã.

A bufada de um cavalo fez Keeley se virar, e ela deixou cair toda a lenha que segurava, fazendo barulho. O cavalo foi avistado e parou ao lado de Keeley. O suor brilhava no pescoço do animal e havia um ar selvagem em seus olhos que sugeriam que havia sentido medo.

Porém, os olhos de Keeley se fixaram no guerreiro jogado sobre a sela e no sangue que pingava regularmente no chão.

Antes que ela tivesse qualquer reação, o homem caiu do cavalo com um estrondo. Keeley estremeceu. Jesus, aquilo devia ter doído.

O cavalo se movimentou para o lado, deixando o guerreiro deitado aos pés de Keeley. Ela se abaixou, puxando a túnica dele enquanto procurava a origem do sangue. Havia um rasgo enorme na lateral da roupa e, quando ela empurrou o tecido para o lado, ele arfou.

Havia um corte que corria do quadril até logo abaixo do braço. A pele estava aberta e a ferida tinha, no mínimo, um centímetro de profundidade. Felizmente não era mais profundo, pois, com certeza, teria sido um golpe fatal.

Precisaria de agulha e linha e muita oração para que ele não sucumbisse à febre.

Ela passou nervosamente as mãos sobre seu abdome firme. Ele era um guerreiro forte, magro e bem musculoso. Havia outras cicatrizes, uma na barriga e outra no ombro. Eram antigas e não pareciam ter sido tão sérias quanto seu ferimento atual.

Como ela iria carregá-lo até a cabana? Olhou para trás, em direção à porta, com o lábio inferior preso firmemente entre os dentes. Ele era gigante e impossível de ser carregado por uma mulher do tamanho dela. Seria preciso estratégia para resolver esse problema.

Ela se levantou e correu para a cabana. Arrancou os lençóis da cama e os embolou. Correu de volta para fora, deixando o tecido se desenrolar com o vento.

Demorou pouquíssimo tempo para estender o lençol, e precisou colocar uma pedra na ponta para impedir que voasse com o vento. Quando terminou, deu a volta para o outro lado do guerreiro e o empurrou para que rolasse para cima do lençol.

Era como empurrar uma pedra.

Ela cerrou os dentes e fez mais força. Ele balançou um pouco, mas permaneceu na posição.

– Acorde e me ajude! – ela exigiu frustrada. – Não posso te deixar aqui fora no frio. É provável que neve hoje e você ainda está sangrando. Não se preocupa com sua vida?

Ela o cutucou para enfatizar e, quando ele não se mexeu, deu um tapa em seu rosto.

Ele se mexeu e franziu o cenho. Um gemido escapou de seus lábios e quase a mandou de volta para a segurança da cabana.

Em seguida, ela fez uma careta e se abaixou para que ele pudesse ouvir.

– Você é teimoso, hein, mas vai descobrir que sou muito mais.

Não vai ganhar esta batalha, guerreiro. É melhor se render agora e me ajudar com minha tarefa.

– Me deixe – ele rosnou sem abrir os olhos. – Não vou te ajudar a me levar para o inferno.

– É para o inferno que você vai se não parar de dificultar. Agora, se mexa!

Para sua surpresa, ele resmungou, mas rolou quando ela o empurrou.

– Sempre soube que havia mulheres no inferno – ele murmurou. – Faz sentido que elas estejam lá tornando tudo tão difícil quanto tornam na Terra.

– Estou tentada a te deixar aqui fora para apodrecer no frio – Keeley disparou. – Você é um miserável mal-agradecido, e suas opiniões sobre as mulheres são tão deploráveis quanto suas atitudes. Não me impressiona que ache as mulheres tão repulsivas. Não tenho dúvida de que nunca teve a chance de se aproximar o bastante de uma para mudar de opinião.

Para surpresa dela, o guerreiro riu e, depois, resmungou imediatamente quando a ação lhe fez sentir dor. Um pouco da irritação que Keeley experimentava se esvaiu quando ela viu o rosto dele empalidecer e o suor brotar em sua testa. Ele estava em verdadeira agonia e ela estava ali, discutindo com ele.

Ela balançou a cabeça e pegou as pontas do lençol, então as colocou sobre o ombro.

– Deus, me dê força – ela pediu. – Não tenho como arrastá-lo para minha cabana sem sua ajuda.

Ela apertou os lábios, cerrou os dentes e puxou com toda a força. Isso só a fez quase cambalear para trás. Quase desmoronou no chão. O guerreiro não tinha se mexido um centímetro.

– Bom, Deus nunca prometeu força extraordinária – ela murmurou. – Talvez ele garanta apenas pedidos sensatos.

Ela encarou o problema à sua frente e olhou para o cavalo do guerreiro, que estava parado ao longe mastigando grama.

Com um suspiro enfadado, marchou até o cavalo e pegou as rédeas. Primeiro, ele se recusou a se mexer, mas ela firmou os pés e o adulou, puxou e implorou para que o animal monstruoso fizesse o que ordenava.

– Você não tem lealdade? – ela o acusou. – Seu mestre está caído no chão, gravemente ferido, e tudo que consegue pensar é em sua barriga?

O cavalo não pareceu se impressionar com o discurso dela, mas finalmente caminhou até o guerreiro caído. Ele baixou o focinho para cheirar o pescoço do mestre, porém Keeley o puxou para longe.

Se ela somente conseguisse prender as pontas do lençol na sela do cavalo, então ele o puxaria até a cabana. Não que ela quisesse um animal fedido e sujo em casa, mas, naquele momento, não via outra alternativa.

Demorou longos minutos até que ela ficasse satisfeita por ter um plano viável. Depois que prendeu o lençol e se certificou de que o guerreiro não rolaria para fora do tecido, Keeley incitou o cavalo na direção da cabana.

Para sua alegria, funcionou! O cavalo arrastou o guerreiro pelo chão. Levaria uma semana para limpar a sujeira do lençol, mas, pelo menos, o homem estava sendo movido.

O cavalo entrou na cabana. Mal havia como se mexer ao redor do animal e do guerreiro. Eles preenchiam todo o espaço minúsculo da casa.

Ela desamarrou rapidamente as pontas do lençol, depois tentou fazer o cavalo voltar por onde viera. O animal, teimoso, obviamente decidiu que gostava do interior quente da cabana. Levou meia hora para movê-lo.

Quando ela, finalmente, colocou-o para fora, onde deveria ficar, bateu a porta e se apoiou pesadamente contra ela. Precisava se lembrar, da próxima vez, de que atos bondosos normalmente vinham sem recompensa.

Ela estava exausta devido ao esforço, mas seu guerreiro precisava de cuidados para viver.

Seu guerreiro? Ela bufou. Estava mais para seu pé no saco. Não precisava de pensamentos idiotas e caprichosos. Se ele morresse, provavelmente ela seria culpada.

Depois de fazer uma inspeção mais cuidadosa, percebeu que ele, obviamente, não era um McDonald. Ela franziu o cenho. Será que era um inimigo dos McDonald? Não que ela lhes devesse lealdade, mas era uma McDonald e seus inimigos eram inimigos dela. Mesmo agora ela iria salvar a vida de um homem que era uma ameaça para ela?

– Lá vai você de novo, Keeley – ela resmungou.

Os seus pensamentos complexos normalmente dramatizavam até o absurdo. As histórias que ela criava em sua mente fariam um poeta parecer entediante.

As cores dele não eram familiares para ela, mas, até aí, ela nunca na vida fora além das terras McDonald.

Não tinha esperança de conseguir colocá-lo na cama, então fez a segunda melhor coisa. Levou a cama até ele.

Arrumou os cobertores e travesseiros ao redor dele para que ficasse confortável, depois adicionou lenha na lareira quase apagada. A cabana já estava fria.

Em seguida, pegou seus suprimentos e agradeceu por ter viajado até uma vila vizinha alguns dias antes a fim de reabastecer o estoque. A maior parte do que precisava ela conseguia sozinha. E, graças ao bom Senhor, tinha habilidades excepcionais de cura, porque fora isso que a fizera sobreviver nos últimos anos.

Apesar de os McDonald terem sido rápidos o suficiente para colocarem-na para fora do clã, não tinham vergonha de procurá-la quando um deles precisava de cuidados. Não era raro, para ela, dar pontos em um guerreiro McDonald após um incidente de treinamento ou na cabeça de alguém depois de cair da escada.

O castelo McDonald tinha sua própria curandeira, mas ela estava envelhecendo e sua mão não era mais tão firme para dar pontos. Soube que ela causava mais dor do que alívio ao enfiar a agulha na pele de alguém.

Se Keeley fosse uma pessoa mesquinha, ela os ignoraria, assim como fizeram com ela, porém o dinheiro ocasional que eles lhe davam por seus serviços mantinham a comida na mesa quando a caça era fraca e a impossibilitava de conseguir suprimentos sozinha.

Ela misturou ervas e amassou as folhas, adicionando água o suficiente apenas para formar uma pasta. Quando estava satisfeita com a consistência, colocou-a de lado e começou a preparar as bandagens de um lençol antigo que guardava somente para essas emergências.

Quando tudo estava em ordem, voltou para o guerreiro e se ajoelhou ao seu lado. Ele não havia recuperado a consciência desde que fora arrastado para a cabana. Ela estava feliz por isso. A última coisa de que precisava era de um homem com o dobro de seu tamanho brigando com ela.

Keeley mergulhou um tecido em uma tigela de água e começou, delicadamente, a limpar a ferida. Sangue fresco escorria do ferimento enquanto ela esfregava as crostas e partes ressecadas. Era meticulosa em sua tarefa, pois não queria deixar um cisco de sujeira no ferimento quando o fechasse.

Era uma ferida irregular e iria deixar uma grande cicatriz, mas nada que fosse matá-lo se ele não tivesse febre.

Após ficar satisfeita com a ferida limpa, juntou a pele de volta e pegou a agulha. Prendeu a respiração quando enfiou a agulha pela primeira vez, entretanto, o guerreiro continuou dormindo, e ela começou a dar os pontos rapidamente, certificando-se de que estivessem firmes e unidos.

Ela continuou seu trabalho, curvando-se sobre ele até as costas doerem e os olhos ficarem cansados. Calculou que a ferida deveria ter, no mínimo, oito centímetros. Talvez, dez. De qualquer modo, iria doer ao se mexer nos próximos dias.

Quando deu o último ponto, sentou-se e suspirou de alívio. A parte difícil tinha acabado. Agora, ela precisava enfaixá-lo com firmeza.

Quando terminou de arrastar o guerreiro, estava exausta. Tirando o cabelo dos olhos, foi lavar e alongar seus membros doloridos. O interior da cabana havia esquentado demais, então ela recebeu bem o ar frio do lado de fora. Desceu até o riacho borbulhante não muito longe da cabana e se ajoelhou na beirada para beber água.

Ela encheu uma tigela de água fresca e seguiu de volta para a cabana. Então lavou a ferida mais uma vez antes de aplicar a pasta grossa à pele costurada. Dobrou muitas faixas para criar uma bandagem grossa e, então, segurando na lateral do guerreiro, ela desajeitadamente enrolou as longas faixas da bandagem na cintura dele para manter tudo no lugar.

Se ao menos ela conseguisse levantá-lo, a tarefa seria muito mais fácil. Decidindo que não havia motivo pelo qual ela não conseguiria erguê-lo para a posição sentada, pegou a cabeça do guerreiro e colocou o corpo atrás dele para empurrá-lo para cima.

Ele inclinou para a frente e mais sangue escorreu por entre os pontos. Trabalhando rápido, ela envolveu as faixas firmemente no tronco dele até estar satisfeita de que tudo estava no lugar.

Depois o deitou gentilmente de volta até a cabeça repousar em um dos pequenos travesseiros. Ela acariciou o cabelo na testa dele e tocou na trança que pendia da sua têmpora.

Hipnotizada pela beleza daquele rosto, correu o dedo pela bochecha até a mandíbula dele. Era realmente lindo. Perfeitamente criado e moldado. Um guerreiro forte, forjado pelos fogos da batalha.

Ela imaginou qual seria a cor dos olhos dele. Azuis, ela arriscou. Com aquele cabelo escuro, azuis seriam hipnotizantes, mas era provável que fossem castanhos.

Como se quisesse responder à pergunta que não fora feita, as pálpebras dele se abriram. Seu olhar estava sem foco, mas ela ficou impressionada pelos olhos verde-claros rodeados pelos cílios pretos que apenas complementavam sua beleza.

Belo. Obviamente ela precisava de uma palavra melhor. Ele ficaria mortalmente ofendido por uma mulher chamá-lo de belo. Maravilhoso. Isso. Mas maravilhoso nem começava a descrever o guerreiro de forma apropriada.

– Anjo – ele rangeu. – Cheguei ao paraíso, isso mesmo. É a única explicação para uma beldade como essa.

Ela sentiu uma onda de prazer até se lembrar de que há pouco tempo ele a estava comparando com o inferno. Com um suspiro, ela passou a mão sobre o queixo barbudo do guerreiro. Os pelos roçaram em sua palma e ela rapidamente se perguntou como seria tocar outras partes do corpo dele.

Então, ficou instantaneamente vermelha e afastou os maus pensamentos.

– Não, guerreiro. Você não está no paraíso. Ainda está neste mundo, apesar de talvez se sentir como se tivesse sido queimado pelas chamas do inferno.

– Não é possível que um anjo como você more nas profundezas do inferno – ele disse com uma voz arrastada.

Ela sorriu e passou de novo a mão no rosto dele. Ele se virou e se aconchegou na mão dela, os olhos se fechando enquanto uma expressão de prazer tomava conta dele.

– Agora, durma, guerreiro – ela sussurrou. – Só Deus sabe que você tem uma longa recuperação pela frente.

– Não vá embora, moça – ele murmurou.

– Não, guerreiro, não vou te deixar.

Capítulo 3

Alaric sentiu a dor que queimava a lateral de seu corpo e ficava mais intensa a cada segundo de consciência. A dor foi tanta que ele se agitou e tentou se movimentar para aliviar a tensão insuportável.

– Fique parado, guerreiro, para não romper os pontos.

A voz doce foi acompanhada de mãos delicadas que aqueceram sua pele já superquente. O calor da noite era insuportável, mas, mesmo assim, ele ficou quieto, sem querer que seu anjo parasse de tocá-lo. Era a única ilusão de prazer que ele tinha, apesar de não saber como conseguia sentir o fogo do inferno e o prazer do mais gentil anjo. Talvez ele estivesse entre os dois mundos e era como se ainda estivesse em dúvida de qual direção iria tomar.

– Sede – ele disse rouco. Passou a língua sobre os lábios secos e rachados, desejando a água que o acalmaria.

– Certo, mas só um pouco. Não quero que vomite em todo meu chão – o anjo disse.

Ela colocou o braço sob o pescoço dele e ergueu sua cabeça. Ele ficou envergonhado por estar tão fraco quanto um gatinho recém-nascido. Nunca conseguiria se manter erguido se não fosse pelo apoio firme dela.

A borda de uma taça pressionou seus lábios, e ele bebeu de forma voraz, quase inalando a água fria. Foi um choque para o organismo dele, muito fria e refrescante, causando um arrepio pelo corpo. O contraste era quase doloroso. Gelo nas chamas que queimavam toda sua carne.

– Isso – o anjo tranquilizou. – É o bastante por enquanto. Sei que está sofrendo. Farei um chá para diminuir a dor, e vai fazer com que você durma mais facilmente.

Mas ele não queria dormir. Queria ficar ali, nos braços dela, deitado em seus seios. Eram seios muito lindos. Macios e robustos, exatamente como uma mulher deveria ser. Ele se virou, aconchegando-se em sua maciez. Inalou seu cheiro doce e sentiu as chamas do inferno recuarem. A paz o envolveu. Ah. Com certeza ele havia dado um passo em direção ao paraíso.

– Me diga seu nome – ele ordenou. Os anjos tinham nome?

– Keeley, guerreiro. Meu nome é Keeley. Agora, durma. Você precisa descansar para que possa recuperar as forças. Não me esforcei tanto para você fazer o que quiser e morrer em meus braços.

Não, ele não iria morrer. Havia coisas importantes que deveria fazer, apesar de, naquele momento, sua mente ferida não conseguir se lembrar exatamente do que era tão urgente.

Talvez ela estivesse certa. Ele deveria descansar um pouco. Talvez, da próxima vez que acordasse, ele se lembrasse de tudo.

Respirou fundo de novo e se deixou acalmar. Ele estava vagamente consciente de seu anjo baixando sua cabeça. Inalou uma última vez, absorvendo o cheiro dela. Era como beber dos vinhos mais doces. Uma sensação tranquilizadora e calmante correu por suas veias e o acalentou.

Ele parou de lutar. Seu anjo não deixaria que ele morresse.

– Não, guerreiro. Não vou deixar que você morra.

Lábios macios tocaram a testa dele, demorando-se na têmpora. Ele virou o rosto, querendo sua boca na dela. Pensou que *poderia* morrer se ela não o beijasse de novo.

Houve uma hesitação, o que pareceu uma eternidade para ele, antes que, finalmente, os lábios dela tocassem os seus. Apenas um toque simples e inocente como o de uma criança.

Ele resmungou. Até parece que queria um simples selinho.

– Me beije, anjo.

Ele sentiu mais do que ouviu a irritação dela, mas, então, sua respiração soprou quente sobre a boca dele. Ele conseguia sentir o cheiro dela. Conseguia senti-la tremendo contra ele. O pequeno sopro de ar sinalizava que ela estava perto. Muito perto.

Precisou de toda sua força, mas ele ergueu o braço e enfiou a mão no cabelo dela, segurando sua nuca para mantê-la no lugar. Levantou a cabeça, e seus lábios se encontraram em um beijo quente e voraz.

Senhor, como ela era doce. O sabor dela preencheu a sua boca e escorregou pela língua como o mel. Ele apertou os lábios dela impacientemente, exigindo que ela os abrisse para ele. Com um suspiro, ela lhe deu o que ele queria. Seus lábios se abriram e ele adentrou, acariciando e provando cada parte daquela boca.

Sim, era o paraíso. Porque, se aquilo fosse o inferno, não haveria um homem em toda a Escócia que andaria pelo caminho da retidão.

Sem forças, ele caiu para trás, e sua cabeça bateu no travesseiro com um estrondo.

– Você exagerou, guerreiro – ela o repreendeu com a voz rouca.

– Valeu a pena – ele sussurrou.

Ele achou que ela tivesse sorrido, mas o cômodo estava tão embaçado à sua volta que ele não teve certeza. Viu, vagamente, que ela saía, mas não teve força para protestar. Um instante depois, ela retornou e pressionou novamente uma taça contra seus lábios.

A bebida era amarga e ele tossiu, mas ela não desistiu. Derramou todo o líquido até ele não ter outra opção senão engolir ou engasgar.

Quando ela terminou, deitou de novo a cabeça dele no travesseiro e passou os dedos na sua testa.

– Agora, durma, guerreiro.

– Fique ao meu lado, anjo. Percebi que não dói tanto quando você está perto.

Houve um sussurro fraco e, então, ela se ajeitou contra a lateral saudável dele, o corpo dela macio e bem quente era um escudo contra o frio que o envolvia a cada segundo que passava.

O perfume dela o envolveu. A sensação dela contra ele acalmava as chamas selvagens. Ele respirava melhor, como se a paz o envolvesse. Sim, ela era seu próprio anjo gentil que viera para protegê-lo das portas do inferno.

Para caso ela pensasse em sair de perto dele, ele a abraçou, puxando-a mais para perto. Virou a cabeça para o lado até o cabelo dela fazer cócegas em seu nariz. Inalou profundamente e se rendeu à escuridão que rastejava sobre ele.

Keeley estava num impasse. Sim, estava presa contra seu guerreiro, o braço dele era como uma barra de aço envolvendo a cintura dela. Ela estava lá há horas, esperando que, depois que ele dormisse, o abraço ficasse mais folgado, mas ela estava bem unida a ele.

Podia sentir o tremor do corpo dele a cada calafrio da febre. Muitas vezes, ele murmurava coisas enquanto dormia e ela passava a mão em seu peito, subia até seu rosto, na tentativa de acalmá-lo.

Ela sussurrava qualquer coisa, baixando o tom para oferecer conforto. Toda vez que ela falava, parecia que ele se acalmava e relaxava de novo. Ela deitou a cabeça no braço dele e apoiou o rosto contra seu peito amplo. Era pecado o quanto ela gostava de se deitar nele, mas não havia ninguém para ver e, certamente, Deus a perdoaria se ela conseguisse salvar a vida do guerreiro.

Keeley fez uma careta após olhar pela janela. O crepúsculo havia chegado e estava ficando mais frio a cada minuto. Ela precisava se levantar para cobrir a janela e também colocar mais lenha para ficarem aquecidos durante toda a noite.

Também havia a questão do cavalo do guerreiro, isso se o animal já não tivesse ido embora. Poucas coisas deixavam um homem bravo, e uma delas era ter seu cavalo negligenciado. Provavelmente ele perdoaria que ela negligenciasse seus ferimentos, mas não perdoaria o insulto ao seu cavalo. Afinal, homens tinham suas prioridades.

Com um suspiro de arrependimento, ela começou a se livrar do abraço do guerreiro. Não era uma tarefa fácil, já que ele parecia bem determinado a mantê-la por perto.

Ele franziu o cenho enquanto dormia e até murmurou algumas palavras que a deixaram vermelha e queimaram suas orelhas. Mas, no fim, ela conseguiu sair e escorregar sob o braço dele para se libertar.

Ela se esforçou para se levantar e alongou os músculos contraídos antes de ir até a janela para abaixar as peles e prender as laterais. O vento havia aumentado e assobiava pelo teto de palha. Ela ficaria surpresa se a neve não começasse logo a cair.

Após buscar o xale e envolvê-lo firmemente em torno de si mesma, Keeley saiu para procurar o cavalo. Para seu espanto, ele estava perto da janela, do lado de fora, como se estivesse verificando o estado de seu mestre.

Ela deu tapinhas no pescoço do animal.

– Não tenho dúvida de que você está acostumado a ter melhores cuidados do que eu posso oferecer, mas a verdade é que não tenho lugar para te abrigar. Acredita que terá que passar a noite aqui fora?

O cavalo bufou e balançou a cabeça para cima e para baixo, soprando ar quente pelas narinas. Era um animal enorme e, com certeza, havia lidado com coisas piores antes. De qualquer forma, dificilmente ela poderia abrigá-lo em sua cabana.

Com um último tapinha, ela saiu de perto do cavalo e buscou mais lenha para a lareira. Sua pilha estava diminuindo e, pela manhã, ela precisaria cortar mais se quisesse manter o fogo aceso.

Keeley estremeceu quando o vento soprou nela, pegando as pontas do xale e as puxando como se tentasse desequilibrá-la. Correu para dentro e colocou a lenha ao lado da lareira. Depois de se certificar de que a porta e a janela estavam bloqueando o vento, ela adicionou mais lenha ao fogo e cutucou até a chama queimar alto e brilhante.

Sua barriga roncou, lembrando-a de que não comera desde o desjejum antes do amanhecer. Pegando um pedaço de peixe salgado e um pão que sobrara, ela se sentou de pernas cruzadas ao lado do guerreiro dorminhoco e comeu aquecida pelo fogo.

Enquanto mastigava distraidamente, observava o rosto dele, iluminado pelo brilho laranja das chamas. Sempre caprichosa, sua mente começou a pintar imagens. Imagens agradáveis. Ela suspirou ao imaginar pertencer àquele homem. Os dois comendo depois de um dia difícil de trabalho. Ou, talvez, ela o recebendo em casa após uma batalha violenta. Ele teria, claro, sido vitorioso, e ela lhe daria uma recepção digna de herói.

Ele ficaria feliz em vê-la, a pegaria nos braços e a beijaria até que ela ficasse sem fôlego. Ele lhe diria o quanto sentira saudade e pensara nela durante a ausência. Um sorriso fraco feito por lembranças distantes fez seu peito doer. Ela e Rionna sonhavam com o dia em que se casariam com seus guerreiros. Aquele sonho fora cruelmente descartado para Keeley, e a amizade que significou tanto para ela havia ficado de lado.

Não havia muita chance de Keeley, algum dia, encontrar seu par. Ela fora banida do Clã McDonald e nunca viajara para além de sua cabana.

Mesmo assim, um lindo guerreiro caindo em sua porta tinha que ser um sinal, certo? Talvez aquela fosse sua única chance. Ou talvez ele apenas a estivesse usando até ficar bem o suficiente para ir embora. Qualquer que fosse o caso, Keeley decidiu que iria aproveitar os seus sonhos. Mesmo que fossem tolos e uma perda de tempo. Às vezes, eles eram tudo que a sustentavam.

Ela sorriu de novo. Ele a tinha chamado de anjo. Ele a achava linda. Ah, mas a mente dele estava confusa devido à febre. Ainda assim, fazia seu peito inchar um pouco pelo fato de um guerreiro tão forte e lindo insistir em beijá-la, mesmo tendo de fazer um grande esforço para isso.

Keeley tocou os lábios com os dedos, ainda capaz de se encantar com a ardência quente que o beijo dele provocara. Era verdade que ela não tentara ignorar o carinho dele, e talvez isso a tornasse a prostituta que os McDonald a chamavam. Porém, ela se recusava a sentir culpa. Não havia sobrado ninguém que pensasse bem dela, de qualquer maneira, então não tinha como se rebaixar mais.

Vista daquela perspectiva, sua depravação repentina não pareceu tão pecaminosa. Um sorriso malicioso abriu-se em sua boca.

Quem saberia, afinal? Alguns beijos roubados e uma cabeça cheia de sonhos de menina não fariam mal a ninguém. Ela estava cansada de sempre dizer a si mesma para ignorar suas ideias tolas sobre o amor. Cumpriria sua tarefa e cuidaria do guerreiro até que recuperasse a saúde. E, se ele quisesse roubar um beijo ou dois nesse processo...

Limpando as mãos na saia, olhou o guerreiro dormindo, depois decidiu que a melhor maneira de monitorar sua condição era dormir exatamente onde dormira antes.

Moveu delicadamente o braço dele para o lado e se aconchegou contra sua lateral. Imediatamente, o braço dele a envolveu e ele virou a cabeça como se a procurasse.

Quando ele murmurou "anjo", ela ficou quente dos pés à cabeça. Sorriu e se aninhou ainda mais perto do calor dele.

– Sim – ela sussurrou. – Seu anjo voltou.

Capítulo 4

De anjo para o diabo a transformação foi rápida. Conforme a febre do guerreiro aumentava ao longo do dia seguinte, ele alternava entre xingar Keeley como feita pelas mãos do diabo e enviada para arrastá-lo para o inferno e acreditar que ela era o anjo mais doce que existia.

Ela estava exausta e nunca tinha muita certeza de quando tudo mudaria para o instante em que ele tentaria beijá-la desesperadamente ou a jogaria para o mais longe que conseguisse. Só podia agradecer a Deus por ele estar tão enfraquecido pelo ferimento e pela febre que não conseguia fazer mais nada além de balançar o braço.

Keeley sentia pena dele. De verdade. Tranquilizava-o. Secava sua testa. Murmurava muitas vezes, acariciando seu cabelo e até beijando sua testa. Ele gostava dos beijos.

Certa vez, ele ergueu a boca e pegou a dela em um beijo quente e luxurioso que roubou sua respiração por completo. Aquele homem certamente tinha um apetite saudável por fazer amor porque, quando não estava xingando, passava o tempo todo tentando beijá-la.

Para sua própria vergonha, ela não tentava dissuadi-lo. Ele estava, afinal de contas, muito doente. Essa era a desculpa que ela usava, e se recusava a admitir qualquer outro motivo para sua tolerância às carícias.

Conforme a tarde foi passando, ela separou um pouco de caldo do ensopado de veado que havia preparado. Ficara extremamente agradecida quando uma pessoa que ela havia curado deixou metade de uma carcaça de veado em sua porta. Isso a alimentaria por dias e lhe faria muito bem.

Carregando o caldo em uma xícara pequena e quebrada, ela se ajoelhou ao lado do guerreiro e começou a árdua tarefa de fazê-lo tomar o líquido quente.

Felizmente, ele não estava com o humor belicoso e voltou a pensar que ela era o anjo mais doce. Bebeu o que ela oferecia como se fosse uma oferenda dada pelo próprio Deus. E, talvez, na mente confusa e febril do guerreiro, fosse mesmo.

Keeley quase derramou todo o caldo no queixo dele quando ouviu alguém bater na porta. O medo revirou seu estômago enquanto ela olhava em volta, rapidamente, para encontrar uma maneira de esconder o guerreiro. Esconder um homem daquele? Ele ocupava o chão inteiro.

Ela colocou a xícara de lado e pousou a mão calmante na testa do guerreiro, torcendo para que ele não escolhesse começar a murmurar blasfêmias logo agora. Então, levantou-se e correu até a porta.

Ela a abriu só um pouco e espiou para fora. Era quase pôr do sol. O sol havia quase sumido do topo da montanha distante. Ela estremeceu quando o vento frio soprou.

Respirou um pouco mais normalmente quando viu que era apenas a vizinha. Isto é, até ela se lembrar de que o cavalo enorme do guerreiro havia se instalado ao lado de sua cabana.

Keeley saiu da cabana com um sorriso e olhou para a esquerda e para a direita, franzindo o cenho ao não ver sinal do animal. Aonde aquela fera tinha ido? Com certeza, o guerreiro não ficaria feliz por perder um animal tão valioso. Talvez o cavalo até tivesse sido roubado. Sua atenção havia sido consumida pelos cuidados ao guerreiro. Cuidar de um animal selvagem não fazia parte de suas funções.

– Desculpe por estar te incomodando, Keeley, em um dia tão frio como este – Jane McNab começou.

Keeley voltou a atenção para Jane e se obrigou a sorrir.

– Não há nenhum problema. Só peço que fique longe. Estou me sentindo indisposta e não quero que pegue nada.

Os olhos da outra mulher se arregalaram e ela, rapidamente, deu um passo para trás. Pelo menos, agora, ela não esperaria que Keeley a convidasse para entrar.

– Pensei que pudesse te importunar para pedir remédio para o peito de Angus. Ele está tossindo muito forte. Acontece toda vez que o tempo muda.

– É claro – Keeley disse. – Fiz um lote fresco há apenas dois dias. Espere aqui que vou buscar.

Ela correu para dentro e foi até o canto onde guardava suas pastas e seus remédios. Fizera uma porção extra da pasta grossa que Angus usava porque havia muitos pacientes que sofriam do mesmo problema. Usando uma de suas tigelas rachadas, separou uma porção suficiente da mistura para, no mínimo, uma semana, depois levou-a para onde Jane tremia no frio.

– Obrigada, Keeley. Rezarei para que se recupere logo – Jane disse. Colocou uma moeda na mão de Keeley e, antes que ela pudesse protestar, Jane se virou e saiu apressada.

Dando de ombros, Keeley voltou para dentro e guardou a moeda em um pedaço de pano amarrado onde mantinha o resto de suas poucas economias. Como o inverno estava chegando, ela precisaria de toda moeda que pudesse guardar para quando os suprimentos acabassem.

Seu guerreiro estava em silêncio e parecia descansar, mesmo que estivesse inquieto. Ele se contorcia e se mexia durante o sono, mas parara de divagar. Ela suspirou de alívio. Nem precisou fingir a aparência cansada e quase doentia para convencer Jane de que estava indisposta. Ela estava exausta. Provavelmente também aparentava estar à beira da morte e daria tudo para ter uma noite de descanso.

Ajoelhou-se ao lado do guerreiro e colocou a palma da mão na testa dele, estranhando o fato de a pele estar quente e seca. Ele deu uma leve estremecida e seus músculos se contraíram e tensionaram como se estivesse tentando se livrar do frio.

Keeley olhou para a lareira e viu que teria que se aventurar mais uma vez para repor a lenha para a noite que viria. O vento já uivava e assobiava à janela, enrugando a pele que cobria a abertura.

Sabendo que seria melhor acabar logo com aquilo para que pudesse passar o resto da noite no calor da cabana, ela se enrolou com firmeza no xale e saiu para pegar mais um pouco de lenha.

Quando retornou, o xale havia sido arrancado dela e esvoaçado com o vento, preso apenas por uma ponta. Ela correu para dentro, jogou a madeira no chão ao lado da lareira e repôs as lenhas até a chama alcançar a chaminé.

Estava com fome, mas simplesmente muito cansada para comer. Tudo o que queria era se deitar e fechar os olhos. Ela observou o guerreiro dormindo e pensou na possibilidade de dar um sonífero a ele.

Ficar inquieto não fazia bem ao seu ferimento, e nenhum deles descansava o quanto precisava quando ele se debatia devido à agonia de Deus sabe qual devaneio.

Pensando em dormir na cama naquela noite, ela misturou o remédio e se ajoelhou, passando o braço sob o pescoço do guerreiro. Ela o ergueu o máximo que conseguiu e levou o copo aos seus lábios.

– Beba agora – ela disse em uma voz calma. – Isso vai acalmar as coisas nesta noite. Você precisa de um sono tranquilo.

E eu também.

Ele bebeu docilmente, fazendo careta no último gole que desceu pela garganta. Soltando o ar, ela o deitou de novo, arrumou a coberta sobre ele para mantê-lo aquecido, depois se ajeitou ao seu lado, com a cabeça descansando em seu braço.

Não era o jeito mais recatado de se acomodar. Se alguém a visse, ficaria escandalizado e ela seria rotulada como prostituta de novo. Mas não havia ninguém ali para julgá-la, e ela jamais permitiria isso sob seu próprio teto. Abdicara do calor de sua cama pelo guerreiro. O mínimo que ele poderia fazer era compartilhar o calor de seu corpo.

Um pouco do tremor diminuiu quando ela se aninhou mais perto do corpo dele. Ele até suspirou de satisfação e se virou sem abrir os olhos, o braço escorregando em volta da cintura dela. Ele passou a mão pelas costas dela até sua palma descansar aberta entre suas omoplatas. Então, ele simplesmente a abrigou em seu corpo e puxou a cabeça dela para a curva de seu pescoço.

Era como estar envolta pelo fogo. O calor se infiltrava na carne dela até seus músculos estarem banhados com ele. Ela tomou cuidado para não tocar na lateral do corpo dele, apesar de desejar jogar seu braço de forma possessiva em volta dele como ele a estava segurando. No entanto, ela se satisfez ao colocar a mão entre o peito dela e o dele, sentindo o coração dele bater contra a palma de sua mão.

– Você é lindo, guerreiro – ela sussurrou. – Não sei nada sobre o local de onde você é ou de quem é amigo ou inimigo, mas é o homem mais lindo que já vi.

Enquanto ela caía em um sono feliz, o calor a envolvia como um cobertor, e o guerreiro sorria na escuridão.

Capítulo 5

Um arrepio percorreu a pele de Keeley um segundo antes de ela abrir os olhos. Ela prendeu a respiração e teria gritado, se uma mão enorme não tivesse tapado sua boca.

O terror tomou conta do seu corpo quando ela percebeu os guerreiros em volta de onde ela e o guerreiro ferido estavam deitados. Eles não pareciam nada contentes.

Seus rostos tinham carrancas ferozes e ela registrou vagamente que dois deles tinham uma semelhança impressionante com o seu guerreiro.

Ela não teve tempo de pensar muito mais nisso, pois foi erguida por um homem que empunhava uma espada que poderia facilmente cortá-la ao meio.

Keeley estava prestes a perguntar o que eles queriam quando o guerreiro fixou nela um olhar tão feroz que ela imediatamente desistiu e manteve os lábios selados.

Parecia que o guerreiro tinha as próprias perguntas.

– Quem é a senhorita e o que fez com ele? – exigiu ao apontar para onde o guerreiro estava deitado no chão.

Ela ficou boquiaberta, incapaz de conter sua indignação.

– O que eu fiz? Não fiz nada, senhor. Bem, exceto por salvar a vida dele, mas suponho que isso seja insignificante.

O olhar dele se estreitou e ele chegou mais perto dela, apertando seu braço até ela dar um gritinho de dor.

– Solte-a, Caelen – aquele que aparentava ser o laird gritou.

Caelen fez uma careta, mas parou de apertar e a jogou a um metro, o que a fez bater no peito de um dos outros homens. Ela se virou, com a intenção de fugir, mas ele pegou o braço onde Caelen havia segurado e apertou, embora muito mais gentilmente.

O laird se ajoelhou ao lado do guerreiro dormindo e a preocupação deixou seu rosto sombrio. Ele passou a mão pela testa febril do guerreiro e, em seguida, pelo peito e pelos ombros, como se procurasse a fonte de sua enfermidade.

– Alaric – ele chamou, sua voz era forte o suficiente para acordar os mortos.

Alaric? Era um nome chique para um guerreiro. Mas Alaric não fez nada além de se mexer um pouco. O homem ajoelhado sobre ele virou seu olhar preocupado em direção a Keeley, então seus olhos verdes, tais quais os de Alaric, ficaram frios e violentos.

– O que aconteceu aqui? Por que ele não acorda?

Ela se virou e olhou fixamente para o guerreiro que segurava seu braço, depois para baixo, onde a mão dele apertava sua pele, até que ele entendeu a mensagem e a soltou. Então, ela se apressou até onde Alaric estava deitado, com a determinação de que, independentemente de quem fosse aquele homem, não iria ameaçar Alaric enquanto ele dormia tão febril.

– Ele está com febre – ela disse rudemente, tentando ignorar o medo que a envolveu quando aqueles homens a rodearam.

– Isso eu mesmo posso presumir – o guerreiro resmungou. – O que aconteceu?

Keeley se esticou para levantar o que sobrou da túnica de Alaric, onde ela dera pontos. Houve suspiros rápidos e Caelen, que apertara o braço dela até quase quebrar, avançou para ficar perto de Alaric ao olhar para a ferida costurada.

– Não sei o que aconteceu – ela disse sinceramente. – O cavalo dele o trouxe até aqui, e ele caiu no chão à minha porta. Precisei de toda minha destreza para colocá-lo para dentro para que pudesse cuidar das feridas. Foi um corte profundo na lateral. Costurei o melhor que pude, cuidei bem dele e o mantive aquecido desde aquele dia.

– Ela fez um bom trabalho ao costurá-lo – Caelen disse contrariado.

Keeley se arrepiou, mas conteve a língua. O que ela queria era dar um chute rápido na bunda dele. Seu braço ainda doía onde ele segurara.

– Fez mesmo – o laird disse baixinho. – Só queria saber o que aconteceu com ele para chegar tão gravemente ferido. – Ele se virou procurando o olhar de Keeley, sondando, como se estivesse pensando se ela estava sendo sincera com ele.

– Se soubesse, eu lhe diria – ela resmungou. – Isso é indigno. Ele deve ter caído numa emboscada ou lutado de forma injusta. Parece forte o bastante para lidar com uma luta.

Os olhos do laird tremeluziram por um instante, e ela jurou que ele quase sorriu.

– Sou Laird McCabe e Alaric é meu irmão.

Keeley olhou para baixo e fez uma reverência esquisita. Ele não era seu laird, mas, mesmo assim, um homem em sua posição exigia respeito, não que seu laird merecesse respeito.

– Com quem eu falo? – ele perguntou impaciente.

– Keeley – ela balbuciou. – Keeley... Só Keeley. – Os McDonald não a consideravam mais de seu clã.

– Bom, "Só Keeley". Parece que devo a vida do meu irmão à senhorita.

Suas bochechas ficaram tensas à medida que o calor se juntou e parou ali. Ela se mexeu desconfortável, desacostumada a ser elogiada.

Laird McCabe começou a dar ordens a seus homens sobre como transportar Alaric de volta às suas terras. Sim, ela sabia que eles iriam querer que ele voltasse para casa, mas sentiu a tristeza por seu guerreiro não mais ocupar seu lar.

– O cavalo idiota dele foi embora – ela soltou, sem querer ser culpada por não cuidar melhor do corcel. – Fiz o que pude.

De novo, algo que parecia quase um sorriso característico pestanejou nos traços do Laird McCabe.

– O cavalo idiota nos alertou que Alaric estava com problemas – ele disse secamente.

Ela escutava sem prestar atenção enquanto eles faziam planos para partida imediata, e quase não percebeu a menção a ela. Não, lá estava de novo. Uma referência clara a ela.

Ela deu meia-volta, estupefata ao ver Caelen, que, obviamente, só poderia ser outro irmão McCabe. Ele era quase idêntico a Alaric, embora, para ser sincera, Alaric fosse muito mais agradável de se olhar. Caelen franziu o rosto de forma tão feroz que ela não conseguia imaginar uma mulher querendo chegar perto dele.

– Não vou com vocês – ela protestou, certa de ter ouvido errado.

Caelen não respondeu a sua declaração nem pareceu impressionado pela sua ira. Simplesmente a levantou, jogou sobre o ombro e começou a sair da casa.

Com a surpresa, ela ficou momentaneamente paralisada. Sem fala e sem reação. Quando ele chegou ao seu cavalo, ela entendeu o que ele pretendia e começou a chutar e lutar.

Em vez de forçá-la a montar no cavalo, ele imediatamente a soltou no chão, depois passou por cima dela com um olhar aborrecido.

Ela colocou a mão dentro da saia para esfregar o machucado e olhou para o guerreiro.

– Isso doeu!

Caelen revirou os olhos.

– A senhorita tem duas opções. Pode se levantar do chão e se render graciosamente. Ou posso te amarrar, de preferência com uma mordaça, e te jogar sobre minha sela.

– Não posso simplesmente ir embora! Por que iriam querer que eu fizesse isso? Não fiz nada contra seu irmão. Salvei a vida dele. Cadê sua gratidão? Tenho pessoas que confiam em minhas habilidades de cura aqui.

– Temos mais urgência de uma curandeira no castelo McCabe – Caelen explicou calmamente. – Fez um bom trabalho ao dar pontos em meu irmão e mantê-lo vivo. Vai continuar a fazê-lo nas terras McCabe.

Ela lançou um olhar mudo para ele, embora precisasse dobrar o pescoço para isso.

– Não vou cavalgar com você. – Ela cruzou os braços de maneira teimosa à frente do peito para enfatizar.

– Tudo bem.

Ele a levantou do chão e a carregou até onde um de seus homens já havia montado. Ela não foi avisada antes de ser literalmente jogada para o outro guerreiro pegar.

Caelen a encarou.

– Feliz? Pode cavalgar com Gannon.

Gannon não pareceu contente com a tarefa.

Ela fez careta para demonstrar seu próprio desprazer, depois decidiu informar Caelen exatamente o que pensava dele.

– Eu não gosto de você. É totalmente grosseiro.

Ele deu de ombros, claramente dizendo a ela que não se importava se ela gostava dele ou não, mas podia jurar que o ouvira dizer "bom" baixinho enquanto se virava e saía para verificar a maca que estava sendo feita para levar Alaric.

– Tomem cuidado para não abrir os pontos dele – ela gritou.

Keeley se endireitou para frente e Gannon abraçou sua cintura com cuidado para impedir que ela caísse de seu colo.

– É melhor se sentar reta – ele sugeriu. – É uma grande queda para uma moça pequena como a senhorita.

– Não quero sair daqui! – ela protestou.

Gannon deu de ombros.

– O laird decidiu ficar com a senhorita. É melhor aceitar com gratidão. Os McCabe são um bom clã. E precisamos de curandeiros, já que o nosso morreu há algumas semanas.

O olhar dela se estreitou e estava na ponta da língua dizer ao homem maluco que eles não podiam simplesmente sair por aí raptando as pessoas, mas as palavras dele fizeram sentido e ela ficou quieta.

Ele pareceu relaxar, e ela sentiu um suspiro de alívio sair do peito dele.

Um clã. Uma posição num clã. Era assim tão simples? Ela franziu a testa. Teria um cargo no Clã McCabe ou seria uma prisioneira sem privilégios em um cativeiro? Seria bem tratada até a recuperação de Alaric e, depois, expulsa?

E se ele não se recuperasse? Ela seria culpada?

Ela estremeceu ao pensar naquilo e, instintivamente, aconchegou-se mais perto do calor do guerreiro. O vento estava cortante, e ela não estava preparada para o frio.

Não. Ela não permitiria que Alaric morresse. Havia determinado isso desde o intante em que colocara os olhos naquele guerreiro lindo.

Atrás dela, Gannon xingou.

– Pegue algo para a moça se proteger do frio – ele gritou. – Ela vai congelar antes de chegarmos às terras McCabe.

Um dos outros homens jogou um cobertor e Gannon o arrumou cuidadosamente em volta de Keeley. Ela agarrou as pontas e ficou perto do peito dele, apesar de ele ser seu sequestrador e ela, a sequestrada.

Não. Ele não era seu sequestrador. Não parecia mais feliz com o acordo do que ela. Não. Ela culpava Caelen e o laird.

Olhou para a direção em que eles estavam só para saberem o quanto ela reprovava a audácia deles. Nenhum dos homens lhe dedicou mais do que um olhar superficial enquanto prendiam Alaric a uma maca improvisada.

– Fiquem atentos – o laird ordenou quando os homens se preparavam para partir. – Não sabemos o que aconteceu na viagem de Alaric, mas ninguém, além dele, sobreviveu. Precisamos voltar ao castelo McCabe sem atraso.

Keeley estremeceu com o tom sinistro da declaração do laird. Alguém realmente havia tentado matar seu guerreiro. Ele era o único sobrevivente.

– Está tudo bem, moça. Não permitiremos que nenhum mal a atinja – Gannon disse, confundindo o motivo de seu estremecimento.

De alguma forma, ela acreditava nele. Por mais absurdo que fosse colocar alguma fé naqueles homens, quando eles a estavam tirando de sua própria casa, acreditava mesmo que não aconteceria nada com ela contanto que estivesse com eles.

Com isso em mente, relaxou no colo de Gannon e apoiou a cabeça nele quando começaram a avançar em passo lento. Suas noites sem dormir cuidando de Alaric estavam embalando um ritmo em sua cabeça. Ela estava cansada, com frio e faminta, e não havia absolutamente nada que pudesse fazer para mudar. Então fez a única coisa que fazia sentido.

Dormiu.

Capítulo 6

– Você podia, pelo menos, ter achado uma mulher mais transigente para roubar – Caelen resmungou para seu irmão Ewan.

Ewan sorriu e olhou de canto de olho para onde seus homens carregavam a maca de Alaric. O irmão não acordara nenhuma vez, e isso o preocupava, mas era óbvio que a birrenta havia cuidado bem dele. O que a tornava perfeita para o que ele tinha em mente.

– Ela tem uma mão boa para curar e isso é tudo que importa – Ewan disse, sem querer que Caelen começasse a discursar contra as mulheres.

Enquanto falava, ele olhava para onde Gannon cavalgava com a mulher à sua frente. Ela estava jogada no peito do guerreiro, e tudo que Gannon podia fazer era manter o peso morto na sela. A moça estava com a boca aberta, quase babando ao dormir profundamente.

– Parece que ela não descansou ao vigiar Alaric – Ewan murmurou. – Precisamos desse tipo de dedicação. Com a hora de Mairin chegando cada vez mais perto, me sentiria melhor com uma parteira competente ao alcance. Não vou arriscar a segurança dela ou de nosso filho.

Caelen franziu a testa, mas assentiu, concordando.

Gannon freou o cavalo e a moça se mexeu e quase caiu da sela. Ele a segurou no último segundo, e os olhos dela se abriram quando se endireitou.

Seu olhar mal-humorado fez Ewan querer rir. Ela estava irritada. E nada feliz com a honra que ele lhe concedera. Por que ela iria querer continuar morando sozinha e na miséria era algo que ele não compreendia. Não quando ele oferecera uma posição honrada em seu clã.

– Tem experiência em fazer parto, moça? – ele gritou para ela.

Ela fez cara feia e estreitou os olhos.

– Sim, fiz o parto de um ou dois bebês na vida.

– Tem alguma habilidade nisso? – ele insistiu.

– Bom, nenhum morreu, se é isso que está perguntando – ela disse secamente.

Ewan puxou as rédeas e ergueu o punho para Gannon fazer o mesmo. Ele encarou a mulher com toda força de seu olhar.

– Me escute, sua bruxinha. Duas pessoas que são mais importantes para mim do que minha vida precisam de suas habilidades. Meu irmão está gravemente ferido e minha esposa vai ter meu filho neste inverno. Preciso de suas habilidades, não da sua falta de respeito. Enquanto estiver em minhas terras e em meu castelo, minha palavra é lei. Eu sou a lei. A senhorita me reconhecerá como seu laird e me ajudará, caso contrário, irá passar o inverno sem abrigo ou comida.

Keeley apertou os lábios e assentiu rapidamente.

– É melhor não deixar o laird bravo, moça – Gannon sussurrou no ouvido dela. – Ele está nervoso com a Lady McCabe tão perto de dar à luz. Todo nosso clã depende da chegada saudável do bebê.

Keeley engoliu, sentindo-se arrependida por sua falta de compostura. Mesmo assim, ela não conseguia se sentir muito culpada. Fora raptada de seu lar e esperavam que se adaptasse aos McCabe. Não lhe pediram ou lhe deram opção. Sendo que, se o laird tivesse apenas explicado seu problema, ela poderia ter aceitado a oferta de viajar para o castelo dele. Muita coisa na vida dela havia sido além de seu controle e, por muito tempo, ela não teve escolha em seu destino.

– Fiz o parto de bem mais do que vinte bebês de forma segura, laird – ela disse, resmungando. – Nunca perdi um. Farei meu melhor para sua esposa e não vou deixar seu irmão morrer. Já decidi que ele sobreviverá, e verá que não desisto.

– Imagine. Uma moça teimosa – Caelen murmurou. – Ela e Mairin vão se dar muito bem.

Keeley inclinou a cabeça.

– Mairin?

– A esposa do laird – Gannon explicou.

Keeley analisou o laird com interesse porque estava claro que ele dissera a verdade. Seu irmão e sua esposa significavam muito para ele. Ela podia ver a preocupação no seu rosto, e seu coração romântico assumiu.

Como era fofo que o laird raptasse uma curandeira para que sua esposa tivesse alguém quando sua hora chegasse.

Keeley quase suspirou. Como era ridículo pensar em poesia sobre o quanto o laird era romântico. Ele a sequestrara, por tudo quanto era sagrado. Ela deveria estar gritando floresta abaixo, não pensando de maneira nostálgica sobre a afeição óbvia do laird para com sua esposa.

– Que pateta – ela murmurou.

– O que disse?

Gannon soou positivamente afrontado.

– Não você. Estou me referindo a mim mesma.

Ela pensou tê-lo ouvido se referir a mulheres loucas, mas não tinha certeza.

– Quanto demora até seu castelo, laird? – ela gritou.

O laird se virou na direção dela.

– Quase um dia, mas, como estamos carregando Alaric, podemos contar que vai demorar mais. Vamos viajar o mais rápido que conseguirmos e acampar o mais próximo possível das terras McCabe.

– E quando eu tiver cuidado de seu irmão e feito o parto da Lady McCabe de forma segura, poderei voltar para casa?

O olhar do laird se estreitou. Caelen parecia muito querer gritar "sim!".

– Vou pensar nisso. Mas não prometo. Nosso clã precisa de uma curandeira habilidosa.

Ela franziu o cenho, mas achou que era melhor fazer isso do que receber uma total recusa.

Entediada e agitada pelo passo lento com que os guerreiros estavam se movendo, ela se recostou contra o peito de Gannon de novo, sem se importar se era adequado ou não. Ela não tinha pedido para ser raptada, e certamente não fora sua ideia ser jogada de homem para homem como um lixo fedido.

Focou sua atenção na paisagem, tentando ficar animada por conhecer além da área na qual cresceu e morou desde que nasceu. Na verdade, não era muito diferente. Terreno acidentado. Pedras espalhadas pelo solo. Eles entravam e saíam de áreas de floresta densa para vales bem verdes que formavam um caminho entre picos desnivelados.

Sim, era bonito, mas não era tão diferente como ela sempre imaginou.

Quando chegaram a um riacho que ligava dois lagos, Laird McCabe mandou todos pararem e pediu que seus homens protegessem o perímetro do acampamento.

Como uma operação bem ensaiada, cada um realizou uma tarefa diferente e, logo, as barracas estavam montadas, as fogueiras acesas e os guardas a postos.

Assim que Alaric foi colocado perto do fogo, ela correu até ele, sentindo a temperatura da sua testa e deitando a cabeça perto do peito para escutar sua respiração.

A falta de consciência prolongada de Alaric a incomodava extremamente. Ele não acordara nenhuma vez durante a viagem. Ela se esforçou para ouvir a respiração dele. Estava superficial e o peito mal se levantava com a ação.

A testa dele estava queimando. Os lábios estavam ressecados e rachados. De maneira sombria, ela virou a cabeça na direção dos irmãos, sabendo que eles a estavam supervisionando.

– Preciso de água e que um de vocês me ajude a fazê-lo beber.

Caelen foi pegar água enquanto Ewan se ajoelhou do outro lado de Alaric e colocou o braço debaixo do pescoço do irmão. Ewan o ergueu e Caelen entregou um recipiente para Keeley.

Com cuidado, ela o colocou nos lábios de Alaric, mas, quando derramou a água em sua boca, ele cuspiu tudo de volta.

– Pare de ser teimoso, guerreiro – ela o repreendeu. – Beba para que todos nós possamos dormir nesta noite. Já passei muito tempo sem dormir por sua causa.

– Diaba – Alaric resmungou.

A boca de Ewan se repuxou e Keeley olhou para ele.

– Pode me chamar do que quiser se beber isso – ela disse.

– O que você fez com meu anjo? – Alaric estava arrasado.

Ela aproveitou que ele estava com a boca aberta e inclinou o recipiente para que a água passasse de seus lábios. Ele engasgou e tossiu, porém engoliu a maior parte.

– Isso, pronto. Mais um pouco. Vai se sentir melhor – Keeley murmurou enquanto derramava mais água na boca dele.

De forma obediente, Alaric engoliu e, quando Keeley estava satisfeita por ele ter bebido o suficiente, gesticulou para Ewan abaixar a cabeça de Alaric.

Ela rasgou um pedaço de sua saia esfarrapada e mergulhou no restante da água. Em seguida, passou na testa de Alaric, amenizando as linhas tensas que se acumulavam nela.

– Descanse bem agora, guerreiro – ela sussurrou.

– Anjo – ele murmurou. – Você voltou. Estava preocupado de a diaba ter feito algum mal a você.

Keeley suspirou.

– Então sou o anjo de novo.

– Fique perto de mim.

Keeley olhou por cima do ombro e viu Caelen franzir o cenho enquanto os olhos de Ewan brilhavam com diversão. Ela semicerrou os olhos para ambos. Eles queriam que seu irmão recuperasse a saúde. Fazia parte mantê-lo calmo e tranquilo. Se isso significasse dormir ao lado dele, ela o faria.

Ewan deu um passo à frente.

– Vou pegar cobertores para que vocês fiquem confortáveis. Agradeço por ficar perto dele enquanto ele está tão doente.

Naquele momento, Keeley viu que o laird não era tão mau. Ela tinha sua reserva em relação a Caelen, mas o laird sabia que estava desconcertada pelo que ela considerava ser seu dever, e ele a estava tranquilizando e lhe dando uma desculpa para permanecer ao lado de Alaric.

Mesmo assim, ela olhou rapidamente à sua volta para ver se os homens do laird tinham ouvido ou entendido onde ela iria dormir.

Nenhum deles parecia incomodado e, na realidade, começaram a se posicionar formando um círculo pequeno ao redor de Alaric, para que ele estivesse protegido de todos os lados.

Dois homens trouxeram cobertores e enrolaram um deles em uma almofada.

– Para sua cabeça – um dos guerreiros explicou. – Assim o chão não será tão duro para se dormir.

Tocada por sua consideração, Keeley sorriu e pegou as cobertas.

– Qual é seu nome?

Ele devolveu o sorriso.

– Cormac, senhorita.

– Obrigada, Cormac. Realmente passei as últimas noites no chão e uma proteção para a cabeça é bem-vinda.

Ela arrumou os cobertores e, rapidamente, se posicionou ao lado de Alaric, tomando cuidado para manter uma distância respeitável entre eles. Com a cabeça deitada no cobertor enrolado e as peles entre ela e o chão, estava bem confortável.

Apesar de ter tirado uma soneca durante a cavalgada, bocejou assim que ajeitou os cobertores sobre ela e Alaric. Era importante mantê-lo aquecido. Ela podia senti-lo tremendo.

Por um bom tempo, ela ficou deitada na escuridão, observando e ouvindo Alaric. O fogo diminuiu, mas foi alimentado durante a noite pelos guardas. Em certo momento, ela não conseguia mais manter os olhos abertos.

À medida que caía no sono, percebeu que, na manhã seguinte, começaria um capítulo totalmente diferente em sua vida. E não sabia muito bem o que fazer com aquilo.

Capítulo 7

Quando Keeley abriu os olhos, tudo o que conseguiu ver foi o peito largo de um homem. O calor a envolvia, assim como duas barras de ferro que depois ela percebeu serem os braços dele. Ela bufou, irritada. Tanto trabalho para tentar manter distância de Alaric McCabe e, durante a noite, ele a puxara contra si e nenhum fio de cabelo os separava.

Resignada, ela moveu o braço entre eles e passou os dedos pela testa dele. Franziu o cenho e apertou os lábios com preocupação. Ele ainda estava quente. Muito mais quente do que ela gostaria.

Keeley virou a cabeça, olhando para o céu, e viu que tinha começado a clarear com os primeiros raios do amanhecer. À sua volta, o acampamento estava agitado e os homens se moviam rapidamente, preparando os cavalos e guardando os equipamentos.

Quando ela viu Laird McCabe, chamou-o baixinho. Ele parou e, depois, andou até eles permanecendo próximo a Alaric.

– Precisamos nos apressar – ela disse. – Ele precisa de um quarto quente. Não vai melhorar até sair desse ar frio e úmido. Sua febre ainda está queimando de manhã.

– Sim, partiremos imediatamente. Não estamos longe das terras McCabe. Chegaremos ao castelo no meio da manhã.

Enquanto ele se afastava, Keeley relaxou contra seu guerreiro e permitiu que seu calor se infiltrasse na pele dela. Era uma sensação prazerosa ficar deitada nos braços dele. Ela suspirou e passou a mão pelo peito dele.

– Você precisa melhorar, guerreiro – ela murmurou. – Seu grupo não vai gostar se eu não conseguir te curar. Já passei por muita coisa. Gostaria muito de ter uma vida tranquila daqui por diante.

– Senhorita, está na hora de irmos – Cormac disse.

Ela se virou de novo para olhar para cima e ver o homem em pé sobre ela e Alaric. Franziu o cenho quando viu a impaciência dele. Como se ela estivesse satisfeita por ficar deitada o dia inteiro.

Olhou diretamente para os braços de Alaric, que envolviam seu corpo, depois voltou a olhar para Cormac.

Logo, Cormac e Caelen gentilmente puxaram Alaric para longe e o colocaram na maca na qual ele fora carregado no dia anterior. Antes que Keeley pudesse se levantar, viu-se sendo erguida por Gannon, que já estava montado no cavalo.

Ela bufou, irritada, enquanto era puxada contra o peito do guerreiro.

– Eu gostaria muito de que todos vocês parassem de me lançar como se eu fosse um tronco de madeira. Sou mais do que capaz de montar um cavalo sozinha.

Gannon sorriu.

– É muito mais rápido assim, moça. Apenas fique onde a colocarmos e não haverá problemas.

Ela lhe lançou um olhar de desprezo antes de se ajeitar na sela para a viagem curta que teriam.

O vento ficou mais forte e Keeley podia jurar que sentia o cheiro da neve chegando. O céu estava todo cinza e as nuvens, dilatadas, fofas e prontas para soltar sua umidade a qualquer momento.

Ela estremeceu quando eles cavalgaram em frente. Gannon apertou mais o cobertor em volta dela com uma mão, enquanto guiava o cavalo com a outra. Ela agarrou as pontas com gratidão e se recostou de volta contra ele para que pudesse absorver seu calor.

Ao seu lado, Laird McCabe parou o cavalo e mandou que Cormac fosse na frente e avisasse o castelo do retorno deles. Ao redor dela, o grupo de guerreiros gritou. Eles haviam adentrado nas terras McCabe.

– Certifique-se de que minha esposa permaneça dentro do castelo – o laird ordenou a Cormac.

Cormac suspirou, cansado, e os outros guerreiros lançaram olhares de lástima enquanto ele cavalgava.

Gannon riu e Keeley se virou, olhando-o com curiosidade.

Ele balançou a cabeça.

– Nosso laird deu uma tarefa impossível para Cormac, e ele sabe disso.

– Lady McCabe não cumpre os desejos do laird?

Em volta deles, muitos homens riram. Até Caelen tinha um toque de diversão em relação à pergunta dela.

– Seria desleal da minha parte responder à sua pergunta – Gannon disse formalmente.

Keeley deu de ombros. Ela sabia que, quando uma mulher carregava uma criança, tendia a ser mais cabeça-dura. Ficar trancada dentro do castelo provavelmente levaria uma grávida à loucura. Ela não podia culpar a esposa do laird por querer um pouco de liberdade de vez em quando.

Uma hora depois, eles chegaram no topo de uma montanha, e Keeley olhou para baixo em direção às águas escuras de um lago que cruzava o vale e batia nas colinas. Aninhado na curva, havia um castelo em vários estágios de reparo, ou destruição, embora parecesse que os homens estavam trabalhando duro para reconstruir as paredes.

Parecia que os McCabe estavam passando por tempos difíceis. Apesar de que ela mesma mal podia se considerar afortunada e autossuficiente, pois nunca havia ficado sem comida.

Como se soubesse o que ela estava pensando, o laird se virou e a encarou com um olhar severo.

– A senhorita será bem cuidada nas terras McCabe. Contanto que cumpra as tarefas para as quais te trouxemos aqui, será largamente recompensada com um lugar para morar e comida na mesa.

Keeley quase gargalhou. Ele fazia soar tão civilizado, como se tivessem contratado seus serviços. Arrancá-la do calor de seus cobertores ao amanhecer dificilmente poderia ser entendido como um convite.

– Vai sobreviver ao inverno, laird? – ela perguntou enquanto eles desciam a colina em direção à ponte que cruzava o lago e levava ao pátio do castelo.

Ewan não respondeu. Sua atenção estava concentrada adiante, os olhos perspicazes absorvendo cada detalhe. Era como se estivesse procurando alguém.

Quando se aproximaram da ponte, Keeley pôde ver o interior da muralha de pedra. Guerreiros se reuniram, com a preocupação estampada no rosto. Atrás deles, mulheres e crianças também se juntaram, em silêncio e à espera.

Ao entrarem no pátio, Ewan franziu o cenho e soltou um longo suspiro. Keeley seguiu seu olhar para uma mulher visivelmente grávida que correu por entre os guerreiros parados e atentos. Outro homem a seguia de perto, com a expressão cansada.

– Ewan! – a mulher gritou. – O que aconteceu com Alaric?

Ewan desceu do cavalo assim que a mulher chegou à maca.

– Mairin, você foi instruída a permanecer no interior do castelo. Não apenas porque está frio aqui fora, mas porque não é seguro.

Mairin ergueu o olhar para Ewan e franziu a testa tão ferozmente quanto ele a estava encarando.

– Você precisa trazê-lo para dentro para que possamos cuidar dele. Não parece bem!

– Eu trouxe alguém que vai cuidar dele – Ewan a tranquilizou.

Mairin se virou rapidamente e inspecionou os cavaleiros que, lentamente, desmontavam ao redor de Keeley. O seu olhar fixou-se na moça e suas sobrancelhas se ergueram com a surpresa. Seus olhos se estreitaram e uma expressão pensativa tomou conta de seu rosto.

– Ela é qualificada para cuidar dos ferimentos de Alaric?

Ao ouvir isso, Keeley endireitou as costas e se esforçou para se libertar do abraço de Gannon. Ele a desceu e, assim que os seus pés tocaram o chão, ela encarou Mairin com uma bufada indignada.

– Farei com que saiba que sou procurada regularmente por minhas habilidades de cura. Além disso, não tinha desejo de vir com o Laird McCabe. Não tive escolha! Sou qualificada? Certamente. Mas a pergunta que deveria ser feita aqui é se estou *disposta* a cuidar das feridas de Alaric.

Mairin piscou e sua boca se abriu. Suas sobrancelhas se uniram de forma confusa logo antes de se virar para o seu marido, que lançava olhares perfurantes para Keeley.

– Ewan? Isso é verdade? Você raptou esta mulher?

Os lábios de Ewan se curvaram em um rosnado. Ele apontou para Keeley e avançou. Ela uniu as pernas firmemente para evitar que seus joelhos batessem um no outro. Ela não iria demonstrar medo mesmo que estivesse aterrorizada.

– Vai se dirigir à Lady McCabe com respeito. A senhorita tem duas escolhas. Pode aceitar seu destino ou pode morrer. E, se, mais uma vez, mostrar tamanho desrespeito à minha mulher, vai se arrepender. Não tenho tempo para petulância. A vida do meu irmão está por um fio. A senhorita *vai* cuidar dele e não o fará de má vontade. Estamos entendidos?

Os lábios de Keeley se estreitaram e ela mordeu a língua para não dizer o que realmente queria. Em vez disso, acenou brevemente com a cabeça.

Mairin olhou de Keeley para seu marido, claramente confusa.

– Ewan, não pode simplesmente raptar esta mulher. E a casa dela? Sua família? Tenho certeza de que há outra maneira.

Ewan colocou a mão no ombro de sua esposa, mas Keeley não deixou de notar a gentileza do gesto. O rosto dele até se suavizou. Ele a amava de verdade.

Keeley queria suspirar, mas se conteve.

– Enquanto estamos aqui discutindo, Alaric piora. Vá e se apresse. Prepare o aposento dele para que meus homens possam levá-lo. Keeley precisará de suprimentos. Certifique-se de que as mulheres deem tudo o que ela precisa para cuidar de Alaric. Ela também precisará de um quarto. Dê o que fica ao lado de Alaric, para que ela esteja sempre por perto.

Havia uma irritação clara na voz dele, mas sua expressão disfarçava completamente.

Mairin lançou um último olhar na direção de Keeley, e havia um lamento em seus olhos. Keeley podia jurar que havia uma desculpa por trás do olhar dela. Então, Mairin se virou e se apressou para o interior do castelo, gritando por Maddie.

Assim que a esposa sumiu, Ewan virou-se para Keeley com a expressão sombria.

– Vai me obedecer sem questionar e vai fazer tudo que estiver em seu poder para ajudar tanto Alaric quanto minha esposa quando chegar a hora dela.

Keeley engoliu em seco e assentiu.

Ewan virou as costas sem nenhuma consideração a ela e gesticulou para seus homens carregarem Alaric para dentro do castelo. Por um instante, ela ficou ali parada, muda, sem saber ao certo o que deveria fazer.

Gannon pegou seu braço e gesticulou para que ela seguisse os homens para dentro. Ele ficou apenas um passo atrás dela por toda a escadaria estreita e em espiral. Ele a puxou para trás a fim de parar do lado de fora do aposento até os homens que carregavam Alaric saírem. Então, Gannon a cutucou para a frente.

Mairin e uma mulher mais velha estavam paradas ao lado do fogo que queimava na lareira. O quarto ainda estava frio, pois o fogo acabara de ser aceso. Ewan ficou ao lado da cama de Alaric e fez gestos impacientes para Keeley.

– Dê uma lista a Maddie de quais suprimentos precisa. Veja o ferimento dele e certifique-se de que os pontos não soltaram.

Ela mordeu a língua de novo, tentada a responder que sabia muito bem realizar seu serviço sem ele para instruí-la. Em vez disso, assentiu rapidamente e passou por ele, indo até a cama em que Alaric estava deitado.

Keeley colocou a mão na testa de Alaric, encorajada pelo fato de sua temperatura não estar mais tão alta. É claro que estar exposto ao ar bem mais frio do lado de fora provavelmente piorava muito, e agora que estava dentro do castelo, nos limites aquecidos de seu quarto, ela tinha que se preocupar se a febre piorasse.

– Ele vai se recuperar? – Mairin perguntou com medo.

Keeley se virou para a esposa do laird.

– Sim, não vou deixar acontecer de outro jeito.

A mulher ao lado de Mairin ergueu as sobrancelhas.

– Você é nova para ser tão arrogante, moça.

– Arrogante? – Keeley realmente estava surpresa pelo insulto da outra mulher. – Nunca me considerei arrogante. Nem quando outras vidas dependeram de mim. Acho que faço tudo com muita humildade. Temo o tempo todo que não serei capaz de cuidar do que é preciso. Mas sou teimosa... não arrogante. Me recuso a permitir que alguém sofra se puder prevenir.

Mairin sorriu e se aproximou de Keeley. Segurou suas mãos, apertando-as.

– Independentemente se for arrogância ou confiança, não me importa. A única coisa que me importa é que, quando olho para a senhorita, vejo tanta determinação em seus olhos que sei que não permitirá que Alaric morra. Agradeço por isso, senhorita. Terá minha gratidão eterna se fizer Alaric voltar ao normal.

As faces de Keeley se esquentaram com o elogio da outra mulher.

– Por favor, me chame de Keeley.

– E você deve me chamar de Mairin.

Keeley balançou a cabeça.

– Oh, não, milady. Não faria isso. E seu laird não iria gostar nadinha.

Mairin deu risada.

– O latido de Ewan é muito pior do que sua mordida. Ele pode ser rude e ogro, mas é um homem justo.

Keeley arqueou uma sobrancelha para a outra mulher.

Mairin ficou vermelha.

– O que ele fez foi condenável. Não consigo imaginar no que estava pensando. Talvez a preocupação com Alaric o tenha deixado cego para todo o resto.

– Imagino que a preocupação com a senhora teve algo a ver com isso – Keeley disse secamente.

– Comigo?

O olhar de Keeley caiu para a barriga de Mairin.

– Ele pretende que eu fique para fazer o parto.

– Oh, querida – Mairin murmurou. – O homem está desorientado. Não pode ficar raptando pessoas porque teme por minha segurança. É loucura.

Keeley sorriu.

– É um bom marido que se preocupa com sua esposa. Depois que a conheci, descobri que não tenho aversão em permanecer para o inverno para ver seu filho nascer em segurança.

– Você tem um coração gentil, Keeley – Maddie interveio.

– Precisamos de uma boa curandeira. Lorna faleceu há algumas semanas, e o laird, apesar de habilidoso com a agulha, não tem conhecimento sobre ervas e poções. Também não tem experiência em fazer parto.

As sobrancelhas de Keeley se ergueram de novo.

– O laird tem agido como seu curandeiro?

– Ele deu pontos em minha ferida quando uma flecha me acertou – Mairin disse. – Fez um bom trabalho.

– Diga do que precisa – Maddie pediu. – Vou me certificar de trazer o mais rápido possível.

Keeley pensou por um instante, enquanto analisava o guerreiro dormindo. Ela precisaria de muitas ervas e raízes, mas preferia colhê-las por conta própria. Não confiava que outros reconheceriam as plantas que usava.

Então, pediu à Maddie água, bandagens e um caldo de carne, para que Alaric tivesse sustância. Era importante que ele mantivesse sua força. Um homem enfraquecido não lutava contra uma doença tão bem quanto um guerreiro forte e saudável.

Instruiu a mulher mais velha com o que ela queria que fizesse para Alaric em sua ausência.

– Mas aonde você vai? – Mairin perguntou, franzindo o cenho.

– Preciso sair para pegar as raízes e ervas necessárias para fazer meus remédios. Se eu não for agora, terei de esperar até amanhã de manhã e pode ser tarde demais.

– Ewan não vai gostar disso – Mairin murmurou. – Ele é muito firme em relação a sair dos muros do castelo.

– Se ele quer que o irmão sobreviva, não vai reclamar.

Maddie sorriu.

– Parece que nosso laird não consegue te segurar, Keeley.

– Mesmo assim, seria melhor se fosse acompanhada – Mairin disse. – Eu iria com você, porque Deus sabe que eu gostaria de uma caminhada e ar fresco, mas Ewan nunca me perdoaria.

– Você não pode sair nenhum centímetro do castelo? – Keeley perguntou indignada.

Mairin suspirou.

– Não é a prisão que você pensa que é. Ewan é superprotetor. Está preocupado, e com bons motivos. Temos muitos inimigos e, até eu parir a criança de forma segura, serei um alvo.

Quando Keeley continuou a encará-la sem entender, Mairin expirou longamente.

– É uma longa história. Talvez eu te conte hoje à noite enquanto cuidamos de Alaric.

– Oh, não, milady. Não é sua função ficar acordada com Alaric. Ele ficará muito bem sob meus cuidados. Uma mulher em sua condição precisa de todo o descanso que conseguir.

– Ainda assim, ficarei sentada um pouco com você. Se não ajudar em nada, pelo menos será um jeito de passar o tempo. Não vou dormir preocupada com Alaric, de qualquer maneira.

Keeley sorriu.

– Então, muito bem. Agora, se me der licença, preciso sair antes que a luz boa se vá.

– Maddie, cuide dos suprimentos e faça o que Keeley instruiu. Vou descer com ela até o pátio e pedir que Gannon e Cormac a acompanhem em sua busca. Ewan não permitirá se não for assim, tenho certeza.

Maddie riu.

– Conhece bem nosso laird, milady.

Maddie se virou e se apressou para sair do quarto. Keeley passou a mão na testa de Alaric uma última vez antes de seguir Mairin.

Como Keeley esperava, o laird argumentou até ela dizer que, se ela não pegasse tudo que precisava, o irmão dele iria sofrer. De má vontade, Ewan mandou três de seus homens com ela, apesar de nenhum deles parecer feliz com a tarefa.

– Eles nunca gostam de cuidar de mulheres – Mairin sussurrou perto de Keeley. – Eu sou a desgraça da existência deles, pelo que precisam fazer toda vez comigo.

Keeley sorriu.

– Ouvi bastante sobre a senhora durante nossa viagem.

Mairin fez uma careta.

– Foi desleal da parte deles falar às minhas costas.

– Não falaram muito tanto quanto insinuaram – Keeley se corrigiu. – E Gannon se recusou a responder a uma pergunta direta. Ele disse que seria desleal.

Mairin riu alto, recebendo olhares suspeitos dos homens.

– Venha, senhorita – Gannon disse, se conformando. – Vamos nos apressar para a floresta para que possamos voltar rápido.

– Não precisa agir como se tivesse recebido uma sentença de morte – Keeley murmurou.

Mairin riu baixinho.

– Vou esperá-la no quarto de Alaric, Keeley. Enquanto isso, me certificarei de que ele esteja confortável e de que suas instruções sejam seguidas.

Keeley assentiu e apertou o passo para alcançar o grupo de guerreiros designados para vigiá-la. Apesar de sua irritação inicial por não poder simplesmente sair do castelo sozinha, ela sentiu certa emoção por ser considerada importante o suficiente para ter a escolta de três guerreiros altamente treinados.

Nunca se sentira tão segura quanto estava se sentindo naquele momento com três homens musculosos a rodeando enquanto saíam da muralha de pedra em direção ao trecho de árvores ao longe.

Talvez, ir ao castelo McCabe não tenha sido a inconveniência que ela pensou inicialmente. A esposa do laird não era nada como ela esperava e, apesar das circunstâncias da chegada de Keeley, ela estava sendo bem tratada.

Era totalmente possível que ela passasse a gostar da vida ali. Afinal de contas, não tinha mais um clã para o qual retornar.

Ela franziu os lábios e balançou a cabeça. Não fazia sentido colocar a carroça à frente dos cavalos. Estava fantasiosa demais para seu próprio bem. O laird não a levou até lá porque tinha bom coração. Ele não desejava fazê-la se sentir em casa ou se sentir um membro valioso de seu clã. Queria suas habilidades. Nada mais. Seria conveniente para ela se lembrar disso. Quando ela não servisse mais a um propósito, poderia muito bem ser descartada.

Uma coisa que ela aprendera na vida era que família era um conceito instável. Não havia lealdade. Se não podia esperar tal coisa de seu próprio clã, como poderia esperar isso de completos estranhos?

Ela assentiu sombriamente para si mesma. Sim, precisava tirar sua cabeça das nuvens e ver sua missão com mais objetividade.

Era uma prisioneira. Nada mais. Esquecer-se disso era dar chance a mais decepções.

Capítulo 8

Quando Keeley retornou ao castelo, o sol já havia deslizado no horizonte e o frio penetrava em seus ossos. Ela estava exausta e dolorida de tanto se agachar e ajoelhar, mas teve sucesso além do que imaginava. Os McCabe tinham excelentes plantas e raízes, e agora sua saia estava cheia ao se arrastar pela porta.

Ela estremeceu e apertou os dedos um pouco mais forte no tecido do vestido enquanto agarrava as pontas para que os galhinhos não caíssem. Suas mãos estavam adormecidas pelo frio e os dentes haviam parado de bater há muito tempo. Ela mal conseguia sentir o queixo.

Tropeçou ao subir as escadas, e Cormac pegou seu cotovelo para equilibrá-la. Ela murmurou um agradecimento e continuou, recebendo muito bem o calor do interior.

– Está ficando mais frio – Gannon disse. – Parece que vai nevar nesta noite.

– Parece que vai nevar há dois dias – Cormac argumentou.

– É, ele está certo. Vai nevar antes de amanhecer – Keeley disse ao subir as escadas para o quarto de Alaric.

– Ainda bem que nossas despensas estão cheias – Gannon disse. – Parece que vamos ficar enclausurados por um longo inverno. Será bom não se preocupar de onde nossa próxima refeição sairá.

Keeley parou no meio da escada e olhou para trás para onde Gannon estava.

– O que aconteceu aqui? O castelo está em ruínas e você fala sobre tempos difíceis.

Gannon fez uma careta.

– Falei sem querer. Não deveria falar sobre isso por aí. Estava só pensando alto. Meu laird não ficaria feliz em saber que sou língua solta.

Keeley deu de ombros.

– Não pedi para saber um segredo. Penso que tenho a permissão de saber no que fui envolvida.

– Isso não é relevante – Cormac disse atrás de Gannon. – Está tudo bem agora que o laird se casou com a Lady McCabe. Nosso clã prospera novamente por causa dela. Somos abençoados por tê-la aqui.

Keeley sorriu pela óbvia afeição na voz dele. Mairin McCabe era uma mulher muito afortunada por ser profundamente amada não apenas por seu marido, mas por seu clã.

– Há um motivo para vocês estarem flertando nas escadas quando meu irmão está com dor e precisando de ajuda? – Caelen disse lá de cima.

Ela se virou e lançou um olhar maligno na direção dele.

– Há um motivo para seu tratamento grosseiro? Passei as últimas horas procurando todo tipo de ervas na floresta. Estou cansada. Estou com fome. Não durmo há dias. E mesmo assim tenho mais educação do que você. Acha que tem algo errado com isso?

Caelen piscou, depois fechou o semblante, não que ela esperasse outra coisa. Ele abriu a boca como se fosse dizer algo, mas rapidamente a fechou. Esperto. Ele não a intimidava, e ela não o deixaria escapar com sua grosseria. Era verdade. Ela estava mais do que exausta e a última coisa de que precisava era dele em cima dela, criticando-a a cada segundo.

Keeley o empurrou ao passar por ele assim que chegou ao topo das escadas e o encarou com uma carranca que foi quase tão impressionante quanto a dele. Entrou no quarto de Alaric e fechou a porta.

– Keeley, você voltou! – Mairin exclamou ao lado da cama de Alaric.

Keeley olhou e viu Mairin limpar a testa de Alaric com cuidado enquanto Maddie estava parada ao lado. A lareira fora alimentada com mais lenha, e Keeley imediatamente seguiu para a frente dela, absorvendo todo ar quente que conseguia.

– Aqui, moça, deixe-me pegar o que colheu. Tem alguma instrução especial ou posso deixar tudo junto? – Maddie perguntou ao se aproximar para ajudar Keeley.

Keeley olhou para o monte de plantas que tinha na saia.

– Sim, pode deixar tudo junto. Vou organizá-las assim que puder sentir as mãos novamente. Precisarei de uma ou duas tigelas e algo para moer as folhas e as raízes.

– Você ouviu a moça – Maddie disse a Gannon, que estava parado na porta. – Vá pegar as tigelas e um pilão.

Gannon pareceu extremamente aborrecido por receber ordens de uma mulher, mas se virou para fazer o que ela mandou, não antes de demonstrar seu descontentamento.

Mairin franziu a testa na direção de Keeley.

– Keeley, tem certeza de que está em condições de cuidar de Alaric esta noite? Você parece exausta e está tremendo de frio.

Keeley deu um sorriso cansado.

– Ficarei aquecida em pouco tempo. Se tiverem alguma comida para me dar, eu ficaria muito grata.

– Vou buscar alguma coisa com Gertie – Maddie disse.

Quando Maddie saiu do quarto, encontrou Gannon voltando com os itens que Keeley pedira. Keeley depositou, com cuidado, as ervas em uma das tigelas e alisou a saia. Agora que suas mãos estavam livres, ela se virou e as segurou em frente ao fogo e, estremecendo, sentiu seu sangue recomeçar a correr nas veias.

– A senhorita precisa de roupas apropriadas se vai ficar aqui – Gannon disse grosseiramente. – Vou falar com o laird imediatamente sobre isso.

– Oh, tem razão – Mairin disse com remorso na voz. – Eu deveria ter pensado nisso. Você mal se preparou para a viagem se meu marido a raptou de sua casa. Vou falar com as mulheres agora mesmo. Podemos resolver esse problema entre nós mesmas.

Keeley ficou incomodada pela análise profunda dos dois.

– É muito atencioso da parte de vocês. Agradeço muito o cuidado.

– Há mais alguma coisa que queira? – Gannon perguntou.

Keeley balançou a cabeça.

– Não. Obrigada pela ajuda. Tenho tudo de que preciso.

Gannon inclinou a cabeça para se retirar, depois se virou e saiu do cômodo.

Aliviada por ter se livrado da maior parte dos ocupantes do quarto, Keeley se sentou exausta no banquinho ao lado da cama de Alaric. Mairin a acompanhou de longe, observando enquanto ela examinava cuidadosamente a lateral de Alaric.

Ela tocou o corte comprido, estranhando por estar muito inchado e vermelho. Ela fechou os olhos e xingou baixinho.

– O que foi, Keeley? – Mairin perguntou. – Ele está piorando?

Keeley abriu os olhos e encarou a ferida inflamada. Ela suspirou.

– Preciso reabrir o ferimento para tirar o pus. Vai precisar ser limpo e, depois, terei que costurar de novo. Não é uma tarefa fácil, mas precisa ser feita.

– Devo ficar e ajudá-la?

Keeley olhou a mulher magra e a protuberância em sua cintura. Então, balançou a cabeça.

– Não quero que se machuque se Alaric se debater. É melhor que um de seus irmãos esteja presente, caso precise segurá-lo.

Mairin franziu a testa e encarou Alaric.

– Se ele tentar lutar, vai precisar de mais que um homem para segurá-lo. Talvez eu deva chamar Ewan e Caelen.

Os lábios de Keeley se curvaram com desgosto. Mairin riu baixinho.

– Caelen é uma boa escolha. Eu costumava xingá-lo e ele não fazia nada além de franzir a testa. Ele não é tão terrível quando você se acostuma à sua educação.

– Educação? Ele não tem nenhuma – Keeley murmurou.

Os olhos de Mairin cintilaram com divertimento.

– Eu gosto de você, Keeley... – então ela franziu o cenho. – Qual é seu nome de família?

Keeley congelou e se recusou a olhar nos olhos de Mairin. Ela podia sentir a outra mulher a analisando, sondando-a com seu olhar. Ela olhou para baixo na direção das mãos e as torceu no colo.

– McDonald – ela sussurrou. – Eu costumava ser, mas não sou mais. Agora só me chamo Keeley.

– McDonald? – Mairin repetiu. – Oh, querida, será que Ewan sabe que roubou a curandeira do clã do qual Alaric seria laird?

Keeley ergueu a cabeça de repente.

– Laird? Mas os McDonald têm laird. – E ela sabia bem. O desgraçado tinha sido diretamente responsável por seu banimento. Se alguma coisa tivesse acontecido ao babaca, ela não deveria saber? Estava condenada a viver eternamente excluída de sua família? Nunca seria bem-vinda ao seu lar e ao seu grupo?

Lágrimas queimaram seus olhos e ela morreria antes de deixar uma única cair. O resto deles podia apodrecer, inclusive Gregor McDonald. *Principalmente* Gregor McDonald.

– É uma longa história – Mairin disse com um suspiro. – O

casamento de Alaric com Rionna McDonald foi decidido em um acordo. Ele estava viajando para o castelo McDonald para torná-lo oficial e pedir a mão de Rionna. Laird McDonald não tem herdeiro homem e quer que o homem com quem Rionna se case herde o manto da liderança.

Casar-se com Rionna. Sua amiga de infância. Sua única amiga. Mas ela, como todo o mundo, havia virado as costas para Keeley. Isso não deveria mais magoá-la, mas ela ficava triste. Keeley havia amado sinceramente sua prima e amiga. Ela ainda ocupava um lugar especial no coração de Keeley, que sentia muita falta dela.

Ela olhou para o guerreiro dormindo. Seu guerreiro. Não. Ele pertencia a Rionna. Que conveniente ela ter fantasias de conto de fadas com um homem que lhe era proibido. Se algum dos McDonald soubesse que Keeley tinha abrigado Alaric, as acusações voltariam à tona.

– Eu disse alguma coisa errada? – Mairin perguntou baixinho.

Keeley balançou a cabeça.

– Então ele se casará com Rionna.

– Sim. Na próxima primavera. Detesto a ideia de Alaric deixar nossas terras, mas é uma boa oportunidade para ele ter algo próprio. Um clã para liderar. Terras para comandar. Filhos para os quais passar seu legado.

Era tola a tristeza que se instalou no peito dela. O que ela tivera eram apenas fantasias ridículas de um guerreiro forte e saudável entrando em sua vida e levando-a embora.

– É melhor eu contar a Ewan o que ele fez – Mairin disse com uma voz de preocupação. – Ele precisa acertar as coisas.

– Não! – Keeley disse, olhando os próprios pés. – Não sou bem-vinda no Clã McDonald. De verdade. Ninguém vai sentir minha falta. É verdade que tenho habilidades de cura e sou procurada regularmente por alguns dos membros do clã, mas não vivo entre seus muros. Sou livre para ir aonde quiser.

Mairin a olhou com óbvia curiosidade.

– Se tem esse dom, eles são tolos de não manter você. Por que não se considera mais uma McDonald?

– Não foi minha escolha – Keeley disse em voz baixa. – Não virei as costas para meu clã. Eles me abandonaram.

Elas foram interrompidas quando Maddie entrou no quarto carregando uma bandeja de comida. Ela a colocou na mesinha a um metro de onde Keeley estava.

– Pronto, coma, moça. Você também precisa se manter forte para cuidar de Alaric durante a noite.

Por mais faminta que estivesse, Keeley viu que não tinha mais vontade de comer depois de saber sobre o casamento de Alaric. Mesmo assim, obrigou-se a se alimentar e concluiu que o ensopado cheiroso e o pão recém-assado eram a melhor refeição que ela tinha em mais tempo do que conseguia se lembrar.

– Vou chamar Ewan e Caelen – Mairin disse.

– Venha, Maddie. Deixe Keeley comer. Ela tem uma tarefa árdua pela frente.

As duas mulheres caminharam para fora, deixando Keeley sozinha com Alaric. O seu olhar viajou pelas linhas finas e tensas do guerreiro.

– Por que você não poderia pertencer a outra? – ela sussurrou. – Rionna é minha irmã de coração, mesmo tendo me traído. Não deveria doer o fato de você estar prometido, mas a decepção é quase demais para suportar. Eu não te conheço, mas você encontrou rapidamente um lugar em meu coração.

Alaric estremeceu e abriu os olhos, a cor verde assustando-a de tão brilhante. Ele a encarou por um bom tempo, como se não entendesse quem ela era ou onde estava.

Então seus lábios se moveram e ele sussurrou, tão baixo que ela quase não ouviu.

– Anjo. Meu anjo.

Capítulo 9

Parecia que Keeley tinha acabado de deitar a cabeça no travesseiro quando uma batida soou forte na porta. Ela abriu os olhos e piscou para tentar se orientar.

Devia estar quase amanhecendo. Ela passara duas horas limpando e recosturando meticulosamente a ferida de Alaric com a ajuda de seus dois irmãos. Estava com os olhos vermelhos e quase inconsciente quando chegara ao quarto.

Ficou tentada a colocar o travesseiro sobre a cabeça e ignorar a chamada na porta, mas, antes que ela pudesse fazer qualquer coisa, a porta se abriu.

Ela puxou as cobertas até o queixo, apesar de estar totalmente vestida, e encarou com irritação seu intruso – ou seus intrusos, ela se corrigiu.

Ewan e Caelen McCabe estavam parados na porta e não pareciam mais felizes do que ela com a invasão.

– Alaric está chamando seu anjo – Caelen disse com desgosto.

Keeley piscou, depois olhou para Ewan.

– O senhor sabe tão bem quanto eu que serei o demônio na próxima respirada.

Ewan suspirou.

– Ele está superagitado. Estou preocupado que rompa os pontos e a ferida sangre de novo. Precisamos mantê-lo calmo e permitir que descanse. A única forma que vejo é se... você estiver com ele.

Keeley ficou boquiaberta.

– O que está sugerindo não é nada adequado. Pode ter me raptado sem se importar, mas eu me recuso a permitir que minha reputação fique mais manchada do que já é. A última coisa de que preciso é seu clã pensando que sou uma mulher sem classe.

Ewan ergueu uma mão conciliadora.

– Meu clã não falará nada. Ninguém vai saber. Vou me certificar de que ninguém, além de mim ou minha esposa, possa entrar no quarto de Alaric... ou no seu, aliás. Eu não pediria se não fosse importante, Keeley. Nesse momento, farei o que precisar para acalmar meu irmão e diminuir seu estresse.

Keeley se levantou, ficou apoiada em um cotovelo e esfregou a mão pelo rosto de maneira cansada.

– Eu preciso é dormir. Não durmo desde que Alaric chegou machucado à minha cabana. Se eu for ao quarto dele, o senhor tem certeza de que não serei perturbada?

Ela sabia que seu tom revelava irritação, mas, naquele momento, não se importava. Faria o que precisasse para aquelas pessoas a deixarem em paz.

– Na verdade, o que eu adoraria é que todos me deixassem em paz para cuidar de Alaric. Se precisar de algo, eu chamo.

Keeley já estava sonhando com horas ininterruptas de sono. Se tivesse que concordar em compartilhar o quarto de Alaric, então era isso que faria.

O canto da boca de Ewan se contraiu.

– Sim, Keeley. Terá seu sono tranquilo. Vou me certificar de que não seja perturbada. Não viremos ver o progresso de Alaric até a tarde. Tem minha palavra.

Keeley tirou as cobertas e jogou as pernas para fora da cama, com cuidado, para o vestido esfarrapado não descobrir nada de seu corpo. Ela ficou em pé, tirando o cabelo embaraçado do rosto.

– Vamos logo com isso, então – ela resmungou.

Ela se arrastou para o quarto de Alaric e viu as cobertas enroladas em uma bola aos seus pés. O braço dele estava jogado sobre a cabeça e o suor molhava sua testa. Ele mexia a cabeça de um lado para o outro, murmurando baixinho coisas ininteligíveis.

O suor brilhava no peito e na lateral do corpo dele, e ela pôde ver a pressão que os pontos na ferida estavam sofrendo.

Sufocando um xingamento, correu até ele, com os dedos verificando o corte costurado.

Ele sossegou imediatamente e seus olhos se abriram, entristecidos e confusos.

– Anjo?

– Sim, guerreiro, seu anjo veio te acalmar. Me diga, vai descansar se eu permanecer ao seu lado?

– Que bom que está aqui – ele resmungou. – Não é a mesma coisa quando você sai.

Ela amoleceu dos pés à cabeça e se aproximou mais, permitindo que a mão dele tocasse seu braço.

– Não vou sair desta vez, guerreiro. Ficarei com você.

O braço dele a envolveu, puxando-a até ela estar apertada à sua lateral.

– Não vou deixar você ir desta vez – ele jurou.

Keeley se recusou a olhar para os irmãos de Alaric. Ela não queria ver a irritação ou condenação nos olhos de Caelen. Vira o suficiente disso para uma vida inteira. Se ele tivesse uma única palavra para dizer a ela depois de arrancá-la de sua cama, ela bateria na cara dele e que se danassem as consequências.

Felizmente, não ouviu nenhum som daquele canto. Só o barulho suave da porta se fechando a alertou para o fato de que ela e Alaric estavam sozinhos.

Aninhou-se a ele e passou a mão em sua barriga dura.

– Agora durma, guerreiro. Seu anjo sempre estará perto. Eu juro.

Ele soltou um som satisfeito e seu corpo se acalmou, toda a tensão deixou seus músculos. Apertou o braço em volta de Keeley até nenhuma parte dela ficar de alguma maneira sem ser tocada por ele.

Ele dormiu imediatamente, mas, apesar da exaustão, Keeley ficou acordada por bastante tempo, saboreando a sensação de se deitar nos braços de seu guerreiro.

Quando ela abriu os olhos de novo, a luz do sol estava iluminando as peles que cobriam a janela. O fogo havia apagado na lareira e só havia algumas brasas brilhando. Embora soubesse que, provavelmente, o quarto estava frio, estava banhada no calor. Tão aconchegante e confortável que ela não movia um único músculo.

O braço de Alaric ainda estava em volta dela, segurando-a apertado pela cintura, e ela, pressionada ao corpo dele, com a cabeça descansando em seu ombro.

A sua mão deslizou pelo peito dele e, finalmente, subiu para descansar na sua bochecha. Para seu alívio, a pele dele estava bem mais fria e não tão seca como estivera nas últimas horas. O suor frio brilhava na testa e ela se libertou de seus braços para se levantar animada.

Quando olhou para o rosto de Alaric, ficou surpresa pelo fato de os olhos dele estarem claros. Nenhum sinal de confusão escurecia suas órbitas verde-claras.

Então, ele sorriu para ela, esticou-se e a puxou para baixo dele, assustando-a.

– Você é louco! – ela cochichou enquanto tentava se mover para sua lateral não ferida. – Vai estourar os pontos que passei quase duas horas costurando!

– Então meu anjo é real – ele murmurou sem deixá-la sair de seu abraço.

– Sua menção ao demônio foi mais exata – ela rosnou.

Ele riu, depois estremeceu.

– Viu? Você deveria estar deitado, parado, não me arrastando para seu corpo – ela disse irritada.

– Mas gosto de você em meu corpo – ele ronronou. – Gosto muito. Na verdade, mal sinto meu ferimento agora. Tudo o que sinto é a maciez contra minha pele. Seus seios pressionados em meu peito.

O calor subiu pelos ombros e pelo pescoço dela, chegando até o rosto. Ela se recusava a encontrar seu olhar e, em vez disso, focou no ombro dele.

– Sabe o que me faria sentir melhor? – ele falou com a voz rouca.

Ela arriscou uma espiada nele para ver se a analisava intensamente, os olhos dele brilhavam sob a fraca luz que vazava pelas peles.

– O quê? – ela perguntou nervosa.

– Um beijo.

Ela balançou a cabeça enquanto tentava se libertar de novo do peito dele. Ele a prendeu contra seu corpo e, depois, com a mão livre, pegou o queixo dela.

Ignorando os protestos de Keeley, Alaric levantou a cabeça e encaixou os lábios nos dela. Não estava claro quem ali estava com febre. Ele ou ela. O calor queimava o corpo dela. Era uma sensação maravilhosa. Inebriante. Um doce pecado.

Sua cabeça girava e ela se sentiu incrivelmente leve, como se tivesse alçado voo e estivesse deslizando entre as nuvens. Ela soltou um suspiro e se derreteu no corpo forte dele.

Os dedos dele se alongaram sobre as costas dela e deslizavam para cima e para baixo. Quando alcançaram a nuca, ele segurou seu pescoço e enfiou os dedos nos cabelos, puxando-a para baixo a fim de encontrar a intensidade de seu beijo.

– Alaric – ela sussurrou.

– Eu gosto do som do meu nome em seus lábios, moça. Agora me diga o seu para que eu possa saber o nome do meu anjo.

Ela suspirou irritada ao perceber como ele mudava o sentido das objeções dela.

– Meu nome é Keeley.

– Keeley – ele mumurou. – Um nome tão lindo. Combina com uma moça tão linda.

– Você precisa me deixar levantar – ela disse com firmeza. – Seus irmãos chegarão a qualquer momento agora. Eles estão muito preocupados com seu ferimento. Preciso olhar os pontos para ter certeza de que estão costurados e, se você se sentir forte o suficiente, deve comer.

– Prefiro te beijar.

Depois de tentar uma abordagem gentil, ela deu um soco no peito dele. Para sua surpresa, ele riu, mas a libertou.

Ela saiu desajeitada de cima dele, alisou a roupa amassada e arrumou o cabelo despenteado. Provavelmente parecia que havia mergulhado no lago e, depois, sido arrastada por um cavalo.

O olhar dela continuou fixo no peito nu e largo dele. Não que o peito de um homem fosse um mistério para ela. Nem o restante da anatomia masculina. Ela vira mais do que deveria de homens nus graças a suas habilidades de cura. Mas aquele homem tirava seu fôlego. Ele era... magnífico.

Os olhos dela o devoravam, e ela não estava sendo muito discreta em relação a isso. Esperava que a febre e a dor dele o impedissem de notar sua ávida análise.

– Preciso olhar seu ferimento – ela disse, detestando a rouquidão que sua voz tomou.

Ele olhou para baixo e, devagar, rolou para seu lado bom para que o ferimento ficasse para cima.

– Preciso te agradecer, Keeley. Não me lembro de muita coisa sobre o dia em que fui ferido, só que eu sabia que morreria se não buscasse ajuda imediatamente. Quando abri os olhos e vi você, sabia que Deus tinha me enviado um anjo.

– Sinto desapontá-lo – ela disse baixinho. – Não sou anjo. Sou só uma mulher comum que é habilidosa na arte da cura. Não é nada mais que conhecimento acumulado de outras mulheres que vieram antes de mim.

– Não – ele negou. Ergueu o braço e pegou sua mão quando ela se aproximou, trazendo seus dedos até os lábios dele.

Ela sentiu um arrepio no braço e seu peito se apertou de prazer. Era difícil não sorrir para o guerreiro lindo que manejava as palavras bonitas tão bem quanto deveria manejar uma espada.

Ela pegou o punho dele e, gentilmente, empurrou até o braço estar acima da cabeça. Então, se inclinou para analisar o ferimento recém-costurado. Ficou feliz em ver que a vermelhidão havia amenizado e que não estava mais tão feia e em carne viva.

– Qual é o veredito? Vou viver? – ele perguntou, divertindo-se.

– Sim, guerreiro. Vai viver uma vida longa e saudável. Você é forte, o que o ajudará a se recuperar completamente.

– Que bom ouvir isso.

Quando ela permitiu que ele abaixasse o braço, ele esfregou a barriga e fez uma careta.

– Com fome?

– Sim. Quase faminto.

– É um bom sinal – ela disse, assentindo e aprovando. – Vou pedir que tragam comida.

– Não vá.

Ela ergueu a sobrancelha porque não era um pedido. O comando estava claro na voz dele.

– Por favor.

Quando ele baixou a voz, ela só conseguiu se derreter de novo.

– Sim, vou ficar.

Alaric a presenteou com um sorriso enquanto fechava os olhos. Ele piscou, lutando contra o sono. Ela colocou a mão em sua testa.

– Descanse, guerreiro. Vou trazer sua comida em um instante.

Ela se levantou da cama e ajeitou a saia, desejando que não parecesse um desastre. Foi até a porta e estava prestes a abrir quando ela foi aberta pelo outro lado. Keeley fez uma carranca para o intruso, deixando-o saber que sua intromissão não era bem-vinda.

Caelen reagiu com outra carranca, deixando-a saber que não estava impressionado por sua ira.

– Como ele está? – ele perguntou.

Ela apontou para a cama.

– Veja por si mesmo. Ele estava acordado há poucos minutos. Está com fome.

Caelen passou correndo por Keeley, que fez uma careta às suas costas. Quando ela se virou para sair, quase deu de cara com Ewan.

– Acho que você não vai esquecer o que viu – ela murmurou.

Os lábios de Ewan se curvaram com diversão.

– Vi o quê?

Keeley assentiu, aprovando, e passou por ele, sem saber realmente aonde iria, mas poderia definitivamente tomar um pouco de ar. Ela ainda podia sentir a boca de Alaric na dela. Ainda podia sentir o gosto dele.

Capítulo 10

Alaric manteve o olhar fixo na moça até ela desaparecer da sua vista. Então, lançou aos seus irmãos toda a força de seu olhar.

– Queriam alguma coisa? – ele perguntou irritado.

– Sim – Caelen falou pausadamente. – No momento, queremos saber se você ainda estava vivo ou não.

– Como podem ver, estou. Não há outra coisa que poderiam estar fazendo?

Ewan balançou a cabeça e se sentou no banquinho ao lado da cama.

– Esqueça por um instante sua fascinação pela moça. Precisamos saber de algumas coisas. Começando por quem fez isso a você.

Alaric suspirou. A lateral do corpo dele doía. Sua cabeça estava de um jeito que parecia que ele passara a última semana mergulhado em um tanque de cerveja, e ele estava com fome e muito mal-humorado. A última coisa que queria era um interrogatório.

– Não sei – ele disse com sinceridade. – Fizeram uma emboscada no meio da noite. Foi um massacre. Estávamos em menor número, no mínimo seis para um. Talvez mais. Mal consegui escapar e não me lembro de muita coisa além de acordar sentindo que estava sendo queimado pelo fogo do inferno, mas com um anjo amenizando a dor.

Caelen deu risada.

– Mais como uma demônia misturada com o próprio Satã.

– Ela salvou minha vida – Alaric disse.

– É, salvou – Ewan concordou. – Tem uma mão boa para cura. Quero que ela faça o parto de Mairin.

Um prazer inesperado – e animação – correu pelo sangue de Alaric, mexendo com o desejo que há muito tempo ele não sentia por uma mulher. Teve muitos namoricos. Uma escapadinha aqui e outra ali era bom para a disposição de um homem. Mas Keeley acendeu seus sentidos como nenhuma outra. Ele estava nervoso, sua pele tensa, tudo porque ela não estava por perto.

– Ela concordou em vir para cá e ser nossa curandeira? – Alaric perguntou casualmente.

Caelen riu.

– Não exatamente.

Alaric semicerrou os olhos.

– O que isso significa?

– Significa que não demos escolha a ela nessa questão. Você precisava das habilidades dela, assim como Mairin. Então eu a trouxe aqui – Ewan disse, dando de ombros.

Típico de Ewan. Ele tomava uma decisão e agia. Embora gostasse da ideia de Keeley estar por perto, não pegava bem seus irmãos a terem maltratado. Isso explicava a rudeza dela.

– Esqueça a mulher – Caelen disse de forma sombria. – A não ser que tenha se esquecido de que fez um acordo para se casar com a filha do McDonald.

Não, ele não havia esquecido. Podia ter afastado isso temporariamente da mente, mas não tinha se esquecido do motivo pelo qual embarcara naquela jornada em que perdera muitos de seus melhores homens.

– Recebi uma carta de Gregor há algumas horas – Ewan disse. –

Ele estava preocupado por você ainda não ter chegado. Adiei a resposta até saber exatamente o que tinha acontecido.

– Foi como eu disse – Alaric respondeu cansado. Ergueu a mão e massageou a têmpora dolorida. – Paramos para dormir. Seis homens estavam fazendo a guarda. No meio da noite, fomos atacados com uma velocidade e violência que eu não presenciara desde o ataque que dizimou nosso castelo oito anos atrás.

– Cameron? – Caelen disse com uma carranca.

Ewan soltou a respiração, seus olhos estavam tão escuros como uma tempestade de inverno.

– Quem mais? Que motivo outra pessoa teria para lançar um ataque tão perverso? Isso não iria exigir resgate. Você não massacra pessoas com as quais tem esperança de formar uma aliança.

Caelen se apoiou na parede, com os lábios franzidos em uma linha fina.

– Mas por que Alaric? Mairin e Neamh Álainn têm sido o foco dele. Matar *você* faz sentido, Ewan. Isso o aproxima de seu objetivo de ter Mairin e sua herança. Matar Alaric não tem nada a ver com sua batalha.

– Ele tem um claro interesse em impedir que nossos clãs se aliem – Alaric argumentou. – Não são só os McDonald. É o fato de controlarmos uma porção ampla de terra e de os clãs vizinhos estarem prontos para se juntar a nós. Eles teriam medo de não fazê-lo.

– Vou informar McDonald do que aconteceu. Alertá-lo para que fique a postos contra um possível ataque de Cameron. Vamos resolver o que será feito sobre seu casamento com Rionna.

Caelen assentiu, concordando.

– Agora nosso foco deve ser na segurança de Mairin e no nascimento da criança. Todo o resto pode esperar.

Alaric também assentiu, o alívio correu por todo o corpo até a sensação deixá-lo com a cabeça leve. Ele sabia que o clã precisava dessa aliança com os McDonald. O futuro deles dependia de criar laços fortes com os clãs vizinhos. Ele até cobiçava a posição de laird de seu próprio clã, mas não significava que estivesse com pressa de deixar tudo para trás. Não significava que estivesse pronto para se casar com uma mulher que não lhe inspirava nada.

Talvez isso explicasse a atração irracional por Keeley. A moça não somente o salvara, mas a proximidade e o fato de ele estar hesitante em se unir a outra mulher podem ter contribuído para ele querer tê-la por perto. Ela era uma distração. É, nada mais.

Sentindo-se melhor por ter explicado a si mesmo sua fascinação estranha por ela, voltou a atenção aos irmãos.

– Não ficarei na cama por muito tempo. Não é nada além de um corte. Estarei de pé e treinando em pouco tempo. E, então, podemos voltar nossa atenção para manchar a paisagem com o sangue de Cameron.

Caelen riu.

– Um corte? Você quase morreu por causa desse arranhão. Vai descansar e fazer o que Keeley manda, mesmo se eu tiver que amarrá-lo e sentar em cima de você.

Alaric fez careta para o irmão mais novo.

– Este corte não me impedirá de lhe dar uma boa surra.

Caelen revirou os olhos e Ewan fez uma carranca para os dois.

– Vocês agem como um bando de crianças.

– Olha o velho casado falando da gente – Alaric retrucou.

Caelen riu sem emitir som e concrdou. Por trás de Ewan, ele fez um gesto sinalizando que Mairin comandava Ewan pelo pau. Alaric abafou sua risada, depois gemeu com a pontada de dor que sentiu na lateral.

– É óbvio que vai precisar passar os próximos dias na cama – Ewan disse severamente. – Caelen está certo. Se tivermos que te amarrar, vamos fazer isso. Não teste minha paciência, irmão.

Alaric soltou o ar.

– Não preciso ser mimado por vocês. Saiam. Vou sair da cama quando estiver bem e pronto. Não estou com pressa. Pretendo permitir que Keeley faça tudo que quiser comigo.

Caelen balançou a cabeça.

– Não faço ideia do que você vê naquela irritadinha. Ela tem espinhos de ouriço.

– Então não tenho que te avisar sobre ela, tenho? – Alaric disse com um sorriso.

– Lembre-se de seu dever e de seu casamento – Ewan disse baixinho.

Alaric ficou sério.

– É só no que consigo pensar, Ewan. Não vou esquecer.

Ewan se levantou.

– Vamos deixá-lo descansar agora. Keeley deve voltar logo com sua refeição. Então, talvez, possa permitir que a moça vá para o quarto dela e descanse. Ela cuidou de você nos últimos dias, sem dormir.

Alaric concordou, mas não tinha intenção de permitir que ela dormisse no quarto dela. Permaneceria com ele. Em seus braços.

Quando os irmãos estavam saindo, Keeley entrou carregando uma bandeja em uma mão e uma caneca na outra. Alaric observou o rosto vermelho dela. É, ela parecia cansada. Acabada. Fora aplicada ao cuidar dele.

Ele ainda estava indisposto. Não estava nem perto de se sentir normal, independentemente do que dissesse aos irmãos, mas, a partir daquele momento, iria cuidar de Keeley e se certificar de que ela tivesse o descanso de que precisava.

Keeley olhou os irmãos dele com irritação, o que divertiu Alaric. Ela passou por eles e não os poupou de outro olhar à medida que caminhava até a cama de Alaric.

– Trouxe caldo e cerveja. Eu queria água, mas Gertie insistiu que um homem forte deve beber cerveja se quer recuperar suas forças.

– Gertie tem razão. Uma boa cerveja forte cura qualquer coisa.

Keeley franziu o nariz, mas não discutiu.

– Consegue se sentar?

Alaric olhou para baixo, depois, com cuidado, apoiou o cotovelo no colchão para servir de alavanca a fim de se levantar.

A dor transpassou sua lateral, roubando seu ar. Ele congelou, ofegando suavemente enquanto uma névoa vermelha se acomodava em sua visão.

Keeley emitiu um som de preocupação, então, de repente, estava ali, envolvendo-o com seus braços e sua maciez. Um pouco da dor cruel sumiu e ele respirou regularmente enquanto se apoiava nela.

Ela colocou vários travesseiros atrás dele, depois o encostou até estar adequadamente apoiado na parede.

– Devagar, guerreiro. Sei que dói.

Alaric ficou lá, ofegante; um brilho de suor se formou na testa. A náusea contorceu seu estômago e ele conseguiu se conter para não se inclinar e vomitar. Jesus, aquele cortezinho na lateral doía como o diabo.

Começou a protestar quando ela se afastou, porém, antes que ele pudesse abrir a boca, ela estava de volta, com a bandeja e a caneca nas mãos. Ela lhe deu a caneca, depois se sentou na cama ao seu lado, seu corpo cheio de curvas se aninhando contra ele.

– Beba devagar até seu estômago melhorar – ela murmurou.

Como ela sabia que ele estava quase colocando as tripas para fora, ele não sabia dizer, mas seguiu seu conselho e deu pequenos goles na cerveja forte.

Depois de alguns goles, ele fez uma careta e colocou a caneca longe.

– Acho que você tinha razão, Keeley. Creio que água seria muito mais fácil para meu estômago. A cerveja parece deixá-lo ainda mais ácido.

– Aqui – ela disse com uma voz gentil. – Tome o caldo. Veja se dá certo. Vou descer e pegar água para você em um segundo.

– Não, não se mexa. – Ele jogou a cabeça para trás e gritou o nome de Gannon.

Keeley pulou ao lado dele e prendeu a respiração.

– Desculpe, moça – ele disse. – Não quis te assustar.

Demorou apenas um segundo até a porta se abrir e Gannon enfiar a cabeça para dentro. Keeley lhe lançou um olhar assombrado e Alaric riu.

– É o trabalho dele ficar do lado de fora do meu quarto no caso de eu precisar de alguma coisa. Eu sabia que não estaria longe.

– Isso foi só um teste? – Gannon resmungou.

– Não, quero água e não queria que Keeley tivesse que buscar. Ela está cansada e já subiu essas escadas mais do que o suficiente.

– Voltarei em um instante – Gannon disse ao sair.

– Acha que consegue tomar um pouco do caldo agora? Se terminou de gritar com seus homens.

Alaric sorriu com o tom amargo na voz dela.

– Talvez eu precise que me ajude. Estou me sentindo muito fraco.

Keeley revirou os olhos, mas se virou para ele, equilibrando a tigela na mão ao guiá-la para a boca de Alaric.

– Tome – ela direcionou. – Não muito rápido. Deixe assentar em seu estômago antes de tomar mais.

Alaric sugou um pouco do líquido na boca e saboreou o calor calmante à medida que descia pela garganta. Mais do que o conforto do caldo, a preocupação de Keeley acariciava seus sentidos e diminuía a dor incessante.

Os nós dos dedos dela tocaram os lábios dele enquanto ela tentava se aproximar. Ela ajoelhou e se inclinou sobre ele, dando-lhe visão total de seu decote. Os montes deleitáveis apareciam além do decote de sua blusa, e o olhar dele se fixou ali. Ele prendeu a respiração, esperando para ver se o vestido desceria mais.

Quase podia sentir o gosto dela, e conseguiu não se inclinar e se aconchegar na pele macia e doce.

Keeley segurou o queixo de Alaric e o ergueu até seu olhar encontrar o dela de novo. Castanhos. Piscinas bem castanhas com manchas verdes e douradas. Cílios volumosos cobriam seus olhos, fazendo-os parecerem maiores e mais exóticos.

– Beba – ela ordenou.

Ele permitiu o controle total dela. Obedeceria ao que ela dissesse. Ela acariciou o seu rosto à medida que inclinava a tigela para deixar que tomasse mais do caldo. A cada esfregada do corpo dela no dele, seu corpo estremecia e se tensionava de forma desconfortável. Nunca pensou que seu membro pudesse reagir quando estava sentindo tanta dor, mas ele abusou da sorte. A dor estava se tornando intolerável e tão desconfortável quanto a dor na lateral de seu corpo.

Antes que percebesse, esvaziou a tigela do caldo e Keeley, lentamente, a deixou de lado. Com isso, afastou a mão.

O protesto dele balbuciou nos lábios e saiu como um resmungo gutural.

– Você quer mais? – ela perguntou com a voz rouca.

– Sim – ele sussurrou.

– Vou pedir mais.

– Não.

– Não?

– Não é isso que eu quero.

Os olhos dela brilharam e ela o encarou, seu olhar acariciando o rosto dele.

– O que você quer, guerreiro?

Ele abaixou o braço e entrelaçou os dedos nos dela. Ergueu a mão dela e a envolveu no rosto dele. Alaric a esfregou para a frente e para trás até o prazer ser quase demais para suportar.

– Quero você perto de mim.

– Já disse que não vou embora – ela chiou baixinho.

A porta se abriu de novo, e Alaric xingou quando Keeley pulou de seus braços. Ela endireitou a saia e se ocupou colocando a tigela e a caneca de lado enquanto Gannon entregava a Alaric um copo de água.

Ele bebeu sedento, querendo que Gannon saísse o mais rápido possível. Quando bebeu tudo, entregou o copo de volta a Gannon.

– Certifique-se de que não sejamos perturbados. Keeley precisa descansar.

– Eu? – Keeley ficou boquiaberta e seus olhos se estreitaram. – Se não estou enganada, é você que sofreu um ferimento sério.

Alaric assentiu.

– É, e você não descansou desde esse dia.

Ela fechou a boca e ele sorriu para a exaustão instalada em seus olhos. Ela era extremamente comprometida com seus deveres, mas também estava exausta e não iria discutir a necessidade de descansar.

Os ombros dela se arquearam para a frente e Alaric fez sinal para Gannon se aproximar mais.

– Prepare um banho para Keeley – murmurou para o homem. – Pode trazer a banheira até aqui e colocá-la no canto para que ela tenha mais privacidade.

Gannon ergueu uma sobrancelha, mas não discutiu. Ele se virou e saiu do quarto, e Alaric se recostou na cama, satisfeito ao ver Keeley perambulando pelo quarto fazendo isso e aquilo para, claramente, evitá-lo.

Quando soou outra batida, Keeley franziu o cenho, mas foi atender. Alaric sorriu quando ela recuou, com os olhos arregalados para os homens que carregavam a banheira enorme para dentro do quarto.

Eles eram seguidos por uma fila de mulheres, cada uma carregando um balde de água quente.

Keeley olhou para Alaric com a testa franzida.

– Você não pode molhar seus pontos.

– Não é para mim.

As sobrancelhas de Keeley se uniram.

– Para quem é, então?

– Para você.

Seus olhos se arregalaram e ela olhou para onde a água estava sendo derramada na banheira e para Alaric, como se não tivesse ideia do que dizer. Quando abriu a boca, ele colocou o dedo nos lábios, como se dissesse para não falar nada.

Ela cruzou o quarto e se apoiou na beirada de sua cama.

– Alaric, não posso me banhar aqui!

– Não vou olhar – ele disse inocente.

Ela olhou com desejo para a banheira. A fumaça subia enquanto o último balde de água era esvaziado.

– Se não se apressar, a água vai ficar bem fria – ele disse.

Gannon entrou depois com uma placa de madeira que se dobrava ao meio.

– Peguei emprestado o biombo de Mairin – ele disse para Keeley.

Alaric o encarou, mas Gannon se obrigou a não olhar para ele.

– Biombo? – Keeley encarou a engenhoca confusa.

– É, ela precisou construí-lo para esconder sua banheira a fim de se banhar com privacidade – Gannon explicou.

Keeley sorriu feliz quando foi colocado e escondeu por completo a vista da banheira.

– É perfeito!

Gannon retribuiu seu sorriso e, depois, estendeu uma pilha de roupas para ela.

– Mairin lhe enviou um vestido novo para se trocar. Ela falou para te dizer que, de manhã, as criadas terão mais para lhe dar.

Os olhos e o rosto de Keeley ficaram quentes.

– Agradeça à Mairin e às outras mulheres por mim – ela disse baixinho.

Gannon assentiu e se virou para seguir as mulheres para fora, fechando a porta.

Keeley sentiu o tecido do vestido com os dedos, uma expressão saudosa no rosto. Então, olhou para Alaric.

– Vou me apressar.

Alaric balançou a cabeça.

– Não precisa. Demore o tempo que quiser. Estou me sentindo muito melhor depois de comer. Só vou me deitar e ficar confortável.

Ele começou a suar frio quando Keeley entrou atrás da tela e, segundos depois, seu vestido voou por cima, ficando pendurado.

Ela estava nua atrás daquele pedaço de madeira. Ele xingou Gannon por sua interferência porque agora estava preso na cama, imaginando pernas longas e esguias, seios perfeitos e quadris com curvas protegendo cachos que provavelmente eram tão escuros quanto o cabelo dela.

Ele fechou os olhos quando ouviu o barulho de água. O suspiro dela de satisfação tensionou suas bolas, e seu membro se esticou o máximo que conseguiu para cima, tão duro e ereto que ele pensou que fosse rasgar sua pele.

Abaixou a mão esquerda, desamarrando os cordões de forma impaciente. Seus dedos encontraram a pele rígida e ele circulou a base, segurando forte. Mexeu para cima e para baixo, quase gemendo alto pela tensão cruel.

Ela gemia baixinho, e ele fechou os olhos e a imaginou lavando uma perna de cada vez, descendo até o pé e voltando para cima.

Jesus. Ele não podia terminar.

Que se danasse. Aproveitaria a água do banho dela. Precisava esfregar o sangue de seu corpo, de qualquer forma. Ela fizera um trabalho excelente em mantê-lo limpo. Até seu cabelo. Ele se lembrava de cada minuto quando ela lavava seu cabelo. Uma mulher nunca tinha cuidado dele de maneira tão íntima.

Faria qualquer coisa para poder escorregar por trás dela e retribuir o favor. Lavaria cada centímetro de seu corpo deleitável e passaria os dedos pelas mechas sedosas.

Ele exerceu maior pressão em seu mastro, rodeando o prepúcio, pressionando e depois escorregando para baixo de novo. Sua respiração acelerou. Ele fechou os olhos e a imaginou de joelhos diante dele, os lábios abertos para recebê-lo.

As mãos dele entrando no cabelo dela, segurando-a firme enquanto ela guiava seu membro para o centro aveludado de sua boca. Enfiando profundamente. Para a frente e para trás, sua língua esfregando a cabeça de maneira erótica.

O fogo se acumulou em sua virilha. Suas bolas se tensionaram insuportavelmente e seu gozo fervilhava como um caldeirão para baixo e para cima. Correndo por seu membro. Ele trabalhava sua mão mais rápido e mais forte. Ignorando a dor gritante de sua lateral, curvou as costas e arqueou para cima, dobrando os dedos do pé à medida que o sêmen espirrava em sua barriga.

Sua intensidade foi dolorosa. O orgasmo mais violento de sua vida. Jesus, e ele não tinha nem tocado nela ainda. Quanto mais incrível seria se ele estivesse enterrado profundamente em seu corpo com sua boca o rodeando?

O som da água caindo o alertou de que ela estava saindo da banheira. Ele gemeu e, lentamente, limpou os últimos vestígios de seu orgasmo do membro antes de, finalmente, permitir que caísse para o lado. Puxou as cobertas para cima de sua virilha, estremecendo quando o tecido se esfregou em sua pele sensível.

Keeley colocou a cabeça para fora do biombo de madeira.

– Está tudo bem? Pensei ter ouvido você.

– Estou bem – ele resmungou. – Se terminou, gostaria de me lavar também. Terei cuidado para não molhar meus pontos.

Ela estranhou, mas não discutiu. Desapareceu atrás da madeira de novo e ele ouviu o barulho de tecido enquanto ela terminava de se secar e se vestia. Alguns minutos depois, ela reapareceu, com um vestido novo e as faces rosadas devido ao calor da água. Seu cabelo solto deixava uma trilha úmida em suas costas, descansando bem acima de sua bunda.

– Enquanto você se banha, secarei meu cabelo perto da lareira – ela disse.

Ele começou a se empurrar para cima, mas perdeu o fôlego e permaneceu parado enquanto sua lateral protestava.

Ela correu até ele, pegando seu braço.

– Deixe-me ajudá-lo. Encoste em mim. Segure na minha cintura e me deixe puxá-lo até conseguir ficar em pé.

Ele não precisava de convite para abraçar a cintura dela e enterrar o rosto na maciez de sua barriga. Inalou seu cheiro limpo, e o aroma suave de rosas atormentou seu nariz. Era o sabonete de Mairin, mas nunca o atiçou assim como o fazia agora na pele de Keeley.

– Agora, venha – ela pediu com a voz rouca e suave.

Ele deixou que ela o puxasse para a frente, mas a segurou para que ela não caísse. O peso dele era muito mais do que ela conseguia carregar. Quando ele se virou para que seus pés tocassem o chão, parou por um instante, reunindo forças para se levantar.

Assim que se levantou, o quarto girou em círculos e seus joelhos ameaçaram ceder. Ele precisou de toda força que tinha para não desmoronar. Também percebeu que havia uma necessidade mais urgente.

Com uma careta, segurou nos ombros de Keeley para se equilibrar.

– Preciso de um penico – ele disse grosseiramente. – Talvez seja melhor se você sair do quarto um pouco. – Ele não tinha desejo de horrorizá-la com suas necessidades pessoais.

A expressão dela se suavizou e ela sorriu para ele.

– Quem você acha que o ajudou a fazer as necessidades nos últimos dias, guerreiro?

Um calor subiu pelo seu pescoço até ele ter certeza de que estava ruborizando como uma mulher.

– Vou esquecer que disse isso.

Ela riu e saiu debaixo de seu braço.

– Tem certeza de que vai ficar bem? Estarei do lado de fora. Se precisar de mim, é só gritar. Vou te dar um tempo para entrar na banheira, depois voltarei.

Alaric assentiu e a observou ir até a porta. Quando chegou ali, ela se virou e o presenteou com um sorriso tímido que causou um arrepio de prazer em sua espinha. Então, ela saiu e fechou a porta.

Sentindo-se como um velho decrépito, Alaric fez o que precisava, depois foi completar a tarefa de entrar na banheira. Ele achou mais fácil se ajoelhar em uma perna em vez de se sentar direto. Nunca entendeu os prazeres de um banho. Preferia nadar no lago com seus irmãos. A banheira parecia pequena demais para um homem do seu tamanho e era bem esquisito entrar nela.

Mesmo assim, lavou-se o melhor que conseguiu. Quando estava satisfeito pelo bom trabalho, apoiou as mãos na lateral da banheira e se empurrou para cima com um grunhido.

– Alaric?

A voz de Keeley entrou pela barreira de madeira e ele paralisou, com uma toalha na mão.

– Sim.

– Está bem? Precisa de ajuda?

Ele ficou bem tentado a lhe dizer que sim, mas não podia ser tão dissimulado.

– Veja em meu baú, no pé da cama, e me traga um novo par de calças.

Um instante depois, ela colocou a mão ao lado da barreira e segurou as calças para ele.

– Tem certeza de que consegue se vestir? – ela perguntou.

– Dou um jeito.

Minutos muito dolorosos mais tarde, ele apareceu ao lado do biombo, certo de que estava branco como um papel. Ela deu uma olhada nele e, imediatamente, abraçou sua cintura, tomando cuidado para não tocar a ferida.

– Você deveria ter me deixado ajudar – ela ralhou. – Está com dor.

Ele se deitou na cama com a ajuda dela e se posicionou de costas. Sua força estava se esvaindo, mas ele segurou a mão no alto para pegar a dela.

– Deite-se comigo, Keeley. Nós dois precisamos descansar. Vou dormir melhor com você ao meu lado.

Os olhos dela brilharam e suas faces ficaram rosadas, mas ela deu a mão para ele e deixou que ele a puxasse para a cama.

– É verdade que estou cansada – ela sussurrou.

– Sim, e tem motivo para isso.

Ele subiu a mão pelas costas dela e pousou o queixo no topo de sua cabeça. Gradualmente, ela relaxou até estar amolecida e macia contra ele.

– Keeley?

– Sim? – ela perguntou sonolenta.

– Obrigado por me ajudar e por voltar com meus irmãos para cuidar de mim.

Ela ficou em silêncio por um instante, depois deu a mão para ele.

– Por nada, guerreiro.

Capítulo 11

Keeley suspirou e se aninhou para mais perto da fonte de calor. Deu uma bocejada preguiçosa e quase ronronou com a mão enorme acariciando suas costas. Era um jeito maravilhoso de acordar.

Então, se lembrou de que estava na cama com Alaric McCabe e só podia ser a mão dele passeando sem destino por suas costas.

Ela levantou a cabeça e o viu olhando para ela. A mão dele subiu para seu cabelo e, gentilmente, massageou sua nuca. Ela não queria nem falar, para não acabar com a paz que invadira o quarto.

Uma luz suave entrava pelas fendas da pele na janela. O fogo tinha apagado de novo e se transformado em uma cama de brasas brilhantes.

Alaric estava encostado nela, o cabelo comprido caindo nos ombros largos. Ele parecia deliciosamente selvagem, mas também alegre. Sem dor escurecendo o olhar. Não, outra coisa totalmente diferente ardia em suas profundezas. Alguma coisa que a fazia sentir cócegas e calor por dentro e por fora.

Ela passou a língua pelos lábios, nervosa, e o olhar dele se escureceu, até o verde de seus olhos serem um anel fino em volta das pupilas pretas dilatadas. A boca de Alaric se abriu e sua respiração se tornou irregular. A mão dele se tensionou na nuca de Keeley e, antes que ela pudesse entender o que estava acontecendo, ele a puxou, baixando a cabeça a fim de encontrar seus lábios.

Foi um beijo suave. Mal encostou em sua boca adormecida, mas foi muito doce. Alaric veio de novo, desta vez pressionando os lábios no canto da boca de Keeley. A língua dele, quente e áspera, lambeu a curva de sua boca, depois correu pela junção dos lábios, exigindo que os abrisse.

Incapaz de negar qualquer coisa a ele, ela abriu a boca e permitiu que entrasse. Ele vasculhou com cuidado, como se saboreasse o primeiro encontro de suas línguas. Em uma dança delicada, as pontas duelavam, recuando e avançando mais intensamente, tocando a outra de forma inebriante.

– Você é tão doce – Alaric sussurrou.

A voz dele causou calafrios na espinha dela, mas também a despertou para o que estavam fazendo. Ela estava deitada em sua cama, com metade do corpo sobre ele, enquanto ele a beijava sem parar.

E ele era prometido a outra.

Aquele último pensamento foi tão eficaz quanto um balde de água fria.

– Keeley, o que foi?

Ela se livrou do abraço dele e estabeleceu um espaço entre eles, embora ainda estivesse na cama de Alaric.

– Isso é errado – ela murmurou. – Você é prometido a outra.

Alaric franziu o cenho.

– Quem te contou isso?

Ela franziu o cenho de volta.

– Não importa quem me contou. É a verdade. Você pertence a outra. Não é certo que me beije e me abrace.

– Ainda não estou prometido a ela.

Keeley suspirou.

– Isso é só uma desculpa esfarrapada, e sabe bem disso. Você tem planos de não se casar com ela?

Os lábios de Alaric formaram uma linha fina, mas ele balançou a cabeça.

– Não. É um casamento por necessidade. Uma união necessária para assegurar nossa aliança com os McDonald.

Não deveria ficar magoada por ouvir o que já sabia. O que aquele homem era para ela, afinal? Não era nada além de alguém que precisava de ajuda. Nada mais. Alguns beijos não faziam um futuro. Certamente ela não se dera ao luxo de se apaixonar por ele.

Keeley balançou a cabeça para se livrar de um pensamento tão absurdo. Rionna era filha de um laird. Ela não era nada. Não tinha nada para oferecer para se casar. Nenhum contato. Nenhum dote. Não tinha nem o apoio de seu clã.

– Então você está beijando a mulher errada – ela disse baixinho.

Alaric suspirou e recostou a cabeça no travesseiro.

– Você não pode esperar que eu ignore essa atração entre nós, Keeley. Não conseguiria mesmo se quisesse. É a reação mais forte que já tive com uma mulher. Fico queimando por você, moça.

Keeley fechou os olhos. Sua garganta se fechou e ela engoliu em seco. Quando abriu os olhos novamente, viu agonia no olhar de Alaric.

– Me diga, guerreiro. O que será de mim? – ela perguntou suavemente. – Me entregarei a você só para vê-lo se casando com outra? O que será de mim quando você se tornar laird do Clã McDonald?

Alaric tocou o rosto dela.

– Eu quero te ver bem cuidada. Precisa saber disso. Não faria nada que lhe causasse vergonha ou desgraça.

Ela sorriu, cansada. Vergonha e desgraça eram coisas com as quais ela estava acostumada.

– Se se importa comigo, não vai prosseguir com o que quer que seja que nós temos.

Parecia que ele iria argumentr, mas ela pressionou gentilmente um dedo nos lábios dele.

– Chega disso agora. Dormimos a noite toda. Preciso ver seu ferimento e pedir uma refeição para quebrar seu jejum. Depois devo ver o laird para determinar meu lugar neste castelo.

– Ele vai cuidar de você – Alaric disse firmemente. – Se não, ele vai responder a mim.

Ela deixou a mão cair, depois se ocupou verificando os pontos no corpo dele.

– A vermelhidão quase sumiu – ela disse. – Mais alguns dias de descanso e vou permitir que saia da cama, contanto que não volte a lutar no momento em que seus pés tocarem o chão.

Sua tentativa de brincadeira não foi bem-sucedida. Alaric ainda a encarava, com os olhos sombrios e cheios de arrependimento. Ela desviou o olhar, depois se levantou da cama.

Foi até a janela e empurrou as peles para o lado a fim de permitir que o ar fresco e o sol da manhã entrassem. Ficou parada ali por um tempo, amaldiçoando o destino e seu caminho inevitável. Ela agarrou o peitoril até seus dedos ficarem brancos e encarou o nascer do sol com toda tristeza e arrependimento que tinha no coração.

Sua vida – seu futuro – foi determinada pela ação de outros. Havia jurado que seu destino nunca mais seria decidido por outros. Porém, agora, decidir por si mesma causou uma sensação definitivamente insatisfatória.

Ela fizera o que era certo. Posicionara-se a fim de se proteger... do quê? Infelicidade? Desgraça?

Deveria se sentir melhor. Decidiu seu destino sozinha. Em vez disso, ficou com uma dor vazia no peito e uma sensação fugaz de desejos não realizados.

Arriscou olhar novamente para Alaric e viu seus olhos fechados e a cabeça imóvel no travesseiro. É, foi o melhor a ser feito. Ele nunca poderia ser dela. Se ela concordasse em ter um caso, só a magoaria mais no momento de deixá-lo. Era melhor nunca conhecer a alegria do amor dele.

Inspirando fundo, ela endireitou os ombros e cruzou o quarto até a porta. Era hora de determinar o restante de seu destino. Ewan McCabe tinha raptado a pessoa errada. Ele teria que lhe contar sobre seus planos e oferecer alguma garantia se ela fosse permanecer até o parto de Lady McCabe.

Saiu do quarto e quase trombou em Gannon, que estava sentado no corredor, com a cabeça apoiada na parede. Ele ficou imediatamente atento e se levantou. Alaric não tinha exagerado quando disse que aquele homem iria ficar do lado de fora, caso precisasse de algo.

– Posso fazer alguma coisa por você? – Gannon perguntou educadamente.

Ela balançou a cabeça.

– Não. Alaric está bem. Vou descer para falar com o laird e pedir uma refeição para que Alaric quebre seu jejum.

Uma expressão incomodada passou pelo rosto de Gannon.

– Talvez fosse melhor se eu fosse até o laird e perguntasse o que você precisa.

Ela semicerrou os olhos para o guerreiro bem maior que ela.

– *Eu* não acho que é melhor. Se quer ajudar, pode ir até a cozinha e trazer uma refeição para o quarto de Alaric. Estarei com o laird se precisar de mim.

Sem dar chance para o guerrreiro discutir, ela passou por ele e desceu as escadas apressadamente. Assim que chegou ao grande salão, analisou o interior com curiosidade. Havia uma agitação frenética com as criadas passando para lá e para cá ao realizarem seus afazeres.

Apesar de ter falado corajosamente com Gannon, não fazia ideia de onde procurar o laird. E estava nervosa, apesar de sua bravura anterior.

– Keeley? Posso ajudá-la em alguma coisa?

Keeley se virou e viu Maddie se aproximando da cozinha.

– Onde posso encontrar o laird?

Maddie franziu o cenho.

– Ele está lá fora treinando com seus homens no pátio.

Keeley sorriu.

– Obrigada.

Quando ela se virou para sair, Maddie a chamou.

– O laird não gosta de ser perturbado quando está treinando!

– Sim, bom, eu não gosto de ser perturbada quando estou em minha cabana dormindo na minha cama – Keeley resmungou baixinho. Isso não impedira o laird de entrar e levá-la.

Ela parou na porta que levava ao pátio e inspirou fundo ao ver tantos guerreiros, todos comprometidos com o *sparring*, a luta de espadas e o arco e flecha. Havia centenas, e os sons da luta deles quase a ensurdeceram.

Colocando as mãos sobre os ouvidos, ela desceu até o pátio e, com cuidado, verificou o perímetro em busca do laird. Ela parou quando um floco de neve escorregou em seu nariz, então olhou para cima e viu que de fato estava nevando. Nem notara de tão concentrada que estava em encontrar o laird.

Estremecendo, curvou os ombros para a frente e continuou sua busca.

Quando rodeou a barreira de homens, ficou cara a cara com o laird e seu irmão, ambos observando o progresso de seus homens.

A carranca de Caelen foi instantânea, mas o laird não ficou muito atrás assim que a viu.

– Há algo errado? – o laird perguntou. – Como está Alaric?

– Alaric está bem. Sua ferida está se curando e a febre baixou. Não vim falar com o senhor sobre Alaric.

– Estou ocupado – o laird disse curto e grosso. – O que quer que seja pode esperar.

Ele virou as costas para ela e o sangue de Keeley ferveu.

– Não, laird. Não vou esperar. – Bateu os pés para enfatizar e se certificou de que sua voz pudesse ser ouvida mesmo com o barulho.

O laird se retesou, depois se virou lentamente de volta para encará-la. Ao redor deles, as atividades cessaram. As espadas foram baixadas à medida que os homens pararam para olhar para Keeley.

– O que disse? – ele perguntou em uma voz perigosamente baixa.

Caelen a olhou sem acreditar, depois olhou para o irmão como se confirmasse que ela ousara discutir com o laird.

Ela ergueu o queixo, recusando-se a recuar. Mesmo que seus joelhos estivessem tremendo absurdamente.

– Eu disse que não vou esperar.

– É mesmo? Então me diga. O que é tão importante que interromperia o treinamento de meus homens? Tem toda minha atenção agora. Não seja tímida.

– Nunca fui chamada de tímida – ela disse seca. – E o que é importante é eu saber seus planos para mim. O senhor me tirou da minha casa para cuidar de seu irmão e espera que eu cuide de Lady McCabe quando chegar a hora dela. Me recuso a ser tratada como prisioneira. Quero saber meu lugar em seu clã.

Ewan McCabe arqueou uma sobrancelha ao continuar encará-la.

– A senhorita foi tratada de outra forma que não respeitosa até agora? Asseguro a você de que não dou aos meus prisioneiros o próprio quarto nem os deixo fazer pedidos aos meus serviçais. Tenho um calabouço onde eles são bem-vindos.

Ela se recusou a ser intimidada pela severidade na voz dele. Encarou seu olhar e retesou a coluna.

– Quero saber minha posição exata aqui, laird, para que não haja nenhum mal-entendido depois. Tive que desistir do único lar e segurança que conheço. Estou acostumada a viver sozinha e obedecer apenas às minhas próprias regras. Não acho muito fácil obedecer ao que outros ditam.

O semblante de Ewan ficou sombrio até ela ter certeza de que ele iria explodir. Depois, para sua surpresa, ele jogou a cabeça para trás e riu.

– Me diga, Keeley, tem conversado com minha esposa? Ela te influenciou nisso?

Em volta dele, seus homens começaram a rir. Até Caelen parou de fazer careta por alguns segundos.

Ela olhava perplexa para todos eles.

– Por que Lady McCabe me diria para falar com você? Não a vi nesta manhã.

Os ombros de Ewan se curvaram em um suspiro exagerado.

– Jesus, sou amaldiçoado por ter duas mulheres que insistem em me desafiar a todo momento.

– Só se lembre de que foi sua ideia – Caelen murmurou.

Ewan ergueu a mão quando seus homens começaram a rir de novo. Keeley o olhava ansiosa. Parecia que eles achavam que ela estava brincando. Estava muito séria, e o fato de eles rirem quando ela tinha sido raptada e obrigada a deixar seu lar – e pior, sua independência – a enfurecia.

Seu rosto se endureceu e ela cerrou os dentes, virou-se e voltou para o castelo. Passou por sua mente subir até Alaric e descarregar sua frustração e raiva, mas isso só causaria intriga entre ele e os irmãos. Era a última coisa de que ele precisava.

Ela estava quase no castelo quando uma mão forte segurou seu ombro e a virou. Ela balançou o punho e girou. Os olhos de Caelen se arregalaram em choque logo antes de ele esquivar a cabeça para o lado e erguer a mão a fim de bloquear o golpe dela.

– Pelos dentes de Deus, mulher. Baixe a guarda.

– Tire suas mãos de mim – ela disparou.

– Keeley, quero falar com você – Ewan disse com uma voz sombria.

Ela olhou além de Caelen e viu Ewan parado a um metro do irmão. Ela arrancou a mão do aperto de Caelen e deu um passo para trás.

– Acho que disse o suficiente, laird.

– Não, eu não acho. Venha para dentro. Vamos conversar no salão enquanto faço meu desjejum. Você já comeu? Tenho hábito de comer com minha esposa. Ela dorme mais agora que está grávida.

Keeley assentiu rapidamente e esperou que o laird entrasse primeiro no castelo. Caelen recuou e, com um último olhar na direção de Keeley, voltou para onde seus homens treinavam.

Quando entraram no salão, os lugares estavam sendo arrumados e Mairin já estava à mesa. Seu rosto se iluminou ao colocar os olhos em Ewan e ela começou a se levantar.

– Não, docinho, não se levante – ele disse, colocando uma mão em seu ombro ao passar por ela. Ele parou, deu um beijo na têmpora dela e a presenteou com um sorriso que fez Keeley ficar melancólica.

Quando ele se sentou, gesticulou para ela se sentar em seu outro lado, à frente de Mairin.

– Bom dia, Keeley – Mairin disse, oferecendo um sorriso em sua direção.

– Bom dia, Mairin – Keeley retribuiu.

– Como está Alaric? – Mairin perguntou.

Keeley lhe enviou um sorriso confortador.

– Está muito melhor nesta manhã. Sua febre baixou e o instruí a descansar nos próximos dias.

– É maravilhoso ouvir isso, e nós devemos tudo a você – Mairin disse.

Ewan limpou a garganta e olhou para Keeley enquanto as criadas entravam com as comidas.

– Já que as circunstâncias da sua vinda para cá foram menos que desejáveis, é minha vontade que fique conosco, pelo menos até Mairin ter dado à luz de forma segura. Ela significa tudo para mim. Quero o melhor cuidado que posso dar a ela.

– Sua preocupação é admirável, laird. Sua esposa é afortunada em ter um marido tão preocupado com seu bem-estar.

– Sinto uma condição na sua resposta – Ewan disse secamente.

– Quero sua garantia de minha posição aqui – Keeley argumentou. – Quero a liberdade de ir e vir quando eu quiser.

Ewan se endireitou na cadeira e a analisou por um longo tempo.

– Se eu lhe der essas liberdades, tenho sua palavra de que não deixará minhas terras?

Keeley inspirou ar pelo nariz. Uma vez dito, sua palavra não seria quebrada, o que significava que ela passaria o inverno com os McCabe. Estaria em constante proximidade com Alaric e isso seria uma tentação que ela nem imaginava.

Olhou para Mairin, que parecia tanto frágil quanto cansada, e olhou para o laird, vendo amor e preocupação nos olhos dele. Ele realmente amava a esposa e se preocupava com o seu bem-estar. Se Keeley pudesse amenizar aquela preocupação e ver Mairin dar à luz a criança, ficaria feliz.

– Sim. Você tem minha palavra.

Ewan assentiu.

– É importante que saiba que sua liberdade vem com condições. Nunca pode deixar o castelo desacompanhada. Temos inimigos que usariam todas as maneiras possíveis para nos derrubar.

– Posso viver com essas condições.

– Sim, Keeley. Terá uma posição respeitada e venerada em nosso clã. Embora eu tenha te trazido para cuidar de Alaric e fazer o parto da minha esposa, é verdade que não temos curandeiro e os membros de meu clã precisarão de seus serviços entre hoje e o parto de Mairin. Espero que os ajude. Se se dispuser a ser fiel, será tratada como uma McCabe, o que significa que nunca ficará sem o que pudermos fornecer.

O discurso dele foi zeloso e sincero. Não parecia ser um homem que mentia. Não, era um homem de honra. Ela apostaria tudo o que tinha nisso.

– Farei como deseja, laird – ela murmurou.

Mairin uniu as mãos com prazer.

– São notícias maravilhosas! Será bom ter outra mulher no castelo. Talvez possa me ensinar um pouco de sua habilidade, Keeley.

– Como se não tivéssemos mulheres suficientes – Ewan resmungou. – Vocês já passam por cima dos homens do castelo.

Mairin cobriu a boca com a mão, mas seus olhos brilharam com alegria na direção de Keeley.

– Após a refeição, Maddie e eu lhe mostraremos as roupas que fizemos para você. Depois mostraremos o castelo todo e a apresentaremos ao clã. Todos estão empolgados por saber que temos uma nova curandeira – Mairin disse.

Keeley sorriu para ela.

– Obrigada. Gostaria disso.

Depois de um ligeiro desjejum, Ewan saiu da mesa e se inclinou para beijar a bochecha de Mairin.

– Preciso voltar para os homens. Certifique-se de que Gannon e Cormac fiquem com vocês quando fizerem o tour com Keeley.

Mairin revirou os olhos quando Ewan se afastou.

– Eu vi isso, Mairin – Ewan resmungou.

Mairin sorriu e balançou a mão para ignorá-lo.

– Você precisar ver Alaric antes de começarmos? – ela perguntou a Keeley.

– Ele ficará bem – Keeley disse rapidamente. – Estava descansando confortavelmente quando saí do quarto. Vou vê-lo assim que tivermos terminado o tour.

Mairin assentiu e se levantou de maneira desastrada.

– Então, vamos. Vou te apresentar para as mulheres.

Capítulo 12

Durante o tour pelo castelo e pelas cabanas que preenchiam a colina do lado de fora dos muros de pedra, Mairin manteve uma conversa constante. O pensamento de Keeley estava longe na maior parte do tempo, mas ela tentava se concentrar quando eram mencionados os nomes das pessoas.

Mairin não dera um sobrenome a Keeley, e muitos dos McCabe a olhavam com desconfiança, embora alguns fossem calorosos e receptivos.

Christina, uma jovem talvez um ou dois anos mais nova que Keeley, era cheia de vida, com brilho nos olhos e um sorriso permanente. Foi bom sentir uma conexão instantânea com outra mulher.

Keeley conteve um sorriso para o óbvio flerte entre Christina e Cormac. Nenhum deles conseguia tirar os olhos um do outro, mas ambos fingiam vigorosamente o desinteresse.

Deram a volta até o fundo do castelo, onde um grupo de crianças estava tentando de forma corajosa raspar a neve do chão. Os flocos haviam parado de cair naquele instante, mas, ao olhar para o céu, Keeley viu que começariam a cair novamente a qualquer momento.

Um dos meninos olhou para cima e, quando viu Mairin, deixou as outras crianças e correu em direção a ela e a Keeley.

– Mamãe!

A criança jogou os braços em volta de Mairin, que a abraçou forte.

Keeley observou com interesse. Mairin parecia jovem demais para ter um filho daquela idade.

Mairin esfregou o topo da cabeça do menino, depois se virou para Keeley, com um sorriso complacente no rosto.

– Crispen, gostaria que conhecesse Keeley. Ela ficará conosco por um tempo e nos emprestará suas habilidades de cura.

Keeley estendeu a mão em um gesto formal.

– É maravilhoso te conhecer, Crispen.

Ele inclinou a cabeça para o lado e olhou para Keeley, que ficou surpresa ao notar uma ansiedade nos olhos do menino.

– Você está aqui para ajudar mamãe quando a hora dela chegar?

O coração de Keeley amoleceu pela preocupação que ouviu por Mairin. Que fofo. Ela queria pegá-lo nos braços e abraçá-lo forte. Mairin parecia prestes a fazer o mesmo.

– Sim, Crispen. Já ajudei muitos bebês a nascerem. Vou ajudar sua mãe quando chegar a hora dela.

O alívio passou pelos olhos da criança e ele sorriu largamente.

– Isso é bom. Papai e eu queremos que ela tenha o melhor. Está carregando meu irmão ou minha irmã!

Keeley sorriu.

– Está mesmo. Você tem preferência quanto a menino ou menina?

Crispen enrugou o nariz, depois olhou de volta para o grupo de crianças que estava gritando para que ele retornasse.

– Não me importaria de ser uma irmã desde que não fosse como Gretchen. Mas um irmão seria mais legal para brincar.

Mairin riu.

– Acho que já estabelecemos que Gretchen é única, querido. Volte para lá e vá brincar. Preciso terminar de mostrar o castelo a Keeley.

Crispen lhe deu outro abraço rápido e, depois, voltou ao grupo barulhento ao longe.

Keeley lançou um olhar inquisitivo para Mairin, sem saber como começar com as perguntas. Mairin balançou a cabeça.

– Gretchen é uma garotinha cabeça-dura que, sem dúvida, vai governar o mundo um dia. Ela é a maior fonte de aborrecimento de Crispen e dos outros meninos. Quando não está ganhando deles em uma brincadeira de luta, insiste que se tornará guerreira um dia.

Keeley sorriu, facilmente encontrando a garota chamada Gretchen no grupo. Ela estava sentada sobre um dos garotos, segurando seus braços no chão enquanto ele protestava.

– Crispen é filho de Ewan de seu primeiro casamento – Mairin explicou. – Sua esposa faleceu quando Crispen era apenas um bebê.

– É óbvio que ele é muito apegado a você.

A expressão de Mairin se suavizou.

– Estou carregando um filho meu, mas Crispen sempre será meu primeiro. Meu filho de coração apesar de não ter saído de mim. Ele é o motivo por eu ter vindo até Ewan. Ele me trouxe aqui.

Impulsivamente, Keeley esticou o braço e apertou a mão de Mairin.

– Você é uma mulher muito afortunada. É óbvio que o laird te ama muito.

– Precisa parar. Vai me fazer chorar – Mairin fungou. – Esses dias estou chorando pelas mínimas coisas. Ewan fica louco. Todos os seus homens me evitam por medo de fazer ou dizer algo que me faça chorar.

Keeley riu.

– Você não é a única que sofre disso. Muitas das mulheres que ajudei ficaram emotivas demais. Principalmente quando a hora está perto.

Elas continuaram a andar ao longo da colina, para longe das crianças e, quando deram a volta no castelo, com Cormac logo atrás, o pátio apareceu. Primeiro, Keeley não prestou muita atenção no que acontecia. Homens passavam o tempo lutando. Era a vida de um guerreiro. Um homem precisava estar preparado para proteger seu lar o tempo todo.

Mas, então, um guerreiro em específico chamou a atenção dela. Ele não estava praticando. Nem estava segurando uma espada. Estava parado, observando, com o laird, os outros lutarem.

– Maldito idiota – Keeley murmurou.

– O quê? – Mairin perguntou com uma voz assustada.

Ignorando Mairin e Cormac, Keeley desceu a colina em direção ao pátio, com a fúria fervilhando a cada passo.

– Tolo ignorante e teimoso!

Ela não percebera que os homens pararam no instante em que ela chegou ao pátio ou que suas palavras voaram como flechas. Ewan olhou para o céu, como se rezasse e pedisse paciência, enquanto Alaric sorria e colocava os braços para a frente a fim de impedir o ataque dela.

– O que você estava dizendo? – Alaric perguntou quando ela parou diante dele.

– O que pensa que está fazendo? – ela perguntou. – Eu te disse para ficar na cama. No seu quarto. Para descansar! Não deveria estar aqui fora no frio. Não deveria nem estar em pé. Como posso cuidar de você quando não obedece às ordens mais óbvias?

Alaric estremeceu e Caelen riu. Alaric lançou um olhar sombrio para o irmão.

– Acredito que a moça acabou de dizer que você não tem noção – Caelen falou pausadamente. – Claramente, não dei crédito suficiente a ela. É, de fato, uma moça esperta.

Alaric se virou, com o punho erguido, e Keeley o segurou e o obrigou a encará-la. Então, se virou furiosamente para o laird e Caelen.

– Vocês dois são tão culpados quanto ele de não ter noção. Por que não insistiram que seu irmão voltasse para o quarto no momento em que ele pôs o pé para fora?

– Ele não é mais criança – Ewan resmungou. – Você vai parar de nos insultar imediatamente.

– Isso não tem nada a ver com ser criança. O homem, claramente, não sabe julgar. É obrigação de vocês ditar a regra. O senhor é laird, não é? Permitiria que algum de seus guerreiros arriscasse a saúde ao se levantar cedo demais da cama? Explicaria então a derrota em uma batalha dizendo que o guerreiro não era mais criança para ser mimado, quando ele não estivesse presente para te ajudar a proteger seu castelo porque estava em uma sepultura fria?

– A moça tem um bom argumento – Caelen comentou. – E também gostaria de dizer que eu disse que você era um idiota por estar de pé.

Ewan fez uma careta. Claramente, não gostava de ser repreendido por uma mulher. Nesse momento, Mairin e Cormac chegaram ao pátio e Ewan parecia ainda menos feliz por sua esposa estar presente.

– Mairin, não deveria estar neste frio – ele disse severamente.

Keeley ficou abismada.

– Oh, então repreende sua esposa, que está forte e saudável, mas não seu irmão, que acabou de se recuperar de uma febre e ainda tem muitos dias para ficar bem o suficiente antes de estar fora da cama?

– Deus, me poupe – Ewan murmurou.

Keeley se virou furiosa para Alaric.

– Está tentando se matar? Não se importa com seu bem-estar? – Ela o cutucou no peito e se levantou na ponta dos pés para que pudesse olhá-lo melhor nos olhos. – Se estourar meus pontos, não vou refazê-los. Terá que sangrar até a morte. A ferida não vai cicatrizar e sua pele vai apodrecer, mas não espere nenhuma ajuda de minha parte. Homem teimoso e insuportável.

Alaric colocou ambas as mãos nos ombros dela e apertou delicadamente.

– Keeley, moça, por favor. Acalme-se. Estou me sentindo até que bem. Minha lateral ainda dói. Sei que não estou totalmente recuperado, mas, se passasse mais um segundo atrás daquela porta fechada em meu quarto, ficaria louco. Precisava de um pouco de ar fresco.

– Bom, você teve seu ar fresco – Ewan resmungou. – Agora pegue seu traseiro e volte para seu quarto para que possamos restabelecer a paz por aqui. – Ele encarou Mairin e Keeley com a força total de seu olhar. – E vocês duas vão voltar para dentro imediatamente. Quando concordei com um tour, não quis dizer todas as nossas terras, Mairin.

Mairin sorriu serenamente, mas não pareceu nada intimidada pelo marido.

– E você! – Keeley disse, direcionando sua bronca para Gannon, que estava parado do outro lado de Alaric. – Não era seu trabalho impedir que Alaric fizesse qualquer tolice?

A boca de Gannon se abriu, mas ele não disse nada. Olhou para Ewan, como se pedisse ajuda, porém o laird estava muito ocupado balançando a cabeça.

Keeley não perdeu mais tempo. Ela se agarrou ao braço de Alaric e começou a puxá-lo para as escadas que davam no castelo. Alaric riu, mas a seguiu e permitiu que o guiasse para dentro e para cima das escadas.

Ela lhe deu um sermão, por todo o caminho até o quarto, sobre cuidar melhor de si mesmo. De que outro jeito o convenceria da seriedade de seus ferimentos? Não era um pequeno arranhão. Se o corte tivesse sido um pouco mais profundo, o teria dilacerado, com certeza. Ele teria sangrado até a morte bem antes de poder procurar a ajuda dela.

Ela o colocou para dentro do quarto, depois bateu a porta.

– Você é louco – ela disse. – Completa e totalmente louco. Agora precisamos tirar essas suas botas. Como as colocou? Deve ter doído. E sua túnica.

Alaric se sentou na beirada da cama e esticou o pé para ela.

– Quer que eu tire suas botas? Você as colocou. Pode muito bem tirá-las.

– Alguém já te disse que você tem a boca mais afrontosa, deliciosa, sedutora e incrível?

Ela parou de falar e o encarou confusa.

– Eu... você... o quê? – ela falou pausadamente.

Ele sorriu, aparecendo uma covinha em sua bochecha. Senhor, mas o homem era simplesmente irresistível.

– Venha aqui – ele mandou, flexionando o dedo para ela.

Muito confusa para fazer outra coisa senão obedecer, ela diminuiu a distância entre eles e ficou parada entre suas coxas.

– Assim é melhor – ele murmurou. – Agora venha mais perto.

Ele envolveu os braços na cintura dela e a puxou até a boca dele estar a uma respiração dos seios dela. A consciência daquilo causou sensações peculiares em seus mamilos. Eles se enrijeceram e apontaram implacavelmente no tecido de seu vestido, e doíam como se tivessem sido queimados.

– Você não vai me ignorar e fingir que não estou aqui – ele a censurou. – Não vai me evitar.

Ela colocou as mãos no ombro dele e o encarou com um olhar de consternação.

– É por isso que saiu do quarto?

– Era a única forma de me dar atenção de novo – ele disse preguiçosamente. – Acha que eu colocaria essas botas só para respirar ar fresco quando está congelando lá fora? Você tinha razão, moça. Essas malditas botas quase me mataram.

Algo se torceu na região do coração dela e ela balançou a cabeça.

– Você testa demais minha paciência, guerreiro. Eu tinha tarefas para fazer nesta manhã, incluindo me acertar com seu irmão, e depois

Mairin me mostraria o castelo. É importante que eu conheça as pessoas das quais espero cuidar.

– Sua prioridade sou eu. Descobri que não gosto quando está fora, moça. Você se tornou tão importante quanto o ar que respiro. Não vá longe da próxima vez. Tenho pensamentos malucos quando fico sozinho.

Ela suspirou.

– Acho que você é mimado. Alguém já te disse isso?

– Tenho certeza de que sim, mas não me lembro agora.

– Vou cuidar de você, guerreiro. Não me dá escolha, já que quer sobreviver. Sua impulsividade vai matá-lo.

O triunfo nos olhos de Alaric enviou um arrepio vertiginoso pela coluna dela. Ele a puxou pela cintura, subindo as mãos até sua nuca, segurando, depois abaixando-a até a boca dele estar no mesmo nível da dela.

– Eu sei que me disse para não te beijar, moça, mas devo alertá-la de que nunca fui bom em cumprir ordens.

Capítulo 13

Ele sentiu a total rendição dela após uma rápida hesitação e se aproveitou, puxando-a mais perto até seus lábios se tocarem. Permaneceu parado por um instante, simplesmente absorvendo a sensação de sua boca deliciosa contra a dele. Então a pressionou, movendo-se sensualmente sobre a boca de Keeley, mais forte, mais profundo, até ambos ficarem sem fôlego.

Ele engoliu a respiração dela, saboreou, depois a devolveu. Era como se ele *a* respirasse. Como se absorvesse Keeley em seu corpo e ela se tornasse uma parte dele.

Leves e delicadas, as mãos dela acariciaram seus ombros antes de segurar sua nuca. Percebendo ou não, ela o agarrou e o puxou para si. Beijou-o avidamente, abanando as chamas já fora de controle que lambiam o corpo dele.

Ele esfregou a língua no lábio superior dela, depois tentou entrar e passou pela junção de sua boca. A língua dela saiu com cuidado para tocar a dele e ele gemeu quando finalmente se encontraram e se esfregaram. Primeiro, brincando, mas, depois, mais urgente, como se eles não conseguissem ter o suficiente e quisessem mais.

As mãos de Alaric escorregaram para o rosto de Keeley, segurando-a, enquanto os dedos se enfiavam no cabelo dela. Ele a segurou bem firme. Tão firme que não conseguia soltar.

Ele a pegou por inteiro, devorando sua boca. Sua língua se aprofundou em uma imitação perfeita do que ele queria fazer com seu mastro. A boca de Keeley estava tão quente e úmida, ela se sentia no paraíso, e ele só podia imaginar como sua boceta apertada o envolveria com fogo e o receberia em suas profundezas.

Ele teve que se afastar. Estava perigosamente prestes a girá-la e grudá-la no colchão. Ergueria sua saia e a tomaria bem ali e naquele momento. Não era como queria tratá-la. Ela merecia um namoro lento e gentil. Beijos de amante e palavras doces. Merecia ouvir como era linda e como o fazia se sentir o único homem do mundo. A última coisa que ele queria para ela era uma transa rápida e brutal.

O pulso dele acelerou quando tirou a boca da dela.

– Olha o que faz comigo, moça – ele sussurrou, cada palavra saía dolorosa por sua garganta apertada.

Era como se ele tivesse engolido cacos de vidro. Sua pele estava retesada. O corpo, muito pesado. Seu membro estava quase explodindo nas calças, e a ferida queimava como fogo. E ele queria mais dela a cada vez que respirava.

Esse não era ele. O que ele sentia beirava à obsessão. Não, não beirava. Era verdadeira obsessão. Quase enlouquecera quando ela saiu do quarto e não retornou. Ele se levantara da cama, suando e xingando a cada movimento. Andou de um lado para o outro no quarto, olhou pela janela, ouviu atrás da porta, ansioso para escutar os passos leves dela.

Finalmente, foi tudo o que ele conseguiu suportar. Simplesmente precisava sair do quarto. Ir lá fora, onde poderia respirar. Onde poderia se sentir mais normal e esquecer a insanidade que o perseguia quando pensava nela. Isso tinha que acabar.

Ela o desencorajava. Fazia com que se sentisse como um garoto que ainda não provara seu vigor.

– Não podemos continuar fazendo isso – ela sussurrou de volta. –

Por favor, Alaric. Parece que não consigo negar nada a você.

Os olhos dela brilhavam com um misto de sensações. Arrependimento. Desejo. Minúsculos brilhos dourados resplandeceram contra o castanho de seus olhos, e suas sobrancelhas castanhas estavam unidas em clara preocupação.

Eram as palavras que ele queria ouvir, mas não com a angústia tão evidente na voz dela. Ela parecia quase querer chorar, e era a ruína dele. O fato de ela estar tão perto de implorar deixava seu peito em carne viva. Ele a abraçou, satisfeito por simplesmente segurá-la enquanto amaldiçoava seu destino, dever e todas as coisas que conspiravam para arrancar aquela mulher de seus braços.

– Desculpe, Keeley. Descobri que não consigo negar a mim mesmo o prazer de tocá-la. Você é um vício do qual não consigo me libertar. Ouço seus argumentos e os compreendo, mas, então, você olha para mim ou eu olho para você e toda a razão voa pela janela. Só sei que, se não tocá-la, se não beijá-la, vou enlouquecer.

Ela pegou o rosto dele e lhe olhou tão triste que fez o estômago dele formar uma bola.

– Suas palavras são tão doces, mas pesadas para meus ouvidos. Levo-as para meu coração e me sinto completa com alegria e desejo ao mesmo tempo e ainda percebo o quanto esses sentimentos são inúteis. Você nunca será meu, guerreiro. Assim como nunca serei sua. É loucura continuarmos a nos atormentar.

– Não posso... não vou... aceitar que não podemos ficar juntos, mesmo que por pouco tempo – ele sussurrou. – Algum tempo não é melhor que nenhum? Provar do doce não é melhor que uma vida amarga de arrependimento?

– Isso é como uma ferida. É melhor fazer um corte rápido e limpo e se livrar da dor do que esperar que ela se torne agonizante.

Ele fechou os olhos com a convicção na voz dela. Ela realmente acreditava no que falava. Sim, fazia sentido para ele. Mas ele não concordava. Um pouco de tempo para saborear a doçura dela era melhor do que nenhum. Ele só tinha que convencê-la disso.

Devagar, ele a soltou.

– Vou deixá-la ir... por enquanto. Não quero afligi-la. A última coisa que quero é deixá-la triste. Prefiro você me repreendendo ou mandando em mim com aquele seu sorriso insolente. Então, sorria, Keeley. Sorria para mim.

Os cantos da boca dela se ergueram, mas seus olhos gotejaram toda a tristeza que ele também sentia. Isso era loucura. Ele nunca falhara em ter o que queria. Nunca fora rejeitado por uma mulher. Mas Keeley... Keeley era diferente e era importante cortejá-la pacientemente. Ele a queria disposta àquilo. Queria sua total rendição.

– Agora, se terminamos de conversar coisas que não devíamos, você precisa voltar para a cama – ela disse decidida, sem nenhum sinal da angústia anterior.

Ele encarou seu rosto lindo e a dureza colocada em seus traços. Mas a verdade estava em seus olhos. Eles nunca mentiam.

– Sim, curandeira. É para minha cama que vou voltar. Acho que toda essa agitação drenou minhas forças.

Ele se deitou de costas com cuidado, descansando a cabeça no travesseiro macio. Seus olhos fecharam à medida que a exaustão o atacava. Então, sentiu a respiração quente dela soprar em sua testa e a pressão doce de seus lábios sobre ela.

– Então, durma, guerreiro – ela sussurrou. – Estarei aqui quando acordar.

Ele sorriu e se permitiu dormir, com a promessa dela guardada firme no coração.

Capítulo 14

Ter Keeley tão próxima estava acabando com o juízo dele. Embora ela tomasse cuidado para manter uma distância modesta e respeitosa entre eles o tempo todo, simplesmente estar do outro lado da sala com ela ou jantar na mesma mesa no salão era um exercício de frustração.

A ferida dele precisara de muito mais dias para curar e, nesse período, Keeley se tornara expert em erguer uma barreira entre eles. Quanto mais ele se recuperava, mais distante ela ficava e menos tempo passava com ele no quarto. No fim, a ansiedade de estar fora do quarto, onde ele pudesse vê-la mais, estimulava sua recuperação.

Ele ainda estava machucado. Sua lateral doía e, se ele virasse muito rápido, era recompensado com uma pontada de dor no diafragma. Porém, ele se recusava a passar mais um segundo olhando para o teto, buscando maneiras de fazer o desejo sumir.

Mesmo agora, quando tentava se sentar e escutar o que seus irmãos estavam discutindo, seu olhar se desviava para o outro lado do salão, onde as mulheres do castelo estavam sentadas em frente à lareira, costurando roupinhas de bebê para o filho de Mairin.

Lá fora, a neve caía e havia se acumulado no chão em montinhos que aumentavam durante a noite. Todos se abrigaram dentro do castelo e em suas cabanas. Os homens estavam bebendo cerveja e falando sobre guerras e alianças e, é claro, seu inimigo mais detestado, Duncan Cameron.

Mas Alaric não ouvia nada disso. Ele observava Keeley rir e seus olhos brilharem de prazer enquanto conversava com as mulheres.

Ewan, de vez em quando, lançava olhares na direção de Mairin. Não passava despercebido por Alaric e, quando Mairin olhava para cima e flagrava o olhar do marido, naquele momento, Alaric invejava Ewan por tudo que ele tinha. O amor e a preocupação óbvia um pelo outro fazia o peito de Alaric doer até ele precisar se conter para não sair da mesa.

– Pare com isso, Alaric.

Alaric piscou, depois olhou ameaçadoramente para Caelen por se intrometer grotescamente em seus pensamentos.

– O que você quer?

– Que preste atenção. Discutimos assuntos importantes e você está ocupado paquerando a moça.

Alaric cerrou o punho, mas não respondeu à provocação de Caelen.

Ewan franziu o cenho ao encarar os dois irmãos.

– Eu estava dizendo que recebi uma carta do Laird McDonald. Ele lamenta amargamente por sua viagem ter sido interrompida. Pensou em selar nossas alianças o mais rápido possível. Fica cada vez mais impaciente com a ideia de Cameron estar se aproximando de suas fronteiras. Há muita inquietação entre nossos vizinhos. Todos temem o poder de Cameron e estão esperando que os ajudemos e os apoiemos.

Alaric olhou para o irmão, com o coração agitado.

– Ele não quer esperar até a primavera para unir nossos clãs por meio do casamento. Também sabe que me recuso a sair do castelo com a hora de Mairin tão próxima nem sairei depois disso. Ele se ofereceu a viajar com Rionna depois do nascimento do bebê de Mairin e fazer a cerimônia de casamento aqui.

Alaric se obrigou a não reagir. Ficou completamente paralisado, até que conseguiu ouvir seu coração bater. Não olharia para Keeley. Não pensaria no que queria quando o futuro de seu clã estava em suas mãos.

– Alaric? O que me diz? – Ewan perguntou.

– É bom que ele esteja disposto a viajar até aqui – Alaric disse sem emoção. – Não podemos nos dar ao luxo de deixar o castelo sem proteção ou dividir nossas defesas enviando um grupo comigo. Já perdemos uma dúzia de homens bons.

Ewan encarou Alaric de forma pensativa.

– Então ainda está disposto a continuar com o casamento?

– Nunca disse nada que o fizesse pensar diferente.

– Não é o que disse ou o que não disse – Ewan falou baixinho, enquanto seu olhar se erguia de Alaric para onde as mulheres estavam sentadas. – Eu sei que a quer.

Alaric se recusou a se virar e seguir a direção do olhar de Ewan.

– O que quero não importa. Concordei com a união. Não voltarei atrás em minha palavra.

O pesar passou rapidamente pelo rosto de Ewan antes de ele se recompor e baixar o olhar. Encarou os dois irmãos.

– Então, está feito. Vou responder à mensagem do McDonald e informá-lo de que o receberemos depois que meu filho ou minha filha nascer. É provável que você e sua noiva tenham que passar o inverno aqui. A viagem dos McDonald até aqui será bastante árdua. Não há motivo para arriscar uma viagem de volta até a neve derreter.

A ideia de se casar com Rionna já causava uma sensação amarga em sua barriga, mas tê-la ali, vivendo como homem e mulher, e ter de ver Keeley diariamente era insuportável.

– Vou mandá-la de volta assim que fizer o parto de Mairin – Ewan murmurou.

Alaric ergueu a cabeça.

– Não! Você não vai dispensá-la no meio do inverno sem lugar para ir e sem lar para chamá-lo de seu. Jurei a ela que você cuidaria dela. Jure para mim que ela terá um lar aqui enquanto desejar.

Ewan suspirou.

– Tudo bem, então. Eu juro.

– Você se tortura sem necessidade, irmão – Caelen cochichou. – Fique com a moça. Tome-a e se livre dessa obsessão. Satisfaça-se e, quando os McDonald chegarem, seu sangue estará livre dessa necessidade.

Alaric olhou triste para o irmão.

– Não, Caelen. Temo que nunca me livrarei da necessidade dela. É muito profunda e intensa. Não vou usá-la assim. Ela merece meu respeito. Salvou minha vida.

Caelen balançou a cabeça, mas não discutiu. Bebeu o resto de sua cerveja e murmurou baixinho enquanto encarava o fogo que chamuscava na lareira.

Do outro lado da sala, Mairin se levantou e, instantaneamente, colocou a mão nas costas. Ela parecia cansada, algo que não passava despercebido por Ewan. Ele franziu a testa e se levantou rapidamente. Estava do outro lado do salão em um segundo e se inclinou para murmurar no ouvido dela. Ela sorriu para ele e, logo, Ewan estava andando com ela em direção ao quarto deles.

Alaric pegou sua caneca e virou o restinho de cerveja que sobrara. Colocou-a de volta na mesa, incapaz de conseguir beber mais daquele líquido forte.

– Detesto ver você assim – Caelen murmurou. – Vá trepar com uma das mulheres mais do que dispostas a esquentar sua cama. Vá esquecer a curandeira. Não pode permitir que uma mulher tenha tanto poder sobre você.

Alaric sorriu desanimado.

– Claramente você nunca quis uma mulher da forma como quero Keeley.

O rosto de Caelen ficou sombrio e Alaric desejou imediatamente poder engolir de volta aquelas palavras vergonhosas. O fato é que, há alguns anos, Caelen ficara totalmente apaixonado por uma mulher. Ele declarou seu amor abertamente para ela. Teria morrido por ela. Em vez disso, ela o traiu com Duncan Cameron e seu clã perdeu tudo, a esposa de Ewan e o pai deles. Caelen nunca mais se permitiu ser enfeitiçado por uma mulher de novo. Alaric nem tinha certeza se Caelen levara outra mulher para a cama. Se o tivesse feito, fora extremamente discreto.

– Desculpe. Não foi correto da minha parte – Alaric disse.

Caelen levou a caneca à boca e encarou a lareira duramente.

– Não importa. Meus erros deveriam servir como um alerta para você nunca permitir que uma mulher te lidere pelo pau.

Alaric suspirou.

– Não são todas as mulheres que sofrem do mal de Elsepeth. Veja Mairin. Ela serve bem a Ewan. É leal e estável. É uma boa mãe para Crispen e morreria por Ewan.

– Mairin está acima das outras mulheres – Caelen disse teimoso. – Ewan tem sorte. A maioria dos homens vive uma vida inteira sem encontrar uma mulher que coloca seu marido e seu clã acima de si mesma.

– E Keeley não fez isso ao cuidar de mim? Como ela podia saber que eu não era um monstro que a estupraria e abusaria dela? Ela foi raptada de seu lar e trazida para viver com estranhos e, mesmo assim, cuidou de mim até a exaustão.

Caelen emitiu um som de aborrecimento.

– Está claro que você está apaixonado, e nada pelo que eu passei vai te fazer pensar o contrário. Siga meu conselho, irmão. Fique longe da curandeira. Terá uma esposa antes de o inverno acabar. Nada bom pode sair de seu namorico com outra mulher. São tempos precários. Você não pode arriscar ofender McDonald. Muita coisa depende de fortes alianças para que Duncan Cameron possa ser apagado da face da Terra. Por mais que estejamos fortes, não podemos persegui-lo sozinhos com a aproximação da hora de Mairin. Assim que ela tiver o herdeiro de Neamh Álainn de forma segura, nossos pensamentos e esforços podem se voltar para nos livrar da ameaça dele. Precisamos que nossos clãs vizinhos se unam a nós para criar um poder grandioso. Podemos enfrentar não apenas a ameaça de Duncan Cameron, mas de Malcolm também, caso Duncan una forças com ele para destituir David do trono.

Os lábios de Alaric se curvaram em um grunhido feroz. Caelen agia como se ele fosse um idiota tapado.

– Você não precisa me lembrar do que está em jogo aqui, Caelen. Sei muito bem das implicações do meu casamento com Rionna McDonald. Disse que iria cumprir minha função. Você me insulta sugerindo menos que isso.

Caelen assentiu.

– Minhas desculpas. Não vou tocar no assunto de novo.

– Que bom – Alaric murmurou.

Ele bebeu o resto de sua cerveja de qualquer jeito e, instantaneamente, fez careta à medida que girava e borbulhava em seu estômago. Ele bebera demais e sua cabeça já doía. Sem conseguir resistir, arriscou outro olhar para Keeley logo quando ela virou levemente a cabeça em sua direção.

Seus olhares se encontraram e travaram, e ela congelou como se fosse uma lebre prestes a fugir. Seus olhos estavam arregalados e expressivos e, por um instante, ele viu tudo o que sabia que ela não queria que ele visse. A mesma vontade que ele sentia. O mesmo desejo. O mesmo arrependimento.

Ele desviou o olhar e xingou baixinho. Então ergueu a caneca e sinalizou para a criada trazer mais.

De repente, ele decidiu que não tinha bebido o suficiente. Precisava de mais e, depois, talvez, não sentisse a dor horrível que crescia em sua barriga e subia até seu peito.

Talvez se esquecesse.

Capítulo 15

Keeley envolveu a pesada capa de pele no corpo ao caminhar com esforço pela neve até a cabana de Maddie. O sol da tarde estava alto e brilhava na paisagem coberta pela neve, refletindo de uma forma que os seus olhos doíam.

O laird ordenara que Mairin ficasse dentro do castelo, e ela não ficara feliz com isso. Keeley se sentia desleal, mas, nesse assunto, concordava com o laird. Ewan tinha medo de que Mairin pudesse cair no gelo e se machucar. Ela estava grande e desajeitada grávida e já tinha quase caído das escadas duas vezes, ambas fazendo Cormac, que a estava acompanhando, quase morrer do coração.

Como consequência, agora ela estava proibida de subir e descer escadas sem alguém segurando seu braço.

E, já que Mairin estava confinada ao salão e prestes a enlouquecer com o tédio, Keeley estava atravessando a neve para chamar Maddie e Christina, porque Mairin queria a companhia delas.

Keeley sorriu. Não era nenhum fardo chamar as outras mulheres. Keeley também gostava da companhia delas e de Mairin. Elas passavam muitas noites diante da lareira, costurando, fofocando e zombando de Christina, devido ao seu afeto por Cormac. Felizmente, ninguém percebeu o interesse de Keeley por Alaric ou o interesse dele por ela ou, se perceberam, tiveram a sensibilidade de permanecer em silêncio, um favor pelo qual Keeley era grata.

Cormac dava cada vez mais desculpas para permanecer no salão à noite, geralmente para beber cerveja com os homens e conversar sobre o treinamento do dia, mas sua atenção estava concentrada em Christina. Os dois jogavam um jogo de gato e rato que divertia Keeley. Eles não eram tão diretos quanto ela e Alaric, mas, quanto a isso, o que Keeley e Alaric ganharam, além de coração partido e arrependimento, ao admitir a atração entre eles?

Ela bateu na porta da cabana de Maddie e, depois, soprou ar quente em seus dedos gelados.

A porta se abriu e Maddie exclamou imediatamente:

– Keeley! Não fique aí no frio. Venha se aquecer na lareira.

– Obrigada – Keeley disse ao entrar e parar diante da lareira.

– O que a traz aqui em um dia frio como este?

Keeley sorriu.

– Mairin está enlouquecendo. Ela quer que você e Christina vão se sentar com ela e lhe fazer companhia. O laird a proibiu de deixar o interior do castelo.

– Como deveria – Maddie disse, concordando e aprovando. – Neve e gelo não são lugares para a moça andar. Ela poderia cair e machucar o bebê.

– Ela não discutiu, mas não está feliz com isso. Pediu que, caso você não estivesse ocupada com seus próprios afazeres, se não se importaria de se sentar com ela por um tempo?

– É claro que não. Deixe eu pegar meu xale e minhas botas. Vamos parar no caminho e pegar Christina na volta para o castelo.

Em alguns minutos, ambas as mulheres subiram de volta e andavam pelo vento cortante.

– Você tem tudo o que precisa para o inverno? – Maddie perguntou quando se aproximaram da cabana dos pais de Christina.

Keeley balançou a cabeça.

– Não. Precisamos procurar algumas ervas. Será preciso cavar a neve, mas sei debaixo de quais árvores olhar. Muitos vão adoecer com tosse e peito dolorido conforme o frio piorar. Principalmente as crianças. Há uma pasta que faço que ameniza a dor e ajuda com a tosse. Será útil tê-la no inverno.

Maddie franziu o cenho.

– Quando vai pegar essas ervas?

Keeley sorriu com pesar.

– Não até parar de nevar e o vento diminuir. Está muito frio para cavar a neve agora.

– Sim, tem razão. Certifique-se de levar um ou dois homens para te ajudar. Não é uma tarefa fácil para uma moça sozinha.

– Agora você está parecendo o laird com todas suas ordens – Keeley zombou.

Maddie parou e bateu na porta de Christina.

– O laird é um homem sábio. Não é insulto ser comparada a ele.

Keeey revirou os olhos.

– Eu não a estava insultando.

Christina abriu a porta e seu rosto se iluminou quando viu Maddie e Keeley ali paradas. Quando elas lhe disseram que Mairin gostaria que fossem até o castelo, ela agarrou a oportunidade.

– Amo muito minha mãe – Christina disse quando elas se apressavam para o castelo. – Mas, por Deus, a mulher está me deixando maluca. Não aguento ficar confinada com ela na cabana por muito mais tempo.

Maddie riu.

– Imagino que esteja reclamando do tempo.

– Quando ela não reclama? – Christina perguntou irritada. – Se não é o tempo, é meu pai, ou eu, ou alguma dor imaginária. Eu estava quase gritando antes de vocês baterem na minha porta.

Keeley sorriu e apertou a mão da jovem.

– Tenho certeza de que a oportunidade de ver Cormac de novo nunca passou pela sua cabeça.

Christina ruborizou e Maddie gargalhou.

– Ela te pegou, mocinha.

– Vocês acham que ele vai tentar me beijar um dia? – Christina perguntou melancolicamente.

Maddie apertou os lábios.

– Penso eu que, se ele não tenta te beijar, talvez você deva assumir o comando e beijá-lo.

A boca de Christina caiu e seus olhos se arregalaram com surpresa.

– Oh, eu não poderia! Seria pouca-vergonha. Ele pensaria que eu... Ele pensaria que eu... – ela falou até parar, claramente incapaz de dizer o que flutuava em sua mente.

– Eu aposto que ele ficaria muito fora de si para ter tais pensamentos – Maddie murmurou. – Alguns homens precisam de um empurrãozinho de vez em quando. Um beijo roubado não a torna uma prostituta. Independente do que sua mãe possa dizer.

– Eu concordo com Maddie – Keeley disse.

– Concorda? – Christina se virou para olhar para Keeley assim que elas entraram no castelo e foram recebidas com o ar muito mais quente. – Você já... beijou um homem? – A voz dela baixou em um sussurro conforme olhava em volta para ter certeza de que ninguém ouvia. – Quero dizer, você tomou a iniciativa?

– Sim – Keeley disse baixinho. – Beijei e fui beijada. Não é vergonhoso, Christina. Se não for muito além. Cormac é um bom homem. Ele não vai tirar vantagem e, se o fizer, você grita alto e o chuta entre as pernas.

Maddie desatou a rir enquanto Christina olhava tão chocada que Keeley se perguntou se ela e Maddie deveriam ter aconselhado a jovem.

Mas, então, um brilho de curiosidade apareceu nos olhos dela e a expressão de Christina se tornou pensativa. Assim que entraram no salão, Mairin se levantou da cadeira diante da lareira e se apressou até elas.

– Ainda bem que estão aqui. Estou enlouquecendo de tédio. Ewan não me deixa sair do castelo, mas todo o mundo ainda cumpre seus deveres.

Então, Mairin parou e as estudou com curiosidade.

– O que há de errado? E Christina, por que está com esse olhar tão peculiar?

Maddie riu.

– A moça está conspirando.

As sobrancelhas de Mairin se ergueram.

– Isso eu quero ouvir. Venham, sentem-se diante da lareira comigo e me contem tudo. Se houver alguma travessura, quero fazer parte.

– Ah, claro, deixe o laird furioso conosco por levá-la para o mau caminho – Keeley resmungou.

Mairin sorriu descaradamente e se sentou de volta na cadeira, com a mão contornando sua barriga protuberante.

– Ewan não vai tocar em um fio de cabelo seu. Pelo menos não até nosso bebê ter nascido.

– Você tem que se preocupar com o que ele fará depois – Maddie brincou.

Keeley ficou séria, porque, após fazer o parto de Mairin, seu futuro realmente era precário. Ela não fazia ideia se ainda teria uma cabana para a qual retornar naquele momento. Com seu desaparecimento, não saberiam de seu destino e sua cabana com certeza seria dada para alguém que necessitava de um abrigo. Ela não tinha argumento para querê-la de volta e, na verdade, a cabana não lhe pertencia. Era dos McDonald.

– Dissemos algo errado? – Mairin perguntou ansiosa. – Você parece tão... triste, Keeley.

Keeley deu um sorriso valente.

– Não é nada. Estava pensando em meu destino depois que o seu bebê nascer.

As outras mulheres ficaram surpresas e um pouco pálidas.

– Claro que não acha que será dispensada – Maddie exclamou.

Mairin se inclinou para a frente na cadeira e pegou a mão de Keeley.

– Ewan nunca permitiria que algo assim acontecesse. Você sabe disso, não sabe?

– O fato é que desconheço meu futuro – Keeley disse baixinho. – Mais do que isso, não tenho um lar para o qual voltar. Assim como já não tinha.

– Você não gosta daqui? – Christina perguntou.

Keeley hesitou. Assim que Alaric se casasse com Rionna, ficar ali a afastaria mais dele do que retornar às terras McDonald, onde poderia muito bem ser chamada para fazer o parto do primeiro filho de Rionna. Com Alaric. Pensar nisso era muito para ela. E, ainda, ficar ali a deixaria próxima de Alaric e Rionna quando viessem visitar. Era uma dúvida que lhe garantia mágoa independentemente do curso de seu destino.

– Sim, gosto daqui – ela finalmente disse. – Nunca percebi o quanto estava solitária antes de ter todas vocês com quem rir e conversar.

– Keeley, vai nos contar o que aconteceu com você? – Mairin perguntou baixinho. – Se não for da nossa conta, fique à vontade em dizer, mas me pergunto por que não carrega mais o nome McDonald e por que diz que seu clã virou as costas para você.

– Que vergonhoso – Maddie comentou com uma carranca. – Família é família. Um clã é tudo que uma pessoa tem. Se eles não te apoiam, quem vai apoiar?

– É, quem vai? – Keeley perguntou, lamentando.

Ela se recostou e inspirou, surpresa por se sentir tão brava depois de tanto tempo. O ressentimento estava guardado, procurando por uma brecha para sair.

– Cresci como amiga íntima de Rionna McDonald, a única filha do laird.

– Rionna de Alaric? – Mairin perguntou abismada.

– É, Rionna de Alaric. – Precisou de toda sua força para não titubear ao falar aquelas palavras. – Era comum, para mim, estar com o Laird e a Lady McDonald. Eles cuidavam da gente e nos davam liberdade para perambular por todo o castelo. Conforme fomos crescendo e adquirimos aparência mais sensual, o laird começou a me observar. Tão de perto que me deixava desconfortável.

– Que pervertido – Maddie murmurou.

– Isso se tornou tão desconfortável que comecei a evitá-lo totalmente e a passar menos tempo com Rionna dentro do castelo. Um dia, quando fui chamá-la em seu quarto, o laird me pegou sozinha e começou a dizer coisas horríveis. Ele me beijou e fiquei assustada. Disse a ele que iria gritar e ele perguntou quem iria contra ele? Era o laird. Podia ter o que quisesse. Ninguém iria contradizê-lo. Fiquei aterrorizada, porque ele falava a verdade. Ele teria me estuprado no quarto de sua filha, mas Lady McDonald entrou.

Mairin olhou horrorizada.

– Oh, Keeley.

– Pensei que o pior de tudo seria o laird me atacar. Estava enganada. O pior foi quando Lady McDonald me rotulou como prostituta e me acusou de seduzir seu marido. Fui banida do castelo e proibida de retornar. Acho que fui afortunada por me deixarem ter uma cabana longe do castelo, mas era uma existência solitária para uma jovem.

– Isso é desprezível! – Christina exclamou. – Como puderam fazer isso com você?

O rosto das três mulheres se crisparam de horror e o coração de Keeley se alegrou. Era bom ter alguém para se ofender por ela.

– O que mais me magoou foi a perda da amizade de Rionna. No início, eu não sabia se ela acreditava no que foi dito sobre mim. Depois que Lady McDonald morreu e ela não se esforçou para me ver ou permitir que voltasse para o clã, percebi que todos realmente acreditavam no pior.

De forma desajeitada, Mairin se levantou e abraçou Keeley, apertando-a até ficar sem ar.

– Você não pode voltar lá. Vai ficar aqui com os McCabe. Não traímos os nossos e com certeza nunca culpamos uma jovem pelos pecados de um velho pervertido. O laird veio aqui há alguns meses. Queria ter sabido disso antes. Eu teria cuspido nos olhos dele.

Keeley riu. Quando começou, não conseguiu mais parar. Seus ombros chacoalharam quando ela imaginou Mairin cuspindo no laird. Ela olhava impotente para as outras mulheres e, logo, todas começaram a gargalhar.

Enxugavam as lágrimas dos olhos e buscavam por ar e, então, olhavam para a expressão brava de Mairin e começavam a rir de novo.

– Não consigo expressar o quanto isso me fez sentir melhor – Keeley confessou. – Nunca contei a ninguém a fonte de minha vergonha.

– Não é sua vergonha – Mairin disse ferozmente. – A vergonha é do Laird McDonald.

Maddie assentiu, concordando, enquanto Christina ainda parecia estupefata com a história de Keeley.

– E é simplesmente por isso que você tem que ficar aqui – Maddie anunciou. – Pode não ter nascido uma McCabe, mas vai se tornar uma McCabe e ficar. Suas habilidades de cura são necessárias aqui e ninguém ousará te ameaçar como aconteceu nas terras McDonald. Nosso laird não apoia tal injustiça.

– Estive tão brava por tanto tempo – Keeley admitiu. – Foi bom contar para alguém. Obrigada por não me julgarem.

– Homens são porcos – Christina soltou.

As três mulheres surpresas se viraram para a jovem. Christina permanecera bem quieta durante a história, e agora suas bochechas estavam rosadas e seus olhos brilhavam de raiva.

– Não sei por que nós os toleramos – ela continuou.

Mairin riu.

– Não são todos porcos. Seu Cormac tem uma boa cabeça acima do pescoço.

– Se ele tem uma cabeça tão boa, por que ainda não tentou me beijar? – Christina murmurou.

Maddie deu risada.

– Olhe, moça, é por isso que devia assumir o controle e beijá-lo primeiro. O rapaz provavelmente está morrendo de medo de dar um passo errado e ofender ou assustar você. Homens têm os pensamentos mais estranhos às vezes.

Mairin gemeu.

– Não deixe Maddie começar a falar sobre homens. Ela vai chamar Bertha e elas vão deixar suas orelhas quentes com todo seu conhecimento.

– É, mas, moça, você e o laird se beneficiaram muito de nosso conselho – Maddie disse presunçosamente.

Mairin ficou vermelha e balançou a mão diante do rosto.

– Não é de mim que estamos falando. Christina, eu concordo. Você deveria beijar Cormac e ver como ele reage.

Toda a conversa de beijo e intimidade começou a causar um aperto no peito de Keeley. Ver a jovem Christina tão apaixonada e viva com alegria e curiosidade a fez ansiar por coisas que não poderia ter.

Christina se inclinou para a frente em sua cadeira, olhando para a esquerda e a direita.

– Mas quando? Com certeza não vou querer que ninguém nos veja. Se isso chegar aos ouvidos da minha mãe, nunca terminarei de escutar o sermão dela.

– Bom, se seu beijo causar o impacto que está esperando, você não será mais responsabilidade de sua mãe – Maddie disse com um sorriso. – Talvez, isso apresse Cormac a te pedir em casamento.

Um sorriso ansioso e esperançoso surgiu no rosto de Christina, abrandando seus olhos até eles brilharem na luz da lareira.

– Vocês acham que ele fará isso?

Keeley e Mairin trocaram olhares e sorriram para a jovem.

– Sim, eu acho – Mairin disse. – É óbvio que ele está apaixonado por você. Seja ousada. E, se ele a rejeitar, vou chutá-lo e vamos nos reunir para dizer todos os tipos de blasfêmias contra os homens.

Keeley sorriu largamente enquanto Maddie ria alto. Christina sorriu e ficou toda animada em seu assento.

– Ainda preciso saber quando. Tem que ser em um momento privado.

– Hoje à noite, quando os homens acabarem de beber cerveja, vou sugerir que Cormac te leve de volta à sua cabana – Mairin disse. – Você decide quando beijá-lo assim que saírem do salão, mas não lá fora, à vista dos vigias. Nesse meio-tempo, enviarei uma mensagem para sua mãe explicando que você vai jantar no salão comigo nesta noite.

– Oh, estou tão nervosa! – Christina exclamou.

– Não fique nervosa, moça. Cormac ficará nervoso o suficiente por vocês dois quando souber que é para acompanhá-la até em casa – Maddie zombou.

– Esposa, meus homens e eu ouvimos a risada de vocês lá do pátio – Ewan disse da entrada. – Estão todos aterrorizados que estejam tramando contra eles de novo.

Mairin olhou para cima, para onde o marido estava, e sorriu misteriosamente.

– Isso é um fato, marido. Pode dizer a eles, é claro, se desejar.

Ewan fez uma careta.

– Não sou louco. Todos eles abandonariam suas funções e se esconderiam como mulheres se eu dissesse isso.

Mairin sorriu inocentemente enquanto Maddie e Keeley encontraram outra coisa na qual concentrar a atenção.

– Não vou deixar vocês interferirem em meus homens e suas funções, Mairin – Ewan disse com firmeza.

– Claro que não – ela o tranquilizou.

Ele lançou um olhar desconfiado na direção dela e, depois, se virou e saiu do salão. Não muito depois de ele sair, todas as mulheres explodiram de rir mais uma vez.

Capítulo 16

O jantar foi bem animado, já que a maioria dos homens de Alaric estava com ele no grande salão. O fogo queimava na lareira e as peles estavam todas abaixadas sobre as janelas, com amarras extras para fechar os buracos.

Keeley se sentou à esquerda de Mairin, com Christina do outro lado. Cormac havia sido colocado estrategicamente em frente a Christina, e era divertido assistir aos dois desviarem o olhar um do outro, mas flagrá-los quando pensavam que o outro não estava olhando.

Ladeando Cormac, estavam Alaric e Caelen e, apesar de se esforçar, Keeley flagrou a si mesma olhando para Alaric. Naquela noite, Ewan conversava sobre o casamento iminente de Alaric, e Keeley precisou de toda sua força para permanecer sentada, com um sorriso, e agir como se não desse a mínima.

Suas bochechas doíam. Sua cabeça latejava.

Alianças. Conexões. Conversa sobre guerras próximas. Nada importava além do fato de que Alaric se casaria com outra e se mudaria para as terras McDonald para assumir o cargo de laird.

A comida, geralmente saborosa, estava seca e sem graça. Ela comeu porque não havia mais o que fazer além de comer e sorrir. Outra mordida. Outro sorriso. Assentir na direção de Christina. Rir de uma brincadeira de Mairin. Observar a careta de Caelen. E, então, olhar na direção de Alaric de novo.

Ela suspirou e moveu a carne de veado pelo prato com sua faca. Ela só queria que a refeição acabasse para que pudesse se retirar para seu quarto e tentar se perder em algumas horas de sono.

Arriscou outro olhar para Alaric e prendeu a respiração quando viu que o olhar dele estava nela. Ele não desviou o olhar nem fingiu que não a estava observando. Seus olhos, como gelo verde, sondavam além de suas defesas e ameaçavam desintegrá-la naquele lugar.

Ele não sorriu. Em seus olhos, ela viu tudo o que ela mesma sentia. E, ainda assim, não conseguia se forçar a desviar o olhar. Não, se ele podia deixar que ela visse seu sofrimento, então ela poderia oferecer o próprio em troca. Ela não fingiria sentir nada.

Ao seu lado, Mairin limpou a garganta, tirando Keeley de seu olhar travado. Keeley olhou rapidamente ao redor, mas todos os olhos se voltaram para a senhora do castelo enquanto ela se preparava para falar.

– A refeição acabou e é hora de Christina voltar para sua cabana. Sua mãe ficará preocupada, com o tempo tão ruim lá fora.

Ela olhou para Cormac e o presenteou com um sorriso gentil.

– Cormac, poderia, gentilmente, acompanhar Christina? Odiaria que ela enfrentasse o frio sozinha.

Por um instante, Cormac pareceu que tinha engolido a língua. Depois de lançar um rápido olhar na direção de Christina, ele se levantou de uma vez.

– É claro, Lady McCabe.

Ewan lançou a Mairin um olhar paciente enquanto Caelen apenas franziu a testa quando Cormac deu a volta para oferecer o braço a Christina.

A mesa ficou em silêncio e parecia que todos no salão observavam enquanto Cormac guiava Christina de forma esquisita. Assim que saíram, Ewan suspirou e encarou sua esposa.

– Que travessura está aprontando agora, esposa?

Mairin sorriu e trocou um olhar conspirador com Keeley antes de encarar o marido.

– Você deixaria Christina ir até sua cabana sozinha? Porque ela poderia escorregar e cair no gelo e, depois, o que falaríamos para a mãe dela? Que nosso laird mandou uma jovem sair no frio desacompanhada?

Ewan olhou para o teto.

– Por que eu tenho que perguntar?

– Venha, agora, marido. Sirva-se de mais cerveja e me conte seu dia – Mairin disse com um sorriso inocente.

– Você sabe bem como foi meu dia. Acabei de passar a última meia hora contando.

– Enviou uma carta para McDonald concordando com os termos dele? – Caelen perguntou.

Ele olhou diretamente para Keeley, de propósito, enquanto falava. Keeley sustentou seu olhar, recusando-se a reagir às palavras dele.

– Sim, há dois dias – Ewan disse. – Não espero receber uma resposta até a tempestade passar e parar de nevar.

– Então, devemos esperá-lo próximo à primavera – Caelen pressionou. – Ele e Rionna.

– Caelen.

Alaric disse apenas uma palavra, mas seu tom foi tão frio e cortante quanto o vento lá fora. Era um claro alerta para seu irmão parar de provocar, mas não fez Keeley se sentir melhor.

Caelen a estava alertando. Ele sabia da atração entre ela e Alaric. Keeley queria se enfiar debaixo da mesa e morrer de vergonha.

Em vez disso, ela ergueu o queixo e olhou Caelen por cima, como se ele fosse um inseto irritante que ela estava prestes a esmagar. Aquela imagem a alegrou consideravelmente. É verdade que ela adoraria dar um pisão em Caelen.

A sobrancelha de Caelen se ergueu como se estivesse surpreso por sua ousadia, e ela semicerrou os olhos para lhe dizer que sabia exatamente o que ele estava querendo fazer.

Para a surpresa de Keeley, um discreto sorriso ergueu o canto da boca dele. Então, ele se voltou para sua caneca e imediatamente a ignorou.

Keeley estava prestes a se retirar quando Cormac voltou ao salão, com uma expressão atordoada. Ela arqueou uma sobrancelha para Mairin, que pareceu extremamente feliz. Mairin colocou a mão debaixo da mesa e apertou a de Keeley.

Cormac trombou em sua cadeira, enquanto tentava sentar novamente. Sua cor estava acentuada e seu cabelo... parecia decisivamente despenteado. O sorriso de Mairin se expandiu.

Ewan grunhiu com desgosto e Caelen revirou os olhos. Alaric ficou encarando Keeley até as bochechas dela se esquentarem sob a análise dele.

– Laird, preciso falar com o senhor – Cormac disse em voz baixa. – É de extrema importância.

Ewan lançou um olhar conformado para sua esposa e, depois, assentiu na direção de Cormac.

– Então, fale.

Cormac limpou a garganta e olhou nervoso para todas as pessoas que ainda permaneciam na mesa. A maioria dos homens havia retornado para seus aposentos, mas Gannon, Alaric e seus irmãos, juntamente com Keeley e Mairin, ainda estavam lá.

– Gostaria de pedir permissão para pedir a mão de Christina em casamento – ele soltou.

Mairin quase caiu da cadeira e Keeley se viu incapaz de conter o sorriso com a expressão atordoada do homem.

– Entendi. Você pensou bem nisso? – Ewan perguntou. – É com ela mesmo que quer se casar? E tem certeza de que ela deseja se casar com você?

– Sim. A verdade é que ela disse que eu não poderia beijá-la novamente até estarmos formalmente prometidos.

Com isso, Keeley e Mairin não conseguiram mais segurar a risada.

– Deus nos salve das mulheres intrometidas – Ewan murmurou. – Parece que haverá muita união em andamento no castelo. Sim, Cormac. Tem minha permissão de falar com o pai dela, mas não admitirei que interrompa seus deveres. Seu primeiro dever é zelar pela segurança de minha esposa. Se eu te encontrar distraído uma vez que for, dispensarei você.

– É claro, laird. Minha lealdade é a você e à sua lady acima de tudo – Cormac disse.

– Então prepare seu discurso para o pai dela. Vamos chamar um padre assim que o tempo permitir e fazer o casamento, é claro, se o pai dela concordar.

Cormac lutou para conter seu sorriso, mas o alívio e... a felicidade em seus olhos fizeram Keeley amolecer de novo. Ela engoliu o desejo e a breve onda de inveja. Estava feliz de verdade por Christina. A jovem ficaria tonta quando Cormac a pedisse em casamento.

Ela olhou para Mairin e viu a empolgação estampada em seu rosto. Mairin se inclinou e sussurrou:

– Temos que perguntar para Christina sobre o beijo amanhã.

Keeley colocou uma mão na boca a fim de abafar sua risada.

– Deve ter sido um beijo daqueles – ela sussurrou de volta.

– Tive alguns desses – Mairin disse saudosa. Então, lançou um olhar na direção de Ewan. – Talvez mais do que alguns.

Estava na ponta da língua de Keeley confessar que ela também havia tido um beijo como nenhum outro, mas ficou quieta. Em vez disso, olhou para Alaric de novo e viu seu olhar acariciando-a como se a estivesse tocando.

Era como se alguém segurasse seu pescoço e apertasse. Cada respiração era uma tortura, fazia seu peito doer com o esforço. Ela desviou o olhar e se levantou rapidamente. Virou-se para Ewan primeiro e fez uma cortesia esquisita.

– Com sua permissão, laird, gostaria de me retirar. Estou bem cansada nesta noite.

Ewan assentiu e continuou a conversar com Alaric.

Keeley se virou para Mairin.

– Vejo você amanhã. Boa noite.

Mairin lhe lançou um olhar de empatia que dizia a Keeley que ela não estava indiferente aos acontecimentos entre Keeley e Alaric.

Keeley se apressou em sair, mas sentiu o peso do olhar de Alaric o tempo todo. Ela não conseguia se livrar da análise daqueles à mesa rápido o suficiente. Já havia se feito de boba com todos os olhares roubados para Alaric. Teriam que ser cegos e loucos para não perceber o que estava acontecendo.

A subida das escadas parecia interminável. Seu quarto estava frio quando entrou e, tremendo, foi reviver o fogo das brasas quase apagadas. Depois de adicionar lenha, ficou diante da lareira por um instante a fim de absorver o calor nas mãos, depois foi verificar a pele que cobria a janela.

Satisfeita por tudo estar como deveria, vestiu a camisola e entrou debaixo das cobertas. A única luz na escuridão era o brilho laranja e vibrante do fogo. Lançava sombras nas paredes e a fazia se sentir mais sozinha do que estava.

Lá fora, o vento assobiava e chiava, como um velho resmungando seu destino. Keeley se cobriu mais e observou as chamas dançantes no teto.

Se ao menos as coisas fossem tão simples quanto roubar um beijo. Se ao menos ela assumisse os problemas com as próprias mãos como Christina fizera. Keeley deu um sorriso triste e pesaroso. Se ao menos um beijo pudesse curar todas as doenças. Christina beijara seu homem e agora eles teriam uma vida juntos.

Ela não tinha uma vida para formar com Alaric, mas poderia aproveitar alguns momentos roubados em seus braços.

Ficou paralisada quando pensou nisso. Inspirou, prendeu a respiração e sua mão voou para a garganta, massageando-a, como se fosse diminuir a tensão.

E se ela fosse mesmo até Alaric? Como isso mudaria sua vida quando ela já era conhecida como uma mulher sem virtudes?

Ela fechou os olhos e balançou a cabeça, negando, sem dizer nada.

No entanto, ela não podia nem usar a desculpa de que Rionna era sua amiga. Amigas não viram as costas. E ninguém precisaria saber.

Só uma noite.

Era possível?

Alaric a queria. Ele deixara isso bem claro. E Keeley o queria com cada suspiro. Ela o queria tanto que isso lhe causava uma dor física.

Como seria sentir as mãos dele em sua pele? A boca dele contra a dela?

É, seria difícil se afastar de Alaric. Seria difícil tê-lo apenas por um instante, mas ela estava começando a acreditar que ele tinha razão. Uma prova da doçura era melhor do que uma vida amarga de arrependimento. E, naquele momento, se arrependeria de ir para seu túmulo gelado ainda virgem.

Ela manteve sua virtude bem segura por muito tempo. Tão segura que nada mais importava. Era a única prova de que não era a prostituta da qual fora rotulada. E, mesmo assim, isso não lhe trouxera justiça. Não havia ninguém que ficasse ao seu lado. Nunca haveria alguém para ficar ao seu lado. Só ela sabia a verdade, e continuaria assim.

Quanto conforto a verdade lhe trouxera nas noites frias?

Ela quase riu para a profundeza em que sua mente ia a fim de racionalizar seu desejo de se envolver em um caso com seu guerreiro.

Seu guerreiro. Sempre dela. Só que não. Em seu coração, entretanto, não havia outro. Nunca haveria.

– Pare de ser tão dramática e fantasiosa, Keeley – ela murmurou. – A próxima coisa que vai pensar é que jogará as peles que cobrem a janela para o lado e ameaçará se lançar sobre a floresta coberta de neve.

Ela riu, mas lágrimas apareceram em seus olhos e ela as secou para aliviar a queimação.

Não, agora não era hora de sonhos tolos e castos. Precisava ser realista e decidir o que era aceitável para ela. Ninguém mais. Uma vez na vida, ela colocaria seus próprios desejos e vontades acima de outros. Porque, se ela não buscasse sua felicidade, ninguém mais o faria.

Uma noite nos braços de Alaric.

Uma vez que isso foi dito em sua mente, ela não podia mais parar de pensar. Isso a consumia. Isso a tentava e a atormentava como nada antes.

Ela nunca tinha sido beijada até Alaric, com exceção da boca brutal do laird, e não considerava aquilo um beijo. Um beijo era algo dado, e o laird havia tomado dela. Ela nunca lhe deu *nada* por querer.

Pressionou as mãos nos olhos e mergulhou os dedos no cabelo.

Era tarde demais para voltar. Tornara-se mais do que qualquer sonho sem sentido. A ideia criara raízes. Queimava tão brilhante em sua mente que ela sabia que não conseguiria passar outro dia sob essa tensão insuportável que existia entre ela e Alaric.

Teria que acabar naquela noite.

Capítulo 17

Alaric estava parado e olhava melancolicamente para a noite pela janela. No céu, a lua brilhava e refletia no terreno coberto de neve. Ao longe, o lago cintilava e brilhava prateado com uma ondulação para perturbar a superfície imaculada.

Era uma vista tranquila e, mesmo assim, ele estava completamente agitado por dentro.

As palavras do irmão sussurravam para ele um pensamento traiçoeiro que, uma vez plantado, havia criado raiz. Sentia vergonha de pensar naquilo cada vez mais. Tomá-la. Usá-la. Livrar-se dessa loucura.

Mas ele não podia. Porque sabia que o que sentia não era simplesmente desejo. Ele não conseguia dizer o que era. Era novo e diferente. Ele estava na extremidade de algo alarmante e emocionante ao mesmo tempo. Era como se preparasse para a batalha e seu sangue subisse.

Sim, ele a queria. Sem dúvida. Mas não pegaria o que não era dado de boa vontade. A última coisa que ele queria era lhe causar dor. Ver a tortura nos olhos dela o magoou de uma forma que ele não pensou ser possível ser magoado por uma mulher.

O som da porta de seu quarto se abrindo o fez se virar, com o aborrecimento fervilhando e pronto para voar em quem ousava entrar sem bater.

Quando viu Keeley parada na sombra, a incerteza traçando seu rosto, ele se esqueceu de respirar.

– Pensei que fosse estar na cama – ela disse em pouco mais que um sussurro. – Está tarde. Fomos para o quarto há horas.

– E, ainda assim, nós dois estamos de pé, sem conseguir dormir. Por quê, Keeley? – ele perguntou baixinho. – Vamos continuar negando o que nós dois queremos?

– Não.

Ele ficou paralisado. Tão paralisado que o quarto ficou sombriamente em silêncio e só o uivo do vento podia ser ouvido. O frio entrou pelo cômodo, cobrindo-o com camadas geladas. Keeley estremeceu e se abraçou. Ela parecia tão vulnerável que cada instinto dele gritava para protegê-la do mal. Para cuidar dela e providenciar-lhe toda paciência e compreensão que ele oferecia.

Então, ele amaldiçoou quando outra rajada de ar frio entrou no quarto. A chama da lareira tremeluziu e brilhou mais alto, alimentada pela corrente de ar. Ele correu até a janela, puxou as peles para baixo e, depois, foi até Keeley e a pegou nos braços, protegendo-a do frio.

O coração dela batia freneticamente contra o peito dele, e ela tremia da cabeça aos pés.

– Venha para a cama para que possa se cobrir com as peles enquanto eu aumento o fogo – ele disse gentilmente.

Com cuidado, ele a afastou de seu peito e a levou para a cama. Ela se sentou na beirada, tensa e nervosa, enquanto ele pegava uma das peles e a envolvia em seu corpo.

Incapaz de resistir, ele beijou o topo da cabeça dela e passou a mão por suas longas madeixas. Ainda não provaria seus lábios. Se começasse, não pararia e ela iria congelar.

As mãos de Alaric tremiam enquanto ele adicionava lenha à lareira. Ele abria e fechava os dedos numa tentativa de dissipar o tremor, mas sem sucesso. Ele estava tremendo por dentro e com tanto medo de fazer algo errado que estava quase paralisado.

Finalmente, ele se virou e viu Keeley observando-o na beirada da cama com olhos arregalados. Ele atravessou o quarto e ficou de joelhos diante dela.

– Tem certeza disso, Keeley?

Ela esticou o braço para colocar os dedos sobre os lábios dele. Acariciou sua boca, depois sua mandíbula.

– Eu quero você. Não consigo te... nos... negar. Sei que é seu destino se unir ao Clã McDonald e se tornar laird, e é um destino nobre. Não vou te impedir. Eu quero esta noite. Uma noite em seus braços para que eu possa guardar bem na memória, para quando você for embora deste lugar.

Alaric pegou a mão de Keeley e a passou pela boca, colocando os lábios na mão dela. Beijou a pele macia, depois colocou cada ponta dos dedos na boca, beijando.

– Eu também quero você, moça. Tanto que até dói. Quero gravar na mente a lembrança de você em meus braços para que nunca me deixe, independentemente do quanto eu envelheça.

Ela sorriu, os olhos brilhando com tristeza ao pegar o rosto dele.

– Me dê esta noite para que possamos criar uma lembrança dessa para nós dois.

– Sim, moça. Vou te amar muito bem.

Quando ele ia se levantar, ela ergueu uma mão e ele parou ajoelhado.

– Há algo que preciso dizer antes de seguirmos adiante.

Ele inclinou a cabeça de lado, analisando seu nervosismo repentino e a respiração rápida.

Ele tirou o cabelo do rosto dela e enrolou nos dedos as mechas compridas na tentativa de amenizar a preocupação que crispava a testa dela.

– Então fale.

Ela desviou o olhar por um instante antes de voltar para ele. A beleza dos olhos dela foi inundada por preocupação e... vergonha.

– É importante que saiba disso. Fui expulsa do Clã McDonald. Eles são minha família. Eu nasci uma McDonald.

A testa dele se enrugou com confusão enquanto absorvia o que ela dissera. Uma McDonald? Ele não pensara muito sobre onde fora parar depois de ter se ferido. O período todo era um borrão. Seus irmãos não mencionaram o quanto estavam próximos das terras McDonald quando o levaram para casa.

E ela fora expulsa? A raiva tomava conta dele. Tocou o queixo dela a fim de parar o tremor silencioso e o ergueu até ela olhá-lo diretamente no olho.

– Por quê, moça? Por que seu próprio grupo a expulsaria?

– O laird avançou inapropriadamente comigo quando eu era apenas uma garota, mal ficara fértil. A esposa dele entrou quando ele tentava me estuprar e me chamou de prostituta. Fui expulsa por tentar seduzir o laird.

Alaric ficou momentaneamente sem palavras. Sua mão se afastou do queixo dela enquanto sua mente entendia as implicações.

– Meu Jesus – ele sussurrou.

As suas narinas se inflaram e ele tensionou a mandíbula ao imaginar sua doce Keeley, uma Keeley muito mais nova, tentando escapar de um homem muito mais velho e mais forte. Isso o deixou enojado.

Deixou-o furioso.

– Não era verdade – ela disse em um sussurro firme.

– Não! – ele negou, com a mão voltando rapidamente para acariciar o rosto dela. – É claro que não. Espero que não ache que pensei isso por um segundo que seja. Estou furioso por ter sido tratada de forma tão injusta e por ter pagado pelos pecados do laird. O trabalho dele era proteger seu clã. Ser merecedor do manto da liderança.

Atacar uma garota é uma das maiores traições.

Ela fechou os olhos com o alívio estampado no rosto. O coração de Alaric doía pelo que ela passara. Mas, mais que isso, ele teve uma forte vontade de correr até o castelo McDonald e bater no Laird McDonald até ele ser incapaz de, algum dia, atacar outra mulher. E pensar que ele jantara com o homem no salão McCabe. Recebera o homem em sua terra como um aliado e futuro pai por meio do casamento. Seus lábios se curvaram com desgosto e sua cabeça doía quando ele percebeu que não havia nada a fazer. Não podia desistir da aliança tornando McDonald um inimigo.

Estava em uma posição maldita.

Determinado a não remoer as coisas além de seu controle, voltou a atenção para a única coisa que podia.

Passou a mão pela pele sedosa de Keeley, o polegar acariciando seus lábios carnudos e o discreto furo em seu queixo. Os dedos dele desceram pela coluna esguia do pescoço dela para descansar em seu peito logo acima da curva dos seios.

Ele conseguia ouvir a leve palpitação do pulso dela e escutou a rápida inspiração quando baixou a mão para envolver o seio através do tecido fino da camisola.

– Me pergunto se tem alguma ideia de sua beleza, moça. Sua pele é macia e tão pálida quanto a luz da lua refletida na neve. Não é marcada por uma única mancha ou defeito. Eu poderia passar a eternidade apenas te tocando.

Ela suspirou e se aproximou, enchendo a mão dele com o calor dela. O mamilo se enrijeceu contra o polegar dele e ele acariciou a ponta, fazendo-o ficar duro.

Suas bocas estavam perigosamente próximas. O olhar de Alaric passava por todo o rosto de Keeley, encontrando a beleza penetrante dos olhos dela assim que tocou seus lábios com os dele.

Foi um choque. Como beijar a lua e ser iluminado por milhares de raios prateados. O desejo serpenteava pela espinha dele e se espalhava por todo o corpo.

Alaric lambeu a boca de Keeley e mergulhou entre seus lábios para a doçura interior. Quente e úmida e tão pecaminosa que causava tremores de intenso desejo no corpo dele.

Ela estava respirando forte, algumas sopradas no rosto dele, conforme ela se afastou, seus olhos brilhavam com minúsculos verdes e dourados que o lembravam das Terras Altas na primavera.

– Nunca dormi com um homem. Ninguém nunca me tocou como você.

A sua confissão despertou um desejo primitivo e possessivo em Alaric. Ao mesmo tempo, ele foi preenchido por gentileza e vontade de fazer aquela noite ser inesquecível para ela.

– Serei gentil, amor. Eu juro.

Ela sorriu e segurou o rosto dele enquanto se aproximava.

– Sei que vai, guerreiro.

Ele a puxou para seus braços, apertando-a contra o peito. Keeley tinha um cheiro doce e delicado, uma pele muito feminina, macia e flexível. Ele se aconchegou no pescoço dela, inalando seu aroma e marcando-a com seus dentes. Mordidas gentis, e ela estremeceu a cada uma.

– É, você tem gosto doce, moça. O mais doce que já provei.

Ele sentiu o sorriso dela contra sua têmpora.

– E você tem lábios de mel, guerreiro. Os mais doces que já conheci.

– Não são só palavras bonitas para te cortejar. É a verdade como nunca disse antes.

Keeley jogou os braços em volta do pescoço de Alaric e se derreteu com um suspiro.

– Eu gosto muito da parte de beijar, mas algo me diz que há muito mais na questão do amor.

Ele sorriu e passou os lábios por sua testa.

– É, você tem razão. Há muito mais e planejo te mostrar com bastante detalhe.

Os lábios dela encontraram os dele, desta vez com a provocação dela. Seu suspiro para recuperar o fôlego saía na boca dele e ele engoliu sua respiração, guardando-a no fundo do peito.

Ele a deixou assumir o comando do beijo, deixou que ela pegasse o quanto quisesse dele.

Antes, ele sempre queria uma transa rápida. Levava para a cama moças que gostavam de sexo rápido e divertido. Mas ali, naquele momento, ele queria saborear cada segundo. Queria que durasse para sempre. Iria com calma e lhe mostraria os prazeres da carne... e do coração.

Levantando-se diante dela, ele a deitou na cama e pressionou as mãos no colchão, uma de cada lado da cabeça dela. O cabelo de Keeley se espalhou pelos lençóis como uma massa sedosa. As mechas brilhavam como ouro desfiado à luz do fogo. Alaric correu a ponta dos dedos nas mechas coloridas e nos tons variados misturados com o fio grosso do cabelo dela.

Keeley olhou para Alaric, com os olhos cintilando com confiança. Ele ficava honrado por ela lhe oferecer o que nunca tinha cedido a outro homem. O fato de ela ter tanta fé nele o atordoava.

Ela se virou e girou debaixo dele antes de erguer os braços de maneira convidativa. Gentilmente, ele segurou suas mãos, beijou os nós de seus dedos e os abaixou de volta para a barriga dela. Subiu as mãos pelos braços, pegou as mangas da camisola dela e, lentamente, puxou-as para baixo, deixando nua a pele sedosa dos ombros.

Sem conseguir resistir a tal tentação, ele se abaixou e beijou o topo do ombro dela e traçou uma linha para a curva do pescoço. Arrepios se espalharam pela pele dela e dançaram sob os lábios dele. Ele riu baixinho quando mordiscou o lobo de sua orelha, fazendo com que ela estremecesse violentamente.

– Você tem uma boca maldosa, guerreiro.

– É só o começo.

Ele puxou o vestido dela até cair precariamente sobre o bico de seus seios. Prendeu a respiração e o seu corpo se tensionou como a corda de um arco. O seu membro inchou e pressionou fortemente as calças, lutando para ser libertado e encontrar a doçura dela.

Ele xingou baixinho e tensionou a mandíbula em uma tentativa inquieta de manter o controle. Por muitos segundos, seu peito se elevou conforme ele inspirava e expirava.

– Há algo errado?

Ele ergueu o olhar e viu a preocupação nos olhos dela e a beijou, com desejo e luxúria, para expulsar os medos.

– Não, moça. Nada está errado. Está tudo certo. Bem certo.

Alaric soltou a boca de Keeley, mordiscando de leve o queixo dela no caminho de volta ao peito. Parou logo acima do vale dos seios e, depois, se aconchegou na depressão, levando a bainha da camisola para baixo dos bicos.

O vestido dela se amontoou na cintura e ele olhou para os mamilos endurecidos, um cor-de-rosa deleitável, tão esticados que apontavam para sua boca – um desejo contra o qual não teve forças para lutar.

Ele gemeu em um mamilo e ela gritou, com a voz rouca e fina. Ela agarrou os ombros dele, cravando os dedos em sua carne.

Curvou-se sob ele quando encontrou o outro mamilo e o sugou fortemente para dentro da boca.

Keeley estava muito tensa, esforçando-se para ficar em pé, os dedos cravados tão profundamente que parecia estar beirando a dor. Quando Alaric soltou o seio dela, ela choramingou e ficou inquieta debaixo dele.

– Shh, moça, só estou começando. Fique calma. Deixe-me amar você.

Ele recuou até os pés estarem novamente no chão. Puxou o vestido dela até tirar por completo, deixando-a nua.

Ele engoliu em seco. Em toda sua vida, nunca vira uma moça tão linda. A pele dela brilhava à luz da lareira. Sedosa e macia sem nenhuma imperfeição. Ela era perfeitamente moldada, quadris arredondados, cintura estreita e seios generosos para preencher a mão e a boca de um homem.

A barriga era chapada com uma depressão minúscula em volta da qual ele estava morrendo de vontade de passar a língua.

O olhar de Alaric baixou para o pequeno amontoado de cachos aninhados no encontro das pernas dela, guardando sua inocência e doçura.

Ele pensou que não fosse possível ficar mais duro do que já estava. Seu mastro se distendeu contra as calças até a sensação do tecido deixá-lo louco.

Ele não queria assustá-la, mas, se não arrancasse a roupa, iria rasgá-la com a pele.

– Deite-se ali enquanto eu tiro minha roupa – ele disse em voz baixa.

Os olhos dela se arregalaram quando os dedos dele desamarraram os cordões das calças. Então, ele tirou o tecido e libertou o seu membro. O alívio foi tão agudo que ele quase se ajoelhou bem ali.

Arrancou a túnica e a jogou do outro lado do quarto. Quando voltou a olhar para Keeley, viu que seu olhar estava fixo em sua protuberância. Ele não tinha certeza se ela estava com medo ou curiosa. Sua expressão era uma estranha mistura de ambos.

Ele parou entre as pernas, e as mãos dela se ergueram automaticamente como se fossem afastá-lo.

Ele segurou os punhos dela enquanto os polegares acariciavam os seus seios macios.

– Não há nada a temer, Keeley. Não vou te machucar. Serei tão gentil quanto um carneirinho.

E, mesmo se aquilo o matasse, ele não quebraria sua promessa.

Capítulo 18

Keeley prendeu a respiração até turvar a mente e quase desmaiar. Quando soltou o ar, saiu como uma lufada que a desestabilizou.

Diante dela, havia um homem – um guerreiro – sem igual. Ele era marcado pelos fogos da batalha. Musculoso. Com cicatrizes. Esguio. Nenhuma pele sobrando em parte alguma de seu corpo.

Ele era grande, sua força era palpável no pequeno espaço do quarto. Podia machucá-la facilmente e, ainda assim, ela confiava cegamente nele. Sua gentileza a acalmava e a fazia desejá-lo.

Mas, ao olhar para sua virilha com seu... apêndice... apontando para cima como uma bandeira na batalha, lançou um olhar de dúvida para ele.

– Tem certeza… Tem certeza de que vamos… de que vai… *caber*?

Ela quase gemeu de humilhação. Como agiria como uma mulher adulta que vivera sozinha nos últimos anos quando quase desmaiou com a mera visão de um membro masculino? Não era como se nunca tivesse visto antes. Aliás, ela tinha visto o dele, mas todos estavam descansando. Não em pé como um machado.

Ficou maravilhada pelo fato de que algo mole e indiferente pudesse crescer tanto e parecer tão ameaçador.

Alaric riu baixinho, e seus olhos brilharam com diversão conforme olhava para ela.

– Vai caber, sim. É seu dever me acomodar.

Ela arqueou uma sobrancelha pela arrogância dele.

– É meu dever? Quem criou essa regra, guerreiro?

Ele sorriu.

– Você vai ficar relaxada e úmida. É meu dever fazer isso acontecer.

– Vou?

Ela tentou não expressar sua confusão e dúvida, mas ficou ofegante, quase empolgada.

Ele se aproximou e, depois, se inclinou sobre ela, o corpo tão perto que seu calor a rodeava e entrava em sua pele.

– Vai, sim. Vou me certificar disso.

Ele se acomodou sobre ela, esquentando-a conforme a pele dos dois se unia e o corpo dela se derretia no dele. O pelo do peito dele raspou levemente na pele dela e seu cabelo caiu sobre seus ombros e sobre os dela.

– É inapropriado um homem ter um cabelo tão bonito – ela murmurou.

Ele a olhou e fez uma careta.

– É inapropriado dizer a um homem que o cabelo dele é bonito.

Ela sorriu.

– Oh, mas eu adoro passar os dedos nele. Você se lembra do banho que eu te dei quando ainda estávamos em minha cabana? Eu o secava e penteava e, depois, trançava as mechas em suas têmporas. Era como seda, a mais chique que já vi.

– Eu me lembro de uma feiticeira passando as mãos pelo meu cabelo. Era um sonho do qual eu não queria acordar.

Keeley esticou o braço, pegou o cabelo e deixou as mechas se enroscarem nos dedos.

– E este é um sonho do qual nunca quero acordar – ela sussurrou.

Alaric capturou a boca de Keeley. Com força e desejo. Não tão gentil como antes. Roubou sua respiração. Queria ela e seu beijo. O corpo dele se moveu com urgência contra o dela, grosseiramente, conforme suas pernas se entrelaçavam e ele aquecia a pele dela com a sua.

A excitação dele era grande e dura, batendo contra as pernas dela. Instintivamente, ela abriu as pernas, depois arfou quando o comprimento dele escorregou pela sua área mais íntima.

Sensações indescritíveis abalaram seu corpo quando o membro grosso dele esfregou-se na pequena protuberância entre as camadas dela. Ela ergueu as pernas, querendo mais, mas ele se afastou e desceu pelo seu corpo.

Ela teria protestado, mas a língua dele circulou seu umbigo, e ela imediatamente se esqueceu de tudo a não ser da língua pecaminosa dele. Porém, quando ele lambeu mais para baixo, ela ergueu a cabeça alarmada.

Quando olhou para ela, os olhos dele brilhavam, lembrando-a de um predador prestes a perseguir sua presa. Ela estremeceu com a extrema intensidade em seu olhar. E com a promessa.

Lentamente, ele abaixou a cabeça enquanto seus dedos agarraram suas coxas. Ele a abriu, gentilmente, mas com força suficiente para ela ficar sem ação. Ele deu um beijo carinhoso logo acima do monte de cachos, e a barriga dela estremeceu.

A mente de Keeley estava em chamas com pensamentos maldosos e deliciosos de Alaric tocando-a ainda mais intimamente com a língua. Ela arrepiou da cabeça aos pés, e o quarto estava tão enevoado que parecia que ela estava nadando em águas aquecidas pelo sol.

– Oh – ela arquejou quando os dedos dele gentilmente abriram suas camadas delicadas entre as pernas.

O polegar dele acariciou a pequena protuberância sensível, e ele trilhou a ponta de um dedo até sua abertura, onde continuou a brincar.

Quando passou a língua onde seu polegar havia tocado, a sensação mais peculiar e espetacular tomou a pélvis de Keeley e foi até seus membros. A barriga dela se contraiu com um prazer insuportável que a inundou, tensionando cada músculo até seu corpo estremecer com a sensação.

Alaric continuou em uma dança lenta e descendente pela pele de Keeley, circulando e lambendo, como se ela fosse um doce. As pernas dela tremiam descontroladamente. Seus sentidos giravam fora de controle.

Ela esticou os braços para baixo e enfiou os dedos no cabelo dele. Sua respiração era dolorosa e irregular, queimando sua garganta antes de explodir no silêncio.

– Alaric!

Ele continuou encaixado entre as pernas dela, beijando e lambendo-a até ela implorar para ele parar, não para parar, para ter mais. E mais.

Ela não fazia ideia do que estava acontecendo ou do que deveria fazer. Então, se colocou nas mãos dele, deu-lhe total confiança, e se desfez de seus medos e inseguranças.

Ela nunca imaginara uma manifestação tão linda e física do amor entre um homem e uma mulher. Ela sabia a mecânica. Sabia o que tinha que acontecer, mas, de alguma forma, pensava que seria mais rápido e normal. Uma penetração rápida e, talvez, um chamego depois.

As mãos dele exploravam o corpo dela, cada centímetro, cada segredo era revelado a ele. Ele beijava e acariciava até ela estar quase implorando, desesperada por algo além do alcance.

– Shh, moça – ele murmurou quando se levantou para se posicionar entre suas pernas mais uma vez. – Estou com você. Confie em mim agora. Vai doer um pouco no início, mas fique comigo. Dizem que é uma dor rápida. E vou tomar cuidado com você.

Havia uma palpitação dolorosa e estranha entre as pernas dela. Como uma dor incompleta que latejava sem parar. Ela estava inquieta, sabendo que precisava de mais alguma coisa. Suas mãos voaram para o peito dele em um pedido silencioso para ele amenizar sua dor.

A expressão dele ficou tensa e severa à medida que se abaixava para pegar sua ereção e guiá-la até sua abertura. O membro de Alaric roçando na entrada de Keeley enviava uma onda de ansiedade extraordinária pelo corpo dela.

Ele parou e seus olhares se encontraram e travaram. Os músculos dos braços dele pulsaram enquanto ele se abaixava contra o corpo dela.

– Segure em mim, moça – ele sussurrou. – Segure firme.

Ela envolveu os braços no pescoço dele e o puxou para baixo a fim de encontrar seus lábios. Os olhos dela se abriram com a sensação de dilatação.

– Dói?

Ela balançou a cabeça.

– Não. É uma sensação de preenchimento. É maravilhoso. Estamos unidos.

Ele sorriu.

– É, estamos, moça.

Ele empurrou de novo e os dedos dela cravaram nas costas dele.

– Só mais um pouco e o pior já vai passar – ele a tranquilizou.

– Pior? Mas não foi ruim até agora – ela murmurou.

Ele sorriu ao beijá-la. Então, explorou gentilmente mais uma vez, e a sensação de completude, de ajustamento bem apertado ao seu redor, havia voltado. Ela adorava essa sensação. E queria mais.

– Agora, Alaric – ela sussurrou no ouvido dele. – Me faça sua.

Ele gemeu e se mexeu para que sua testa estivesse pressionada à dela. As bocas deles estavam a uma respiração de distância e seus olhares se fixaram um com o outro. Assim que ele estocou, pressionou os lábios nos dela e engoliu sua arfada assustada de dor.

Ela sentiu como se seu corpo tivesse se despedaçado, pôde sentir sua virgindade se romper conforme ele empurrava. A queimação repentina da total possessão dele a deixou agitada.

Ela percebeu que ele estava murmurando para ela em voz baixa. Palavras doces e calmantes. Elogiando-a e dizendo o quanto ela era linda.

– Acabou, moça. Você é minha agora. – A voz dele flutuou pelos ouvidos dela, quente e rouca. – Sonhei com o momento em que você me teria fundo em seu corpo.

Ele permaneceu parado à medida que o corpo dela se ajustava ao tamanho dele. Então, olhou para baixo nos olhos dela e, entre beijos, perguntou:

– Está tudo bem agora? A dor sumiu?

– Não foi nada além de uma pontada – ela assegurou. – Só estou sentindo prazer.

Com um gemido, ele saiu, e ela suspirou enquanto seu corpo se arrastava inquietamente para ele. Minúsculas ondas de prazer intenso tomavam seu corpo, aquecendo suas veias até parecer que estava calor no quarto.

Então, ele deslizou de volta para dentro dela, observando-a o tempo todo, como se se preocupasse se ainda lhe causava dor.

Ela o pegou e envolveu as pernas ao seu redor.

– Me tome. Não está machucando. Por favor. Eu preciso de você.

Parecia que era tudo que ele precisava ouvir. Ele se abaixou e a segurou firme nos braços, depois estocou, seus quadris encontrando os dela em uma investida poderosa.

Ela fechou os olhos enquanto ele se mexia sobre ela, seus corpos ondulando em um ritmo perfeito. A tensão intolerável estava de volta, só que desta vez não diminuiu como aconteceu quando ele parou de usar sua boca.

Não havia espaço entre eles. Só os quadris e a bunda dele trabalhavam como se estivesse entrando e saindo do corpo dela. Mais forte e profundo. Ela ficou molhada em volta dele e ele se moveu com mais facilidade. A fricção era muito doce, mas a deixava desesperada por algo do qual não tinha certeza o que era. Alívio. Ela precisava de alívio. Mas agora?

– Não lute contra, moça. Segure em mim e termine. Confie em mim.

As palavras dele acalmaram sua ansiedade crescente. Ela relaxou e fez como ele pediu. Ela se entregou a ele. Sua confiança.

Cada vez mais rápido, eles corriam para um pico que parecia inalcançável. Quando ela achou que não aguentava mais e ia pedir para ele parar, foi como dar um passo em direção ao espaço vazio.

O mundo à sua volta ficou embaçado. Seu corpo teve espasmos e onda após onda de prazer dormente e maravilhoso se despedaçou e caiu sobre ela.

O abraço dele ficou mais apertado. Ele entrou nela e permaneceu no fundo logo antes de tirar. Ela quis alcançá-lo, com medo de que a estivesse deixando, mas ele caiu de volta nela e ela sentiu os jatos quentes em sua barriga nua.

Ele deitou em cima dela, arfando por ar. Ela inspirou ar em seus pulmões, mas eles queimavam com o esforço. Simplesmente não conseguia processar o que havia acabado de acontecer. Isso era normal? Era isso que acontecia toda vez que um homem e uma mulher faziam amor? Com certeza não poderia ser, do contrário, ninguém nunca sairia da cama.

Alaric escorregou para o lado para que seu peso saísse de cima dela, mas Keeley ainda estava grudada firme em seu corpo. Ela sentia o membro dele pulsando contra sua barriga e podia sentir o líquido grudento quente em sua pele.

Finalmente, ela compreendeu o que aconteceu, e ficou agradecida e triste ao mesmo tempo. Ele tomara cuidado para não engravidá-la.

Ela não teria que carregar a vergonha de um filho bastardo enquanto ele se casava com outra e tinha filhos legítimos.

Mesmo assim, a ideia de ter uma parte dele, seu filho precioso, era agridoce. Ela nunca teria outro homem em sua cama após Alaric. Nunca teria filhos.

Suspirou e se aconchegou no abraço dele. Talvez fosse muito dramático ter esses pensamentos e, talvez, uma vez que Alaric tivesse ido embora, ela pensasse diferente sobre outro homem. Uma vida de solidão dificilmente era um bálsamo para um coração partido. Mas essas questões eram para outra hora. Por enquanto, ela não conseguia nem pensar em ser tão íntima de outro.

Alaric a trouxe para perto e beijou sua testa.

– Doeu muito, amor?

Ela balançou a cabeça contra o peito dele.

– Não, guerreiro. Você cumpriu sua palavra. Foi gentil, e eu mal senti uma pontada quando entrou em mim.

– Fico feliz. A última coisa que quero é lhe causar dor.

O coração dela doía um pouco com essas palavras, porque sabia que, alguma hora, apesar das melhores intenções dele, seu casamento lhe causaria dor.

Determinada a não deixar o futuro despedaçar o presente, deitou a cabeça no ombro dele e deu um beijo em seus músculos tensos.

– Me diga, guerreiro, quando poderemos fazer isso de novo?

Ele ficou tenso contra ela e, então, colocou um dedo em seu queixo, forçando-a a olhar para ele. Os olhos dele brilhavam com ansiedade, e o calor de seu olhar fez o coração dela bater mais rápido.

– Assim que me disser que sim.

– Sim – ela sussurrou.

Capítulo 19

Alaric se apoiou em um cotovelo, piscando para afastar o sono, e olhou através do quarto para a lareira na qual Keeley adicionara mais lenha. Ela se sentou no banquinho, sua silhueta nua iluminada pelo brilho laranja e, por bastante tempo, ela ficou olhando as chamas assim como ele ficou observando-a.

Ela era linda. Feminina e forte. Era macia e sedosa, mas era uma ameaça interna de força que o abismava devido ao seu passado.

Não eram muitas moças que teriam sobrevivido sozinhas depois de serem expulsas de seu clã. Muitas teriam adotado a vida da qual ela fora acusada. Não havia muitas maneiras de uma mulher sobreviver sozinha e, ainda assim, Keeley o fizera.

Ela tirou o cabelo do ombro e virou a cabeça para olhar na direção de Alaric. Seus olhos se arregalaram de surpresa por um instante antes de ela abrir um sorriso tímido.

Ele mal conseguiu engolir. Ela era tão incrivelmente adorável que seus dentes doíam.

– Venha aqui – ele disse ao lhe estender uma mão.

Ela se levantou e, de forma desajeitada, cobriu os seios em uma tentativa de manter seu pudor. Ela estava adoravelmente tímida quando se deitou na cama ao lado dele.

Ele a puxou em seus braços, adorando como ela se encaixava facilmente.

– Como está se sentindo?

Ela se aninhou contra o pescoço dele e beijou sua garganta.

– Muito melhor agora.

– E você diz que eu tenho língua de mel.

Ela inclinou a cabeça e sorriu.

– Você tem, sim. Não há dúvida depois do que aconteceu mais cedo.

– Estou feliz por ter satisfeito minha mulher.

– É, você me satisfaz, guerreiro. Você me satisfaz bem.

Ele se inclinou para beijá-la. Ele tinha em mente que seria um abraço rápido, mas não conseguia se afastar. Seus lábios emitiam um som suave no quarto. Suas línguas se encontraram e duelaram. Dessa vez, ela estava mais confiante e muito mais apaixonada, disposta a fazer sua parte e exigir a dela.

– Temos algumas horas antes do amanhecer. Volte para a cama comigo, Keeley. Não vamos desperdiçar o tempo que temos juntos.

O sorriso dela iluminou o quarto inteiro. Então, seus olhos cintilaram e seu sorriso ficou maldoso. Ela colocou as mãos nos ombros dele e o empurrou até estar reclinado na cama.

– Garanto que não tenho experiência nesses assuntos, mas, para mim, parece que seria bem fácil fazer amor como é para você.

Ele ergueu uma sobrancelha, mas seus olhos brilharam diabolicamente.

– Essa é uma declaração arrogante, moça. Me parece que você precisa prová-la com ação.

O cabelo de Keeley caiu como uma cortina sobre o ombro à medida que ela montava no corpo de Alaric. A aprovação dele em relação à arrogância dela era evidente com sua excitação. A ideia de ela cobri-lo com sua maciez e tomar iniciativa no amor testava os limites de sua disciplina e controle.

Era um homem paciente, mas, naquele instante, ele sentia a vontade insana de virá-la e entrar entre suas pernas até tudo isso ser o que eles sabiam ou podiam sentir.

Olhou para o corpo dela enquanto montava nele, seguindo uma linha por sua barriga chapada até seus seios grandes, depois voltou-se para a curva suave de sua cintura e seus quadris largos.

O membro dele estava apontando para cima, empurrando seus cachos macios que estavam aninhados na base dele. Sua respiração ficou presa e depois chiou como uma arfada estrangulada quando ela abaixou as mãos para agarrar seu mastro.

A expressão dela era maravilhosa enquanto acariciava delicadamente seu comprimento. Para cima e para baixo, ela puxava a pele tensa e depois rolava de volta para baixo até a cabeça estar alargada e o sangue ter corrido para a ponta.

Era quase doloroso. Cada toque o deixava mais louco a cada minuto. Ela era extraordinariamente delicada, quase como se temesse machucá-lo.

Finalmente, ele não conseguiu mais aguentar, colocou a mão em volta da dela, aumentando seu aperto.

– Assim – ele disse rouco.

Ele trabalhou de cima até embaixo, apertando e soltando até formar o líquido na ponta e escorregar por suas mãos unidas.

– Ah, moça, você me deixa maluco.

– Espero que seja uma boa coisa.

– É, a melhor.

Com a mão ainda envolvendo-o, ela se inclinou para baixo, seus seios balançando como maçãs tentadoras diante dele. Então, ela ergueu os quadris, mas depois pareceu perdida. Ela tinha bons instintos, mas simplesmente não tinha experiência. Ele viu que sentia grande satisfação em ensiná-la. Ela era dele. Nunca estivera com outro homem. Era tarefa dele ensinar-lhe tudo que precisava e lhe proporcionar prazer irrevogável.

Ele segurou os quadris dela e a ajudou a se erguer.

– Assim, moça. Assim mesmo. – Ele a colocou acima de seu membro e, com cuidado, começou a descê-la.

Ambos ofegaram quando ele encontrou o calor dela e se afundou lentamente nela. Ela parou e mordeu o lábio inferior, nervosa, à medida que o corpo estremecia ao redor dele.

Ele ergueu uma mão para acariciar o cabelo dela, querendo amenizar suas preocupações.

– Calma. Devagar e prazeroso – ele murmurou.

Ela tremeu quando começou a descer lentamente mais uma vez. Era a mais terrível agonia da vida de Alaric e ele queria morrer com o prazer dela.

Ela o envolveu. Banhou-o com fogo. Sua maciez aveludada o agarrou e o sugou mais profundamente. Ela afagou o pau com um líquido acetinado. Revestiu-o por completo.

Com cuidado, ela encostou seu botão minúsculo e redondo sobre a virilha dele quando as peles se encontraram. Ele estava o mais profundo que conseguia, e ainda não era suficiente.

Parecia que a pele dele estava viva. Como se milhares de insetos rastejassem sob a superfície. Ele precisava se mover.

O suor apareceu em sua testa e no lábio superior. Sua respiração ficou irregular e esforçada no silêncio.

A pele macia e sedosa seduzia os dedos dele à medida que ele acariciava a bunda e os quadris dela. Ele queria lhe dar o tempo que precisasse para se acostumar a ficar por cima.

Ela tentou rebolar, e ele gemeu alto.

Keeley parou instantaneamente, com preocupação nos olhos.

– Não, não pare, moça. Deus, por favor, não pare. Está incrível.

Colocando as mãos no peito dele, ela alavancou, e o pau dele deslizou por seu calor úmido. Então, ela o envolveu de novo, empurrando para baixo até sua base encontrar novamente a virilha dele. Rebolou em um círculo pequeno, observando-o o tempo todo.

– Você é tentadora – ele disse rouco.

– Não sou mais anjo? Voltei a ser um demônio do inferno?

– Anjo mau. Do melhor tipo. – Ele se levantou e a abraçou, a ação a afundou mais em seu mastro. – Meu anjo.

Ela o embalou contra seu corpo e, depois, inclinou a cabeça dele e o tomou em um beijo selvagem. Ela arrancou o fôlego dele. Possessiva. Como se ele pertencesse apenas a ela. E, naquele momento, ele pertencia. Nenhuma outra mulher existia para ele. Ele duvidava que existiria outra algum dia.

Ele abaixou os braços e colocou os dedos em volta dos quadris dela. Precisava dela. Precisava ir mais fundo. Demonstrar sua possessão de novo. Ergueu-se e se aprofundou, arqueando os próprios quadris. Ambos gritaram.

As mãos de Keeley voaram freneticamente para os ombros de Alaric, procurando apoio. Com um gemido, os lábios dele encontraram o pescoço dela, mordiscando e mordendo a pele maravilhosa.

Ela arqueou para trás, jogando os seios contra o peito dele. As veias no pescoço dela se tensionaram e pulsaram à medida que ele se erguia e estocava repetidamente.

– Era para eu amar você – ela disse sem fôlego.

– Ah, sim, você ia fazer isso e fez. Se me amar mais, vou morrer de cansaço.

– Por favor – ela implorou. – Está queimando, Alaric. Não consigo... Preciso...

– Faça o que precisa – ele insistiu.

Keeley agarrou os ombros de Alaric e começou a se erguer das mãos dele, empurrando para baixo, mais forte e mais rápido até cavalgá-lo com a certeza de que ele era seu corcel.

Incapaz de aguentar mais a posição, ele se deitou, encontrando o colchão à medida que ela descia sobre ele. Ele a ajudou, mas ela estava selvagem em seus braços, seus quadris rebolavam conforme o sugava cada vez mais.

Ele nunca fora tão provocado por uma mulher. Nunca pensou que uma mulher pudesse ser tão linda ou se doar tanto. Nunca quis que uma mulher fosse dele como a queria.

O gozo de Alaric fervilhava em suas bolas, aumentando como uma tempestade barulhenta. Crescendo, crescendo. Ah, Deus, ele não ia conseguir segurar.

Ele deslizou a mão entre seus corpos, encontrando-a molhada. Acariciou seu ponto de prazer e estremeceu em êxtase quando ela se tensionou com espasmos em volta dele.

– Não consigo segurar – ele gemeu rouco.

– Então termine – ela disse, ecoando as palavras dele de mais cedo. Ela se inclinou e segurou seu rosto. – Estarei aqui para te segurar, guerreiro.

Sua doçura inundou a alma dele. Com um gemido estrangulado, ele terminou e arqueou. Mal conseguiu segurar os quadris dela e se desmanchou para fora. Ele explodiu em jatos enquanto a mão dela estava sobre ele, segurando-o contra sua barriga.

Ele continuou a pulsar contra a pele dela, seus punhos cerrados na lateral do corpo. Ele se contorceu e a ergueu, incapaz de ficar parado à medida que o prazer rasgava seus ossos.

Enquanto se abaixava lentamente de volta para a cama, seu aperto suavizou e ela o soltou. Olhou com curiosidade para o membro dele, agora só parcialmente ereto, e passou um dedo por uma gota do líquido que sobrou na cabeça.

Olhou de volta para ele antes de colocar o dedo, devagar, na boca. Sua língua dançou pela ponta e o soltou, e ele gemeu de novo.

Keeley ergueu uma sobrancelha à medida que o membro dele se tensionava e ficava instantaneamente ereto.

– Queria provar o seu gosto – ela disse rouca. – Você gostou de eu te provar. – Ela inclinou a cabeça para o lado, concentrada. – Antes, quando me amou com sua boca e língua... é algo que os homens gostam que as mulheres façam neles?

– Ah, é – ele respirou. – Só de imaginar sua boca doce em volta do meu membro é mais do que posso suportar.

– Oh. Nunca pensei nisso.

Ele riu.

– Eu deveria esperar que não. De onde tiraria esses pensamentos?

Ela sorriu.

– Só algumas horas em sua companhia e já me acho completamente pervertida. Com certeza, outras moças não falam sobre essas coisas.

– Não me importo com o que as outras moças pensam – ele murmurou. – Só com uma específica, e estou muito feliz pelo que ela está pensando neste momento.

– É muito recente? – ela perguntou hesitante. – Quero dizer, para eu...

– Deixe eu me limpar. Então vou deitar para que você fique confortável.

Ela se apoiou no cotovelo e observou enquanto ele andava nu pelo quarto até o jarro e a bacia debaixo da janela. Era intensamente excitante observá-lo limpar com cuidado o líquido grudento de seu membro. Ela olhou para baixo para o borrão em sua barriga e percebeu que também precisava se limpar.

Olhou para cima, pronta para se levantar, mas Alaric havia retornado, com uma toalha molhada na mão. Ele se deitou na cama ao lado dela e, gentilmente, limpou o sêmen de sua barriga.

Seu membro se distendia rigidamente de sua virilha, e ele não parecia confortável. Como poderia estar? Parecia... doloroso. Inchado e grosso.

Para começar, ela se esticou para tocá-lo. Ele estremeceu contra ela e emitiu um som gutural estranho.

– Não estou certa do que fazer. Não quero fazer... errado.

Alaric sorriu e segurou sua face.

– Garanto que não fará errado. Bom, a não ser que use os dentes.

Ela riu, depois passou a mão pelo abdome dele e subiu para o peito.

– Talvez você pudesse me instruir como fazer.

Ele a beijou, depois mordiscou o canto de sua boca.

– Tudo bem, moça. Vou te mostrar o caminho e, depois, morrer um homem feliz dentro de sua boca.

Ele rolou da cama e ficou em pé na beirada. Ergueu a mão e, quando ela a pegou, ele a puxou para uma posição sentada. Então arrumou as pernas dela para que seus pés ficassem apoiados no chão e ela estivesse sentada na beirada do colchão de palha.

Ela entendeu imediatamente quando viu que seu membro estava na altura perfeita em relação à sua boca. Ele segurou a cabeça dela, enfiando os dedos em seu cabelo ao posicioná-la perto.

– Abra a boca, moça. Deixe-me entrar.

Alaric tirou uma mão da cabeça de Keeley e segurou a base do mastro. Devagar, guiou-se para a frente, entrando nos lábios e sobre a língua dela.

A sensação a assustou. Ele estava incrivelmente duro, inchado e profundo e, mesmo assim, a pele era macia e sedosa, e a sensação, inebriante.

– Relaxe. Confie em mim e respire pelo nariz.

Ela não havia percebido o quanto estava tensa até suas palavras pairarem sobre ela. Obedecendo à sua instrução, permitiu-se relaxar e inspirou ar pelas narinas.

Ele pegou sua cabeça com as mãos e a segurou firme enquanto deslizava para a frente, mais fundo que antes. Os dedos dele tremiam. Era o único sinal de como ele estava afetado pela atenção dela.

Ela nunca imaginara um ato tão explícito. Parecia escandaloso, um truque de prostituta, algo no qual uma dama jamais pensaria, muito menos faria. Mas excitava Keeley. Queria satisfazê-lo – estava desesperada para isso. Seu corpo fazia coisas estranhas. Seus seios se dilatavam e inchavam. Suas partes mais femininas latejavam e pulsavam, tanto que o toque mais leve a deixava fora de controle.

O gosto dele era tão masculino quanto seu cheiro. Forte. Um toque de madeira e fumaça. Ela inalou profundamente, querendo que o gosto e o aroma dele ficassem gravados na memória.

Um pouco do líquido derramou na língua dela. Por um instante, ela o saboreou e permitiu que lubrificasse as investidas mais fundas. Então, de forma gentil, ela lambeu a ponta, chupando até não haver mais nada.

Ele ficou na ponta dos pés, inclinando-se para a frente conforme seus dedos se tensionaram ao lado da cabeça dela.

– Deixe eu ir mais fundo. Engula. É, isso, Keeley. Assim. Me chupe inteiro.

Ela o sugou profundamente. Por um segundo, se esforçou para respirar, mas ele ajustou o ângulo para que ela ficasse mais confortável.

Ele estava dentro dela. Ele era tudo o que ela podia provar, respirar ou ver. Suas bolas pesadas descansavam no queixo dela e os pelos ásperos de sua virilha faziam cócegas em seu nariz.

Quando Alaric recuou, respirava tão ofegante que o som ecoava no quarto. Ele ficou ali parado por um segundo, ofegante, com o membro ainda distendido a apenas um centímetro da boca de Keeley enquanto ela também buscava por ar.

– Vire-se – ele mandou.

Ela piscou confusa e olhou para trás. Ela estava na cama. O que ele queria dizer?

– Apoie as mãos e os joelhos. Com o rosto virado para trás – ele disse.

Mesmo quando ela foi fazer o que pediu, ele a ajudou a ajoelhar desajeitadamente ao se virar e encarar a parede. Ele a puxou mais para trás, deslizando seus joelhos no colchão macio até as canelas dela ficarem soltas no ar.

Assim que ele estava satisfeito com a posição dela, passou as mãos pela curva que as costas dela formavam. Era uma sensação estranha estar naquela posição. Sua mente conjurava todo tipo de imagens safadas, mas ela não tinha certeza se tais coisas eram possíveis.

Ele apertou e acariciou antes de descer para abrir suas camadas. Colocou os dedos em sua umidade, escorregando facilmente para dentro dela. A entrada dele a surpreendeu e ela arqueou para cima a fim de encontrar o movimento da mão dele.

– Eu gostaria de te pegar assim, Keeley. Como um garanhão comendo uma égua. Você gostaria disso?

Ela fechou os olhos e deixou o queixo cair no peito enquanto respirava fundo, regularizando a respiração pelo nariz.

– Sim – ela sussurrou.

Seus joelhos tremiam e ameaçavam desmontar. Ela se agarrou na cama, tentando não cair.

Sentia-se extremamente vulnerável naquela posição. Não tinha como se proteger. Ele podia ter o que gostasse, fazer o que quisesse, e ela não poderia fazer nada.

Mais uma vez, a mão dele acariciou as costas dela, passando e esfregando até ela suspirar de prazer. Então a outra mão agarrou o quadril dela e ele a segurou firme.

A cabeça do membro dele bateu contra sua entrada, se afastou e, depois, voltou para finalmente entrar, enterrando-se em sua umidade.

Ela jogou a cabeça para trás e teria gritado se ele não tivesse, de repente, coberto sua boca com a mão.

– Shh, moça. Acalme-se agora – ele tranquilizou.

Ela choramingou à medida que ele entrava mais fundo. Não parecia possível que ela pudesse recebê-lo tão profundamente. Ela se sentia a ponto de estourar, esticada em volta dele, era quase doloroso.

– Vou cavalgar forte, Keeley. – As palavras saíram quase como um rosnado. A voz dele estava rouca e áspera, como se estivesse se controlando por um fio. – Só fique quieta e aguente. Vou cuidar de você.

Ela não teve escolha. Sua cabeça estava curvada no colchão e os braços abertos, com os dedos curvados nas cobertas. Os joelhos eram seu único apoio enquanto ele estocava repetidamente nela.

As imagens chegavam à sua mente. Como seria vê-lo montado nela? A boca de Keeley ficou completamente seca, e ela fechou os olhos quando o prazer oscilou em seu corpo.

Ele estava fundo, muito mais fundo do que ficara das duas vezes anteriores. Ela estava muito mais sensível agora depois de já ter aguentado sua possessão duas vezes. Os movimentos dele eram um pouco dolorosos, bruscos, mas bem prazerosos também.

Após alguns segundos, a nuvem de prazer se dissipou e ela ficou consciente das pontadas bruscas em cada uma de suas investidas. Ele ficava muito grosso, muito grande e muito profundo desta maneira.

Ele mergulhou fundo, os quadris batendo na bunda dela. Ela soltou um grito baixinho e estremeceu.

Alaric congelou e saiu dela, com cuidado, mas até isso provocou um minúsculo som de dor.

– Keeley, o que foi? Eu te machuquei?

Ele a virou, sentou-se na cama e a puxou para seus braços. Beijou a testa e acariciou o cabelo dela enquanto a encarava ansiosamente.

Ela fez careta.

– Estou um pouco sensível.

Ele xingou baixinho, com a autorrecriminação queimando nos olhos.

– Você era virgem e, mesmo assim, te usei como uma mulher bem acostumada com esses assuntos de pele. Isso é inaceitável. Eu te queria tanto que não prestei atenção ao seu conforto.

Ela passou a mão no rosto dele e sorriu.

– Eu te queria tanto quanto você me queria. Ainda quero. Foi desconfortável apenas por uns segundos.

Alaric balançou a cabeça.

– Você deveria tomar um banho longo e quente para aliviar suas dores e aflições. Vou pedir que levem uma banheira ao seu quarto para que tenha os cuidados que merece.

De novo, ela sorriu e levou a boca até a dele e o beijou.

– Um banho parece o paraíso, mas, agora, ainda temos uma hora até o amanhecer. E quero passar esse tempo em seus braços. Podemos deitar na sua cama e descansar pelo restante do tempo?

O olhar dele se suavizou e ele colocou uma mecha de cabelo atrás da orelha dela.

– Sim, moça. Não há outra coisa que eu queira mais do que abraçá-la. Quando a manhã chegar, vou pedir para o banho ser entregue em seus aposentos. Nada a deixará com vergonha sobre esta noite.

Ela pegou a mão dele e a apertou.

– Qualquer vergonha valeria a pena por ter passado esta noite com você, Alaric. Quero que saiba disso. Não tenho arrependimentos.

– Eu também. Sem arrependimentos. Vou guardar esta noite pelo resto dos meus dias.

Ela deixou que ele os deitasse de costas na cama. Alaric pegou as peles e as puxou sobre ele e Keeley até estarem aquecidos um contra o outro.

– Não vou dormir esta noite – ela disse. – Porque não quero perder nenhum minuto em seus braços.

Alaric beijou-a na testa e, com delicadeza, passou a mão repetidamente pelo cabelo dela.

– Não vou fingir que não te amei, Keeley. Em público, sim, nunca faria nada para lhe trazer vergonha. Em particular, no entanto, não espere que eu finja que você não me deu sua inocência.

O sorriso dela era triste.

– Não, Alaric. Também não vou fingir. Mas o melhor é não viver com assuntos impossíveis.

– Vamos parar com esse tipo de conversa. Deixa meu coração pesado.

– Então se enrole em mim e me aqueça até eu precisar me levantar e voltar para minha cama fria.

– Sim, moça. Posso fazer isso.

Capítulo 20

O amanhecer estava se alastrando pelo céu, trazendo com ele uma sensação de tristeza pela noite ter terminado. Keeley estava dormindo deitada em Alaric, sua cabeça aninhada em seu ombro.

O braço dela estava jogado possessivamente sobre a cintura dele e seus seios estavam amassados na lateral do corpo de Aalric.

Lentamente, ele acariciou o braço dela com os dedos enquanto inalava o aroma de seu cabelo a apenas um centímetro de seu nariz. Ele adorava tocá-la. Adorava seu cheiro. Adorava a sensação de tê-la perto dele. Era um sentimento com o qual gostaria de acordar todos os dias.

Em vez disso, tinha que ansiar por outra mulher em sua cama. Uma que não tinha a doçura de Keeley ou seu fogo. Ou sua teimosia irritante que, no fim, o divertia.

Ele se virou para ela, abraçando-a forte enquanto enterrava o rosto em seu cabelo. Ela estremeceu em silêncio e se espreguiçou, seu corpo se tensionou contra ele à medida que ela arqueava as costas.

Quando ele se afastou para olhá-la, seus lábios se abriram em um bocejo enorme e, então, seus cílios tremularam quando as pálpebras se abriram. Primeiro, seus olhos estavam cheios de sono nebuloso, mas então eles se aqueceram quando ela sorriu para ele.

Incapaz de resistir, ele acariciou a bochecha dela com a ponta do dedo. Parou em seus lábios e ela beijou seu dedo antes de voltar o olhar para os olhos dele.

– Bom dia – ele murmurou.

Ela se aconchegou mais perto dele.

– Detesto já ser de manhã.

O medo palpitou na garganta dele.

– É, eu também detesto. Mas precisamos correr para você voltar para seu quarto antes de te descobrirem aqui.

Ela suspirou e se levantou, apoiando-se no cotovelo, seu cabelo se espalhando pelo ombro, cobrindo os seios fartos. Quando ela ia se afastar ainda mais dele, ele a pegou pela cintura e a rolou até ficar sobre ele.

Levantou a cabeça e beijou seus lábios, carnudos e doces. Macios como a seda mais fina. Ele a beijou como se nunca tivesse beijado uma mulher, permitindo que a força total de seu desejo e seu pesar saíssem.

Quando ela se afastou, com os olhos escuros com todas as coisas que ele sentia, ele passou uma mão por sua face, depois mergulhou os dedos na massa grossa de seu cabelo.

– Você é única, Keeley. Quero que saiba disso.

Ela sorriu e se abaixou para beijá-lo uma última vez.

– Você também é único, guerreiro.

Ele suspirou. A hora havia chegado. Ela precisava voltar agora antes que o castelo acordasse com atividade e os corredores se enchessem daqueles que atendiam às necessidades do laird e de sua esposa.

– Vista-se rápido, moça – ele pediu. – Vou dar as instruções a Gannon.

Quando ela se apressou para vestir de volta a camisola, Alaric foi até a porta e a abriu. Só havia Gannon do lado de fora no corredor escuro. Nenhuma janela ou tocha iluminava o caminho.

– Gannon – Alaric sussurrou.

Treinado para estar alerta aos barulhos mais discretos, Gannon despertou e ficou de pé em um segundo.

– Há alguma coisa errada? – Gannon perguntou.

– Não, preciso de uma coisa.

Gannon aguardou.

– Leve a banheira deste quarto para o de Keeley. Peça que tragam água para um banho quente. Certifique-se de que ninguém saiba que ela passou a noite aqui. Enquanto estiver lá embaixo, vou devolvê-la ao quarto dela.

Gannon assentiu, e Alaric olhou para trás para ver se Keeley estava vestida. Não queria que ela ficasse envergonhada com a aparição de Gannon, então atravessou o quarto e a protegeu da vista com seu corpo grande, enquanto Gannon arrastava a banheira do quarto.

Keeley apoiou a face contra o peito dele e ele descansou o queixo no topo de sua cabeça. Quando a porta do quarto se fechou após Gannon sair, Alaric se afastou e segurou os ombros dela.

– Venha. Vou te levar ao seu quarto. Deve estar na cama quando a água for trazida para que pareça que acabou de acordar.

Ela mordeu o lábio inferior, depois assentiu. Antes de ele ceder à tentação de tê-la por mais um segundo, guiou-a em direção à porta e pelo corredor escuro.

Eles entraram rapidamente no quarto assim que Gannon estava saindo. Alaric ergueu um dedo para ele esperá-lo, depois levou Keeley para a cama.

Ela entrou debaixo das cobertas e Alaric se sentou na beirada, simplesmente observando-a por bastante tempo. Então se inclinou e beijou sua testa.

– Vou guardar a última noite para sempre.

– Eu também – ela sussurrou. – Agora, vá, Alaric. A despedida se torna mais difícil com a hesitação.

Ele engoliu e se levantou bruscamente. Ela tinha razão nessa questão. Quanto mais ele demorasse, mais tentado ficaria em mandar todo o mundo para o inferno.

Sem olhar para trás, ele saiu do quarto. Gannon o esperou, e Alaric o instruiu com uma voz sóbria.

– Cuide do banho dela. Certifique-se de que não seja perturbada. Espalhe que ela está cansada e não se sente bem, então vai permanecer no quarto durante o dia. Não há trabalho para ela hoje.

– Certo – Gannon disse, assentindo.

Alaric o observou ir, depois voltou para o quarto. Fechou a porta e se apoiou contra ela, seu coração batendo como um machado na madeira.

Estar com Keeley foi um dos prazeres mais doces, mas tê-la e saber que ela era proibida para ele era uma agonia que doía mais que qualquer ferimento físico.

Keeley afundou na água agora morna e levou os joelhos até o queixo. A água quente havia amenizado as dores em seu corpo, mas nada podia curar a dor que ainda estava no seu coração.

Ela balançou a cabeça e se virou a fim de apoiar uma face nos joelhos. A noite anterior tinha sido a mais maravilhosa de sua vida. Era um momento para guardar na memória. Passaria a vida toda relembrando-se de cada toque. De cada toque.

Não havia espaço para tristeza agora.

E, mesmo assim, ela não conseguia tirar aquele sentimento pesado do peito.

Uma batida na porta soou, e Keeley fechou os olhos, abraçando ainda mais as pernas. Se ela ignorasse as chamadas, com certeza iriam embora.

Para seu horror, a porta se abriu. Quando estava procurando freneticamente uma forma de preservar seu pudor, Maddie enfiou a cabeça para dentro.

Keeley recostou-se na banheira de madeira.

– Oh, é você. Quase morri do coração.

– Ouvi que está se sentindo mal. Quis subir e ver se há algo que eu possa fazer.

Keeley sorriu, ou tentou. O resultado foi que seus olhos arderam e lacrimejaram. Ela fungou, mas, assim que a primeira lágrima escorreu por sua bochecha, ela estava acabada.

Maddie olhou horrorizada e, depois, seu rosto franziu com empatia.

– Oh, moça, qual é o problema? Agora, deixe-me tirá-la da banheira. Vai ficar tudo bem.

Keeley deixou que Maddie a ajudasse a sair da banheira e a enrolasse em uma toalha, depois sentou-se diante da lareira enquanto Maddie secava e penteava seu cabelo.

– Agora me diga o que a deixou chateada – Maddie disse gentilmente.

– Oh, Maddie. Tenho medo de ter cometido um grande erro, mas não me arrependo um minuto disso.

– Teria alguma coisa a ver com Alaric McCabe?

Keeley virou seu olhar choroso para Maddie.

– É tão óbvio? Todos sabem da minha vergonha?

Maddie a abraçou.

– Shh. Nada disso. – Ela a embalou para a frente e para trás, acalmando Keeley com seus murmúrios maternos.

– Eu me entreguei a ele – Keeley sussurrou. – Ele vai se casar com outra e fui até ele mesmo assim. Não consegui mais resistir.

– Você o ama.

– Sim. Eu o amo.

Maddie demonstrou sua empatia.

– Não é vergonha se entregar ao homem que ama. Mas, preciso saber, ele se aproveitou de você, moça?

Havia um toque de raiva no tom de Maddie e Keeley se afastou dela.

– Não! Ele está tão torturado quanto eu. Sabe que precisa se casar com Rionna. Tentamos ignorar o que há entre nós. Eu que fui até ele na noite passada.

Maddie formou uma trilha com os dedos pelas mechas do cabelo de Keeley de forma tranquilizadora.

– É difícil quando o coração deve ser reprimido. Não tenho palavras para amenizar sua dor. Gostaria de ter. Mas você é uma boa moça, Keeley. Não deve permitir que o mal feito a você no passado a influencie agora. Não é uma prostituta. Tem um coração bom e fiel. Os McCabe têm sorte de tê-la.

Keeley se jogou nos braços de Maddie e a abraçou com força.

– Obrigada, Maddie. Nunca tive amigas tão queridas como você e as outras mulheres do castelo. Nunca esquecerei sua gentileza... ou sua compreensão.

Maddie acariciou o cabelo de Keeley e devolveu seu abraço.

– Gannon disse aos outros que você está cansada e se sentindo mal. Todos concordamos que tem feito muito por aqui. Vou descer e pedir a Gertie que mande algo para você comer. Vou me sentar com você se quiser, mas deveria ir para a cama e descansar bastante.

Keeley assentiu e, lentamente, se afastou.

– Eu gostaria disso. Estou cansada e doente do coração. Não tenho força para sorrir hoje e fingir que não aconteceu nada.

Maddie deu um tapinha em sua mão.

– Apresse-se a ir para a cama e me deixe cuidar do resto. Seu segredo está seguro comigo. Não vou nem contar à Lady McCabe. Você que tem que compartilhar seus casos com quem quiser.

– Obrigada – Keeley disse de novo.

Maddie se levantou e gesticulou para a cama.

– Agora, vá. Fique confortável. Depois de uma noite de amor, imagino que seu apetite deva estar monstruoso.

Keeley ruborizou, depois riu.

– É, com certeza.

Maddie sorriu e saiu do quarto, fechando a porta. Keeley vestiu a camisola e, depois, se enfiou debaixo das cobertas. Era um dia frio e seu quarto estava gelado apesar da lareira que Gannon havia acendido atenciosamente.

Enquanto ela esperava Maddie, encarou o teto, grata porque não passaria o dia sozinha. Seu coração já doía o suficiente sem o peso da solidão. Algumas vezes, era melhor compartilhar com um amigo. Ela sentia falta da amizade que ela e Rionna tinham.

Keeley vivera bastante tempo sozinha, mas, agora que encontrara companhia – e camaradagem – de outras mulheres, a ideia de voltar à sua cabana silenciosa era mais do que ela podia suportar.

Queria fazer parte do Clã McCabe, por mais doloroso que fosse saber que Alaric estava perto, mas nunca seria dela. Porém, ela não estava disposta a ser uma covarde e fugir para curar e lamber suas feridas na solidão. Estava cansada de ficar sozinha.

Queria pertencer a algum lugar.

Instantes mais tarde, Maddie voltou, não apenas com Mairin, mas com Christina. As mulheres entraram no quarto de Keeley, com sorrisos calorosos e risadas vibrantes.

Christina estava entusiasmada ao contar sobre a proposta de casamento de Cormac. Maddie olhou para Keeley, depois apertou sua mão. Keeley apertou de volta e sorriu ternamente para Christina.

A moça estava mais que alegre, e Keeley deixou que sua alegria entrasse em sua alma e lhe trouxesse algum conforto do qual ela precisava desesperadamente. Ela levou as cobertas até o peito e observou quando Maddie adicionou mais lenha ao fogo. Comida e bebida foram trazidas e, logo, a risada das mulheres preencheu o corredor e além dele.

Em seu quarto, Alaric parou e ouviu o som doce da risada de Keeley. Ele fechou os olhos e esfregou o nariz com o polegar e o dedo indicador. Então se virou e passou pelo corredor rapidamente em direção às escadas, ignorando o desconforto que aumentava em sua lateral.

Capítulo 21

– Keeley! Keeley!

Keeley virou a cabeça e viu Crispen correndo pelo grande salão em sua direção. Ela se preparou, sabendo muito bem a forma como Crispen a "cumprimentava".

Ele se jogou em volta dela, quase derrubando ambos no chão, mas a preparação de Keeley os manteve de pé.

Ela riu e o afastou.

– O que foi, Crispen?

– Vai sair e brincar com a gente na neve? Vai, Keeley? A mamãe não pode ir. Papai a proibiu de sair. Ela não está feliz, mas Maddie disse que é bom porque mamãe está desajeitada e redonda como uma abóbora e pode cair no gelo.

Keeley hesitou, quase rindo com a inundação de palavras que saía da boca do garoto.

– A tempestade acabou e o sol saiu. Está um dia lindo. Papai está lá fora treinando desde o amanhecer. Podemos brincar na colina e Gannon e Cormac irão junto.

– Acalme-se – ela disse, rindo. – É verdade que seria bom tomar um ar fresco.

O rosto de Crispen se iluminou.

– Então você virá? Mesmo? – Ele saiu de seu abraço dançando pelo salão.

– Me dê um tempo para vestir roupas mais quentes, ficarei feliz em sair com você contanto que tenha a permissão do laird.

Crispen assentiu ansioso.

– Vou pedir a ele agora.

– Muito bem. Encontrarei você na escada em alguns minutos.

Ela observou Crispen sair do salão em velocidade máxima, depois balançou a cabeça e seguiu para as escadas a fim de vestir roupas apropriadas para o frio pesado.

Quando ela voltou, Cormac e Gannon estavam no salão rodeados por Crispen e muitas outras crianças. Eles olharam cansados em sua direção enquanto ela se aproximava.

Sorrindo, ela fez questão de cumprimentar entusiasmadamente cada criança e, depois, perguntou se elas estavam prontas para sair. Rodeada pela conversa animada, ela saiu no frio e estremeceu quando o gelo subiu por sua espinha.

– Está frio hoje! – ela exclamou.

– Está, sim – Cormac resmungou. – Frio demais para ficar parado vigiando crianças.

Keeley lançou um sorriso malicioso na direção de Cormac.

– É provável que Christina se junte a nós.

A expressão dele se iluminou, depois ele olhou rapidamente na direção de Gannon e adotou um olhar mais ameno.

– Vamos! – Crispen pediu. Puxou a mão de Keeley até ela se render e subir a colina correndo em direção à área em que as crianças brincavam.

Rapidamente foram formados times e Keeley resmungou quando percebeu que a brincadeira era jogar bolas de neve no outro com toda a força que conseguiam.

Felizmente para ela, Gretchen estava no seu time e ela era muito boa em acertar o alvo. Os meninos gritavam ofendidos toda vez que Gretchen acertava a cara de um deles.

Sem fôlego depois de uma hora de guerra contínua, eles pediram trégua e pararam, com as mãos nos quadris, ofegantes.

Crispen e Gretchen estavam cochichando e olhando para Cormac e Gannon.

– Você pede – Crispen murmurou.

– Não, você pede – Gretchen exigiu. – São os homens do seu pai. É mais provável que façam para você.

Crispen ergueu o queixo.

– Você é menina. Meninas sempre conseguem o que querem.

Gretchen revirou os olhos, depois lhe deu um soco forte no braço.

– Ai!

Crispen olhou para ela e esfregou o braço.

– Nós dois pedimos.

Gretchen sorriu serenamente e os dois correram na direção de Gannon. Keeley viu com interesse quando os dois guerreiros recuaram visivelmente. Então começaram a balançar a cabeça e fazer gestos de negação. Franziram o cenho, depois fizeram careta, e as crianças continuaram a argumentar.

Quando a expressão de Gretchen se transformou de determinação feroz para lamentavelmente triste, os homens começaram a ficar inquietos. Os olhos grandes dela brilhavam com lágrimas e o queixo tremia.

– Ah, não. Eles não têm escolha agora.

Keeley se virou e viu Christina se aproximando, com os olhos cintilando de diversão.

– Gretchen não é contra usar artimanhas femininas para conseguir o que quer. A moça mais esperta que já conheci – Christina disse, lamentando. – Se ela não consegue a rendição de alguém, faz os olhos de pena.

– Estou morrendo de curiosidade para saber o que eles querem – Keeley disse.

– Seja o que for, parece que foram bem-sucedidos.

Cormac olhou para cima e seus olhos se iluminaram quando viu Christina. Gannon se virou na direção do castelo enquanto Crispen e Gretchen seguiram Cormac durante o tempo em que ele ia até onde as duas mulheres estavam.

– Gannon vai pegar seu escudo! – Crispen se vangloriou.

– O escudo dele? – Keeley perguntou.

– É – Gretchen disse. – Para escorregar na colina.

– É um pecado abusar do escudo assim – Cormac murmurou.

– É divertido descer em cima deles – Crispen comentou.

Gannon apareceu ao longe, o sol refletia no escudo grande que ele carregava colina acima. Quando ele chegou ao grupo de crianças, elas comemoraram.

Intrigada pela ideia de escorregar no escudo de um guerreiro, Keeley se aproximou para analisar o objeto. Certamente era grande o bastante para carregar uma criança ou até um adulto pequeno.

– Como funciona?

– Coloca no chão assim – Gannon disse, ajeitando a face do escudo para a neve. – Então alguém sobe nele e outra pessoa a empurra colina abaixo.

Os olhos de Keeley se arregalaram.

– É seguro?

Gannon suspirou.

– Não se deixarmos que escorreguem até o lago ou o pátio, onde os homens estão treinando. O laird ficaria furioso.

– Então temos que ir para o sentido contrário – Keeley disse, apontando para longe do castelo e para a muralha de pedra.

Cormac olhou a outra montanha, erguendo-se do leve monte onde eles estavam.

– É, a moça está certa. Vamos precisar ir para o topo da outra montanha para ficarmos longe do perigo.

– Eba! É uma colina bem mais íngrime para descer – Crispen comemorou enquanto eles subiam pela neve.

– Eu, primeiro! – Robbie gritou assim que olharam para baixo em direção ao vale abaixo deles.

– Não, foi minha ideia e eu pedi – Gretchen protestou. – Só é justo se eu for primeiro.

– Deixe-a ir primeiro – Crispen murmurou. – Ela que morrerá se não for seguro.

Robbie sorriu.

– É um bom plano. Tudo bem, Gretchen. Está aprovado. Você vai primeiro.

Gretchen olhou para os dois meninos desconfiada, mas feliz, assumindo a posição no escudo que Gannon colocou na neve.

– Agora segure firme sua saia e não solte as laterais – Christina disse ansiosa.

– Tudo pronto? – Cormac perguntou.

– Sim, me empurre – Gretchen disse, com os olhos arregalados de animação.

Gannon empurrou devagar, mas o aço polido do escudo foi escorregando na superfície e ela rapidamente pegou velocidade. Logo, estava voando pelo chão, mal tocando a superfície.

Em certo momento, ela se virou de lado, deu um grito de alegria e conseguiu controlar usando o peso de seu corpo.

– É uma moça esperta – Gannon disse resignado. – Não tenho dúvida de que, um dia, ela liderará seu próprio exército.

Christina e Keeley trocaram olhares convencidos.

Gretchen parou na base da colina, parando a centímetros de uma das maiores árvores que protegiam a entrada da floresta. Ela acenou animada para informá-los de que estava tudo bem – não que eles não pudessem ver pelo sorriso amplo estampado em seu rosto.

Arrastando o escudo atrás de si, ela se esforçou para subir a colina até Gannon descer para ajudá-la.

Crispen foi o próximo a ir e gritou o caminho todo, sua risada ressoando pela neve. Ele girou em círculo várias vezes na base antes de parar em uma curva particularmente fechada.

Robbie foi depois e ele gritou, desaprovando ao cair na metade da descida e rolar como uma bola de neve o restante do caminho.

Achando divertido, Crispen e Gretchen se jogaram na neve e começaram a rolar colina abaixo atrás de Robbie.

– Gostaria de tentar, Keeley? – Gannon ofereceu educadamente ao apontar para o escudo vazio.

Seu primeiro instinto foi recusar veementemente, mas ela jurava que tinha visto desafio nos olhos do guerreiro. O olhar dela se estreitou e ela o encarou.

– Você acha que sou muito covarde para tentar.

Gannon deu de ombros.

– Parece amedrontador para uma moça pequena como você.

Christina riu e disfarçou o som com uma tosse rápida.

– Isso soa como um desafio, guerreiro, mas tenho o meu próprio para fazer. Se eu descer a colina sem sair do escudo, você e Cormac também precisam se aventurar.

Cormac fez uma careta.

– Não é adequado que guerreiros se envolvam em brincadeira de criança.

– Bom, se está com medo – ela disse inocente.

– Você duvida de nossa coragem? – Gannon perguntou abismado.

– Duvido, sim. O que pensa em fazer em relação a isso?

Gannon jogou o escudo e apontou.

– Suba aqui e se prepare para perder feio.

Keeley revirou os olhos e se instalou no metal frio.

– É tão típico de homem deixar que seu orgulho assuma o comando.

Antes de ela dizer sim ou não, ou qualquer coisa, na verdade, Gannon a empurrou forte colina abaixo. Ela se deitou, agarrou desesperadamente na lateral do escudo e se segurou como nunca no metal escorregadio que voava pela paisagem coberta pelo gelo.

Oh, Deus, isso era realmente bem mais difícil do que parecia, e ela precisaria de toda sua sagacidade para completar a descida sem sofrer uma queda enorme.

Lá embaixo, as crianças gritavam seu nome e torciam freneticamente à medida que ela chegava perto. O problema era que ela passou correndo por eles e entrou nas árvores.

Keeley apertou os olhos e dobrou os braços acima da cabeça quando saiu voando. Ela caiu, fazendo um barulho em um monte de neve, e ficou com a boca cheia de neve.

Ainda bem que não trombou em uma árvore.

– Keeley! Keeley!

Era difícil discernir quem gritava seu nome. Era uma mistura de crianças e os gritos de Gannon e Cormac. Ela olhou para cima a tempo de ver as crianças chegando correndo enquanto Gannon e Cormac – depois de instruir Christina a ficar onde estava – desceram correndo.

Um incômodo pinicou a nuca de Keeley. Suas narinas inflaram e ela sentiu... Sua cabeça se virou exatamente quando muitos guerreiros atacaram de entre as árvores, rolando contra ela e as crianças.

– Ataque! – ela gritou. – Estamos sendo atacados!

Intrigado por Gannon ter pegado um escudo velho da pilha de armadura que precisava de reparo, Alaric o seguiu quando ele subiu a colina até onde as crianças geralmente brincavam. Só que não havia ninguém lá. Ele sabia que Keeley havia levado as crianças para brincar, já que Ewan dera a Crispen permissão para fazê-lo.

Ele apressou o passo para seguir Gannon e, quando chegou ao topo do qual Gannon havia desaparecido, viu Keeley, Christina, Cormac e as crianças na outra montanha. Rapidamente, entendeu o objetivo do escudo quando Gretchen se sentou nele e desceu voando para o outro lado.

Com um sorriso, ele começou uma escalada longa para o outro lado. Não descia a colina escorregando há muitos anos. Mas ainda parecia bem divertido.

Quando chegou ao topo, ficou surpreso ao ver Keeley se sentar no escudo e Gannon empurrá-la forte. Muito forte para uma moça do seu tamanho. Ela desceu girando, fora de controle e, obviamente, em direção a um problema.

Ela desapareceu entre as árvores assim que Gannon e Cormac se viraram e viram Alaric ali parado.

Os dois homens começaram a descer a colina quase correndo, escorregando e se jogando pelo caminho. As crianças já tinham desaparecido entre as árvores depois dela, quando Alaric começou a seguir Gannon e Cormac.

Os homens congelaram quando ouviram Keeley gritar: "Ataque! Estamos sendo atacados!".

Sem perder tempo, os três homens desembainharam suas espadas. Cormac gritava para o castelo na esperança de os homens escutarem, então rugiu para Christina correr e pedir ajuda.

Assim que chegaram às árvores, encontraram Robbie e Gretchen, que trombaram neles com lágrimas escorrendo pelo rosto. Eles balbuciaram incoerentemente enquanto Gannon pegava ambos no colo.

– Eles pegaram Keeley e Crispen – Gretchen gritou. – Vocês precisam se apressar. Eles têm cavalos.

– Pelo sangue de Cristo! – Alaric xingou. – Nunca os pegaremos a pé com esses montes de neve.

Usando as espadas para ajudar, abriram caminho pela neve, seguindo as pegadas de cascos conforme elas levavam para longe, floresta adentro.

Raiva e medo batiam forte no peito de Alaric. Ele quase perdeu o filho de Ewan antes. Pensavam que estivesse morto. E agora Alaric estava correndo o risco de perder não apenas um rapaz que era amado por todo o clã, mas também uma mulher que era mais adorada por ele do que qualquer ser humano.

Quando eles viraram para além da área particularmente densa de árvores, a paisagem se abriu para uma campina entre a neve limpa. Para a surpresa de Alaric, Crispen pulou de trás de uma das árvores e se jogou nos braços de Alaric.

– Tio Alaric, você precisa se apressar. Estão com Keeley e acham que ela é minha mãe. Vão matá-la quando souberem a verdade!

– Como conseguiu fugir, garoto? – Alaric perguntou. Porque, se Cameron pensava que tinha a esposa e o filho de Ewan, realmente teria tudo que Ewan mais amava no mundo. Ele não conseguia imaginar que eles simplesmente o tivessem deixado ir.

– Keeley chutou dois dos homens entre as pernas e me disse para correr. Ela também tentou correr, mas o terceiro homem, o que não estava rolando na neve, a pegou pelo cabelo e a puxou de volta. Ela gritou para eu ir e que ela nunca deixaria jogar outra bola de neve na vida se eu não seguisse suas instruções.

– A moça salvou a vida do garoto – Cormac murmurou.

Alaric assentiu.

– É, parece que ela tem esse hábito de salvar os McCabe.

Ele pegou Crispen pela camiseta.

– Está machucado em algum lugar, garoto? Preciso que volte ao castelo e diga ao seu pai o que aconteceu aqui. Diga a ele que precisamos de cavalos e homens. Certifique-se de que ele deixe o suficiente para trás a fim de proteger o castelo e que Mairin esteja seguramente trancada.

– Certo – Crispen disse, com a determinação tomando seus olhos jovens. Só que agora ele não parecia tão jovem. Parecia bem bravo.

– Vamos – Alaric ordenou para Gannon e Cormac. – Nós continuamos a pé até os outros nos alcançarem a cavalo. Precisamos seguir a trilha deles.

Capítulo 22

Muitos minutos depois, Ewan apareceu, guiando um cavalo para Alaric. Atrás dele, seus homens o seguiam, com armadura e armas prontas.

Alaric montou no cavalo e ignorou o grito de protesto que sua lateral lhe lançou, pois era a primeira vez que montava desde que fora ferido. Atrás dele, Cormac e Gannon também montaram, enquanto seis de seus homens reuniam as crianças em um círculo de proteção e as levavam de volta ao castelo.

Sem aguardar ordens de Ewan, Alaric avançou, mandando o cavalo na direção dos montes de neve. Primeiro, o cavalo teve dificuldade, mas, depois, encontrou um ritmo e avançou pelo terreno.

Ele seguiu a trilha de cascos, seus irmãos e os homens seguindo-o o tempo todo.

– Tenha mais cuidado, Alaric – Ewan gritou. – Pode ser uma emboscada.

Os lábios de Alaric se curvaram quando ele olhou para seu irmão.

– Eles pensam que sequestraram Mairin. Acha que me pediria para ter mais cuidado se ela estivesse em perigo?

Ewan fez uma careta, mas ficou em silêncio.

– Eles não podem achar que chegarão longe com este tempo. Foi um sequestro arriscado – Alaric murmurou ao analisar o terreno.

– É. Estão desesperados e aguardaram para atacar quando menos esperávamos.

Caelen esporeou o cavalo por um declive particularmente profundo.

– Não deveríamos deixar o castelo desprotegido. Mairin e o bebê é que são importantes.

Nesse instante, Alaric teria derrubado o irmão se ele estivesse mais perto. Como não estava, tudo o que podia fazer era não se lançar e arrastá-lo de cima do cavalo. Só o conhecimento de que, a cada minuto perdido, Keeley estaria mais longe o impediu de descontar sua raiva.

– Chega – Ewan latiu. – Keeley é importante para o bem-estar de Mairin e do bebê. Vamos atrás dela. O castelo está bem protegido. Só um tolo atacaria no auge do inverno.

– Cameron provou que é dez vezes mais tolo – Alaric comentou. – Vamos encontrá-la antes que seja tarde demais.

Só de dizer essas palavras, o pavor preencheu seu coração. Ele sabia que, assim que descobrissem que Keeley não era Mairin, tirariam sua vida. Ela seria descartada. Sem utilidade. Cameron era cruel ao perseguir seu objetivo e não permitiria que alguém o atrapalhasse.

Ele exigiu que seu cavalo fosse mais veloz, ao ponto de exaustão. Se fossem mais rápido, eles se aproximariam.

– É loucura você estar aqui fora – Caelen resmungou. – Não está saudável para cavalgar ou batalhar.

Alaric olhou furioso para o irmão, com a raiva borbulhando como em um caldeirão.

– Se eu não lutar por ela, quem vai?

– Não vou deixá-la para Cameron – Caelen disse. – Não entendo sua fascinação pela moça, mas não a abandonarei. Você deveria retornar ao castelo.

Alaric ignorou o irmão e avançou, com a neve voando em nuvens grandes. Quanto mais tempo continuavam a perseguição, mais seus espíritos se enfraqueciam. Passara-se uma hora. Talvez mais. Ele não tinha noção do tempo. O sol estava baixando e, logo, o crepúsculo estaria sobre eles. Qualquer chance de rastreio estaria acabada até que trouxessem tochas para continuar a busca.

Eles cavalgavam em silêncio, com os olhares escaneando o horizonte para qualquer sinal de atacantes.

Quase passaram por cima dela.

Caelen foi o primeiro que viu o corpo na neve. Puxou forte as rédeas, e seu cavalo freou. Ele desmontou e estava caminhando pela neve antes de Alaric poder processar o que estava ocorrendo.

– Alaric, é ela!

Ewan e Alaric desceram de seus cavalos, e os joelhos de Alaric bambearam com a dor aguda que atingiu sua lateral. Ele arfou, apertou o braço contra o corpo e ignorou tudo com exceção do pensamento em Keeley.

Caelen se ajoelhou e começou a tirar rapidamente a neve do corpo dela. Alaric se apressou e caiu de joelhos ao lado dela. Ajudou Caelen a tirar o restante da neve de suas roupas e, então, a ergueu nos braços.

– Keeley – ele sussurrou. – Keeley! – ele disse mais alto quando ela não respondeu.

Ela estava fria. Sua pele parecia um gelo. Ele aproximou o ouvido de seu nariz e boca e o alívio quase o derrubou quando ele sentiu a leve respiração.

Olhou o que pôde a fim de examiná-la e ver se estava ferida.

– Ela está sangrando na cabeça – Caelen disse sombrio ao passar o dedo por seu cabelo. – Ou estava. Está muito frio e o sangramento parou.

– Precisamos correr – Ewan alertou. – Seus atacantes podem estar por aí, além disso está esfriando mais.

Quando Alaric começou a se levantar, ela estremeceu e o rosto se contorceu de dor.

– Keeley?

As pálpebras dela se abriram e ela olhou para ele, com os olhos confusos.

– Alaric?

– Isso, moça. Graças a Deus, você está bem. Matou dez anos da minha vida de susto.

– Não podemos arriscar isso, guerreiro – ela zombou. – Se for verdade, você só tem mais alguns anos de vida.

Um pouco da tensão se esvaiu no peito dele e ele se sentiu aliviado. Apertou-a contra seu corpo e se apressou a voltar para o cavalo.

– Vou querer saber tudo, mas não agora. Precisamos nos apressar e voltar para o castelo – Alaric disse.

Sem falar nada, Caelen a pegou dos braços de Alaric e esperou enquanto o irmão montava com cuidado. Então entregou-a para ele. Surpreendendo mais ainda Alaric, Caelen pegou um cobertor de seu cavalo e o deu a Alaric para poder aquecê-la.

– Obrigada, Caelen – Keeley disse com voz fraca e rouca.

Caelen assentiu rapidamente e, então, montou em seu cavalo e o esporeou pela neve. Alaric ficou atrás de Caelen, enquanto Ewan protegia a retaguarda.

Quando cavalgaram pela montanha seguinte, encontraram um contingente de soldados McCabe. Eles rodearam rapidamente o laird e seus irmãos, escoltando-os de volta ao castelo.

Assim que entraram no pátio, Caelen desceu do cavalo e simplesmente ergueu os braços para Keeley.

– Consigo andar – ela protestou.

Caelen não disse nada, mas também não desistiu. Franziu o cenho quando Alaric desmontou e a pegou no colo.

– Vá na nossa frente. Você não está em bom estado para carregar a moça. Vai reabrir sua maldita ferida quando está quase curada.

Sem querer discutir enquanto Keeley estava tremendo de frio, Alaric correu para dentro, deixando Ewan dando ordens para seus homens.

Caelen latiu um monte de ordens e as pessoas correram em todas as direções a fim de obedecer-lhe. Ele carregou Keeley até o quarto dela enquanto muitas criadas se juntaram em volta dele a fim de acender o fogo e adicionar peles para aquecer a cama.

Quando ele deitou Keeley na cama, ela estremeceu dos pés à cabeça. Seus dentes batiam violentamente, e Alaric jogou Caelen para o lado para subir na cama ao lado dela.

Alaric apertou os braços em volta dela e, depois, gesticulou para Caelen estender as peles sobre os dois.

– F-F-Frio – ela disse, batendo os dentes. – T-Tão f-frio.

Alaric passou os lábios por sua cabeça.

– Eu sei, amor. Me abrace forte. Vamos esquentá-la rapidinho.

– Crispen – ela disse alarmada. – Ele está seguro? Você o encontrou? E as outras crianças?

– Sim, você cuidou disso. Crispen está bem. Me conte, como você escapou, moça?

Para a surpresa dele, ela tentou sorrir entre a batida dos dentes.

– Eles pensaram que eu fosse Mairin e, assim que descobriram o erro, tentaram me matar.

Alaric xingou. Foi como ele pensava.

Caelen semicerrou os olhos.

– E você sobreviveu mesmo assim. Eles não conseguiram?

– Infelizmente, para você, não conseguiram – ela disse seca. – Sei como deve estar decepcionado. Mas, não, eu os convenci de que era uma bruxa e os amaldiçoaria, assim como toda a família deles, até a eternidade, se me matassem.

Caelen fez uma careta.

– Não desejo que morra, Keeley. Não é uma boa coisa você sugerir isso.

Ela ergueu uma sobrancelha.

Alaric interrompeu impaciente.

– Uma bruxa? E eles acreditaram nesse absurdo?

– É, bom, eu já tinha lhes causado dor considerável. Lutei contra eles, deixando que Crispen escapasse. Mordi o que me segurava montada no cavalo. Ele já estava quase convencido de que eu era um demônio do inferno quando ameacei amaldiçoá-lo.

Caelen riu.

– Você é engenhosa, moça. Foi incrível ter conseguido pensar tão rápido sozinha. Os homens provavelmente fugiram para viver.

Ela se aconchegou mais nos braços de Alaric, fechando os olhos.

– Não, moça, precisa ficar acordada – Alaric disse alarmado. Ele olhou rapidamente para Caelen. – Discuta com ela. Zombe dela ou deixe-a brava. Ela não pode dormir até a esquentarmos e termos cuidado de seus ferimentos.

A preocupação assombrou os olhos de Caelen. Ele se inclinou sobre Keeley, que estava deitada nos braços de Alaric.

– Sinto muito por ter sido gentil com você, Keeley. Fica toda educada e feminina quando sou um pouco legal. E pensei que fosse uma moça muito mais forte.

Ela abriu um olho e o encarou com um olhar sinistro.

– Não tenho intenção de morrer, Caelen, então poupe-me de seus insultos. Embora eu realmente prefira você ranzinza, porque não conheço esse homem diante de mim. Talvez isso seja prova de que morri e só não percebi ainda.

Caelen jogou a cabeça para trás e riu.

– É, você é muito mal-humorada para morrer, moça. Acho que temos isso em comum.

– Deus me ajude – Alaric murmurou. – É a última coisa de que preciso. Dois Caelens.

– Você tem planos de ser mais legal comigo agora? – Keeley murmurou sonolenta.

– Só se ficar acordada e se parar de preocupar meu irmão – ele respondeu. – Alaric parece uma mãe preocupada.

– Não seja legal. Me faz pensar que estou morrrendo.

A voz dela estava sumindo, o que preocupava Alaric. Onde estavam as mulheres com a água quente? O caldo quente? Mais cobertores e roupa seca?

Caelen e Alaric trocaram olhares preocupados e, então, Caelen se levantou de repente e saiu do quarto. Berrou pelo corredor, fazendo Keeley recuar nos braços de Alaric.

Um instante depois, Maddie entrou correndo com Christina, Bertha e Mairin atrás.

– Mairin – Alaric chamou. – Você não deveria estar acordada e correndo. Deixe que todos nós cuidemos de Keeley.

Ela apontou um dedo.

– Fique quieto, Alaric McCabe. Keeley é minha amiga e salvou meu filho. Vou ver do que ela precisa até estar certa de que tudo esteja bem.

A banheira e os baldes de água foram carregados para dentro do quarto. Logo, a banheira estava cheia e as mulheres começaram a expulsar os homens do quarto.

Alaric se levantou relutantemente. Não queria deixá-la, mas sua presença levantaria questionamentos e tornaria as coisas desconfortáveis para Keeley.

Mesmo assim, ele se posicionou do lado de fora da porta e se recusou a se mover enquanto Keeley estava sendo atendida. Caelen permaneceu com ele e, logo, Ewan se juntou aos dois.

– Presumo que minha esposa esteja lá dentro – Ewan disse conformado.

– É, elas estão aquecendo Keeley na banheira – Alaric disse.

– Nossa vigília foi dobrada e as crianças foram proibidas de ir além do primeiro muro. Nenhuma das mulheres deve sair desacompanhada do castelo.

Caelen assentiu, concordando.

– Quanto mais depressa a primavera chegar e nossas alianças estiverem seladas, mais rápido poderemos voltar nossos olhos para a destruição de Cameron. Nosso clã nunca conhecerá a paz enquanto ele estiver vivo.

Alaric engoliu em seco e apoiou a cabeça contra a parede. É, ele sabia que era uma necessidade urgente se casar com Rionna McDonald. Quanto mais rápido, melhor. E, ainda assim, receava a chegada dela com toda sua alma. Rezava por um inverno longo e muita neve. Qualquer coisa para manter os McDonald dentro dos próprios muros.

A porta de Keeley se abriu e Mairin saiu. O braço de Ewan a envolveu instantaneamente, e ela apoiou a cabeça em seu ombro.

Mas foi para Alaric que ela olhou ao falar.

– Keeley está indo bem. Nós a aquecemos e ela está na cama. Há uma ferida em sua cabeça, onde um dos atacantes a golpeou, porém não é um ferimento sério. Nem vai precisar dar pontos.

O peito de Alaric desceu com o alívio. Observou as outras mulheres passarem por ele e ignorou o olhar questionador que Maddie lhe enviava. Assim que todos saíram do quarto, ele se virou para entrar.

Parou à porta e voltou o olhar aos irmãos.

– Cuidem para que não sejamos perturbados.

Capítulo 23

Keeley abriu os olhos e viu Alaric em pé ao lado da cama, com a expressão pensativa e inquisidora.

– Como está se sentindo? – ele perguntou.

– Quente. Quente, finalmente.

Mas, ao falar isso, um tremor percorreu todo o corpo dela, enviando outra rodada de arrepios descontrolados.

Murmurando um xingamento, ele se deitou na cama ao lado dela e a puxou para seus braços.

Ele era o paraíso. Como uma rocha aquecida pelo forno. Ela empurrou cada parte de seu corpo no dele e absorveu seu calor até os ossos. Foi tão maravilhoso que ela gemeu.

– Está com dor? – ele perguntou rapidamente.

– Não. É uma sensação incrível. Você é tão quente. Posso querer nunca mais me mexer.

Ele beijou sua testa e passou uma mão no rosto dela.

– Se fosse minha escolha, você nunca precisaria.

– Posso dormir agora? Maddie disse que o ferimento em minha cabeça não foi grave. Não estou conseguindo manter os olhos abertos.

– Sim, Keeley, durma. Vou ficar por perto para observá-la.

A promessa dele acalmou seu coração e espalhou calor por áreas ainda adormecidas pelo frio. Embora ela soubesse que ele não deveria estar ali, não tinha o poder – ou o desejo – de recusá-lo.

Esfregou a bochecha em seu peito amplo e suspirou de satisfação. A noite era dela, e ela não passaria um único instante lamentando o que não poderia ser mudado. Em vez disso, aproveitaria o que podia ter, enquanto era possível e, no dia seguinte, cuidaria disso.

Durante a noite, Alaric acordou com os movimentos inquietos de Keeley. Ele demorou um pouco, em seu sono profundo, para perceber que ela ainda estava dormindo.

Ao despertar, ele a analisou na luz fraca enquanto se contorcia descontroladamente ao seu lado. O medo se apossou dele e ele colocou uma mão em sua testa.

Xingou ao registrar o calor irradiando dela.

– Está frio – ela disse baixinho. – Não consigo me aquecer. Por favor, o fogo, preciso do fogo.

Seu corpo estremecia e, por mais que ela sentisse o calor do corpo dele, parecia igualmente congelada por dentro.

– Shh, amor. Vou te esquentar.

Ao dizer essas palavras, ele se lembrou de que muito calor só aumentava a febre. Deveria tirar as cobertas dela e sua roupa e colocá-la na água fria, ou pelo menos limpar sua testa com um pano frio?

Ele se sentiu inútil. Não tinha habilidades de cuidar de alguém com febre. A batalha era sua habilidade. Matar e proteger. Cuidar de ferimentos? Não tinha experiência.

Delicadamente, tirou o corpo dela do seu e rolou do calor das cobertas. Ficou agradecido pelo friozinho do quarto, porque Keeley queimava de febre e onde ele a aquecera ainda estava quente o suficiente para ambos.

Ele se inclinou e beijou a testa quente dela.

– Voltarei em um instante. Eu juro.

O ganido baixinho dela apertou seu peito, mas ele se virou e se apressou a sair do quarto. O corredor estava escuro e silencioso. O castelo estava dormindo. Ele foi para o quarto de Ewan.

Bateu na porta, sabendo que o irmão tinha o sono leve, porém não entrou, pois não sabia se interromperia o laird e a esposa.

Só quando ouviu chamados roucos abriu a porta e colocou a cabeça para dentro.

– Sou eu – Alaric sussurrou.

Ewan estava sentado na cama, com cuidado para manter as peles cobrindo Mairin.

– Alaric? – Mairin perguntou sonolenta. – Há algo errado? É a Keeley?

– Volte a dormir – Ewan disse gentilmente. – Você precisa descansar. Vou cuidar disso.

– Não há nada errado – Alaric lhe assegurou. – Preciso falar com Ewan, só isso.

Ewan se vestiu rapidamente e se juntou a Alaric no corredor.

– Qual é o problema? – Ewan perguntou.

– Não quis falar na frente de Mairin porque sabia que ela não dormiria. Keeley está com febre e não sei nada sobre cura.

– Vou dar uma olhada – Ewan disse.

Os dois voltaram ao quarto de Keeley. Quando entraram, Alaric viu que Keeley chutara todas as cobertas da cama e se virava de um lado para o outro, emitindo sons de angústia.

Ewan franziu o cenho e foi até a cama. Inclinou-se e colocou a mão na testa dela, depois em suas bochechas.

– Ela está queimando – ele disse sombrio.

O medo subiu pela garganta de Alaric.

– Como é possível? Ela não foi tão ferida. Só uma batida na cabeça. Nem precisou dar ponto.

– Ela ficou na neve por muitas horas – Ewan comentou. – É suficiente para adoecer até o guerreiro mais forte.

– Então não é grave.

Ewan suspirou.

– Não vou dar falsas esperanças, Alaric. Não faço ideia do quanto ela está doente. Só o tempo dirá. Por enquanto, precisamos tentar esfriar a pele dela independentemente do quanto ela trema. Vou pedir uma bacia de água e alguns panos para umedecer a testa dela. É possível que você tenha que submergi-la na água. Nosso pai costumava pôr a mão no fogo por esse método, por mais estranho que possa parecer, para curar febre alta. Eu me lembro de uma vez em que ele pediu para colocarem neve em uma banheira para um guerreiro que sofria de febre por quatro dias seguidos. Não foi uma experiência confortável para o guerreiro, mas o salvou. Ele está vivo até hoje.

– Farei o que for preciso para salvá-la.

Ewan assentiu.

– É, eu sei. Fique com ela. Vou lá embaixo pegar os suprimentos. Será uma noite longa, Alaric. Pode durar dias.

– Ela cuidou de mim quando estava pior – Alaric disse baixinho. – Não posso fazer menos por ela. Ela não tem ninguém. Nós somos sua família agora. É nosso dever cuidar das necessidades dela assim como faríamos com qualquer outro membro de nosso clã.

Ewan hesitou apenas um instante antes de assentir de novo.

– Eu devo muito a ela por sua vida e agora pela vida do meu filho. Meu débito só aumentará se ela fizer o parto de Mairin. O mínimo que posso fazer é cuidar de tudo que ela precisa.

O alívio correu pelo sangue de Alaric. A última coisa que ele queria era estar em conflito constante com seu irmão. Keeley era importante para ele e, mesmo que qualquer futuro entre eles estivesse condenado, ele ainda faria tudo que pudesse para cuidar dela.

Assim que Ewan saiu do quarto, Alaric voltou a atenção para Keeley, que estava deitada adormecida, agora em silêncio e parada.

Ele se deitou ao lado dela e passou a mão na lateral de seu corpo e subiu para o pescoço. Ela se virou para o carinho dele, com a pele ressecada e quente. Até seus lábios estavam quentes e rachados.

Ela se enterrou nele e, depois, entrelaçou as pernas nas dele, como se buscasse cada parte de seu corpo quente.

– Frio – ela murmurou. – Muito frio.

Segurando a nuca de Keeley, ele a puxou para seu pescoço e beijou a têmpora dela.

– Eu sei, amor. Sei que está com frio. Vou cuidar de você, eu juro. Até quando você me xingar a cada respiração, não vou desistir.

Ela suspirou contra a pele dele, e isso enviou um arrepio pela espinha de Alaric. Então ela o beijou, sua boca quente e erótica contra o pulso dele. Seu corpo todo se enrijeceu quando ela estremeceu contra ele.

O topo da perna dela se esfregou sedutoramente na junção de suas pernas, e ele xingou baixinho e firme quando seu membro reagiu inchando.

– Adoro seu gosto – ela disse rouca contra o pescoço dele.

Como se testasse a veracidade de suas palavras, a língua dela lambeu contra o pulso latejante que batia ainda mais forte à medida que a boca de Keeley molhava e aquecia a pele de seu pescoço.

Antes que ele conseguisse se soltar de seu abraço, ela se ergueu e fundiu sua boca com a dele, tão doce e feroz que ele não conseguiu respirar. Ele não queria se mover, então se envolveu na sensação dela, no cheiro dela.

Enérgica e exigente. Beijos quentes com a boca aberta que estilhaçavam cada pedacinho de controle dele. Com certeza Deus o estava testando naquele momento. Ele podia sentir os fogos do inferno queimando seus tornozelos quando pensou por um instante em escorregar entre as pernas dela e lhes dar o que ambos queriam tão desesperadamente.

Além do fato de que Ewan retornaria logo, ele simplesmente não se permitiria aproveitar de Keeley em um estado reduzido de consciência.

Keeley estava prestes a escalar seu corpo e continuar a beijá-lo quando Ewan retornou ao quarto carregando dois baldes de água e muitos panos.

– Você terá que despi-la e só usar um lençol fino para cobri-la. Nada que mantenha ou que crie mais calor no corpo dela.

Alaric fez um careta.

– Não vou olhar – Ewan murmurou. – Você esquece que sou um homem muito devotado à minha esposa. Não tenho desejo de ver o corpo de outra mulher.

Assim que Ewan começou a se ocupar umedecendo os panos na tigela do outro lado do quarto, Alaric se pôs a tirar a camisola de Keeley – um ato pelo qual ela não estava feliz, determinada a lutar contra ele a cada movimento.

– Não! – ela gritou.

Lágrimas se acumularam na garganta dela, tornando sua voz já rouca ainda mais áspera.

– Por favor, não é decente. Você não deveria fazer isso. É errado!

As mãos dela saíram da coberta, em direção à face de Alaric. Ardeu, mas ela estava tão fraca quanto um gatinho e não teve muita força para bater nele. Ainda bem.

– Shh, moça. Não vou te machucar. Eu juro. Fique calma. É Alaric, seu guerreiro.

Quando ele continuou a tirar o vestido dos ombros dela, ela começou a choramingar. Lágrimas silenciosas escorriam pelas bochechas dela. Havia resignação em sua postura, como se ela tivesse desistido de lutar contra seu demônio desconhecido.

– É minha casa – ela disse com a voz cortada. – Você não pode me negar minha casa. Não fiz nada.

A raiva de Alaric não tinha limites. Percebeu agora que ela estava revivendo o tratamento que recebera das mãos do Laird McDonald e sua expulsão subsequente do Clã McDonald.

Ele queria marchar até lá e matar todos eles.

– Jesus, o que aconteceu com ela? – Ewan perguntou baixinho.

– Teve todo tipo de injustiça jogada sobre ela – Alaric disse com uma voz tensa. – Se fosse por mim, o débito devido a ela seria pago.

– Alaric... – Ewan parou de falar e olhou para o irmão enquanto estendia vários panos. Ele parou e pendurou o último na beirada do balde. – Não a faça se apaixonar por você. Seria cruel. Ela tem sentimentos por você. Qualquer tolo pode ver isso. Não a encoraje nessa tolice. Só vai magoá-la depois quando se casar com outra. Se você se importa com ela, vai poupá-la dessa devastação e humilhação.

– Está pedindo algo impossível, Ewan. Não posso... Não posso desisitr dela porque é a coisa certa a fazer. É claro que é a coisa certa. Não tenho desejo de magoar nenhuma das mulheres mesmo sem conhecer Rionna McDonald. Eu não envergonharia nenhuma delas.

– Isso não pode acabar bem – Ewan disse baixinho. – Não importa se for para você, Rionna ou Keeley. Alguém se magoará a não ser que você termine isso aqui e agora.

– Você conseguiria se livrar de Mairin? Se o rei viesse até você amanhã e lhe dissesse que ela deveria se casar com outro homem a fim de selar uma aliança com o trono da Escócia, simplesmente diria que sim e aceitaria que nunca poderia tê-la?

– Essa é uma comparação ridícula.

– Não abandonei meu dever. Só sei que, enquanto a tiver, me recuso a fingir que não fico feliz quando ela chega. Não vou desperdiçar um único segundo para que, quando chegar a hora de nos separarmos, tenhamos uma vida inteira de lembranças que nos acompanhará até envelhecermos.

– Tolo – Ewan xingou. – Fique longe dela. Termine logo *antes* que você se envolva demais. É a melhor forma.

Alaric sorriu tristemente.

– É tarde demais para me dizer para não me envolver muito.

– Vá com calma, então. Não podemos arriscar deixar Gregor McDonald bravo. Não, ele não é o aliado mais forte, mas é a chave para nossa busca em nos aliar aos clãs vizinhos.

– É melhor que Gregor não me deixe bravo – Alaric chiou. – Ele tem muito a pagar em seu leito de morte. Eu gostaria de acelerar esse processo pelo tratamento que deu a Keeley.

Keeley começou a gemer e se mexer de novo, falando frases incoerentes e balbuciando. Ewan jogou para Alaric um dos panos mais frios, e Alaric o colocou na testa dela.

Ela ficou quieta por um instante, porém, quando Alaric colocou o segundo pano em seu pescoço, começou a estremecer violentamente.

– F-F-Frio, Alaric. Por favor. Não quero sentir frio.

– Shhh, amor, estou aqui – ele cantarolou.

– Quer que eu fique aqui? – Ewan perguntou.

Alaric balançou a cabeça.

– Não, Mairin vai se perguntar por que está acordado. Se eu precisar de água para a banheira ou de neve, chamarei Gannon e Cormac.

Ewan apertou seu ombro, depois saiu do cômodo. Alaric voltou a atenção para a ação de esfriar Keeley.

A cada toque do tecido na pele de Keeley, arrepios surgiam e dançavam pelo corpo dela. Ela acompanhava cada surto com um arrepio violento e um gemido baixinho.

Finalmente, foi demais para ele. A pele dela havia esfriado de forma significativa, e ele sabia que, se exagerasse, ela poderia morrer de exposição também.

Deixando-a nua, ele se deitou ao lado dela na cama e a envolveu em seus braços. O corpo dela era um choque frio, suas mãos desastradas enquanto deslizavam pelo peito dele procurando o calor.

Finalmente, elas se enfiaram por debaixo da túnica dele e encontraram sua pele, e ela suspirou de satisfação enquanto enterrava a cabeça no braço dele.

Gradativamente, o tremor parou e ela ficou quieta contra ele. Alaric esticou o braço e puxou uma das peles, colocando-a sobre ambos, porém teve o cuidado de não prender o calor sob a coberta.

Ele beijou a testa ainda quente dela e sussurrou:

– Durma, amor. Estou aqui para te observar.

– Meu guerreiro – ela murmurou.

E ele sorriu. Sim, assim como ela era seu anjo.

Capítulo 24

Keeley acordou sentindo como se estivesse presa sob uma rocha. Até respirar doía. Sua cabeça estava tão pesada que ela não conseguia erguê-la e chacoalhou quando ela tentou fazê-lo.

Abriu a boca, mas os lábios estavam rachados e a língua estava tão seca que parecia que tinha lambido areia.

Então ela cometeu o erro de tentar se mover.

Choramingou e lágrimas encheram seus olhos. Como ela podia se sentir tão miserável? O que acontecera com ela? Nunca ficava doente. Orgulhava-se de ser saudável e forte.

– Keeley, amor, não chore.

A voz normalmente calmante e de timbre profundo ressoou nos ouvidos dela como o som de espadas batendo.

A visão de Keeley se turvou com as lágrimas, ela mal conseguia focar o rosto dele ao olhá-lo.

– Doente – ela resmungou.

– É, moça, você está se recuperando.

– Nunca fico doente.

Ele se inclinou mais perto e sorriu.

– Está agora.

– Peça a Maddie a pasta para meu peito. Vai aliviar um pouco da dor e do desconforto.

Alaric deslizou a mão pelo rosto dela, e a pele dele parecia muito fria contra sua face queimando, a qual ela esfregava para um lado e para o outro nele.

– Não se preocupe. Maddie já veio ao seu quarto três vezes esta manhã. Ela está cacarejando como uma galinha-mãe. Mairin foi proibida de entrar, e ela está expressando seu desprazer para qualquer um que ouça.

Keeley tentou sorrir, mas doía muito.

– Fome – ela reclamou.

– Gertie está trazendo um pouco de caldo para você.

Ela piscou a fim de tentar focar o rosto de Alaric, mas ele ainda estava embaçado nas beiradas. No entanto, ela conseguia ver os olhos dele. Os olhos verdes cristalinos e lindos.

Ela suspirou.

– Adoro seus olhos.

Ele sorriu e ela piscou, surpresa.

– Eu disse isso alto?

– Disse, sim – ele falou em um tom cheio de diversão.

– Ainda estou com febre? É a única explicação para minha língua solta.

– Sim, a febre ainda está alta.

Ela franziu o cenho.

– Mas não estou mais com frio. O sinal da febre é o calafrio. Ainda estou superquente.

– Sua pele ainda está queimando e seus olhos estão cansados. Disseram que é um bom sinal você não estar mais com calafrios, mas ainda está doente.

– Não gosto de ficar doente.

Ela sabia que soava como uma criança petulante, mas não conseguia controlar seu mau humor. Estava acostumada a cuidar da doença, não a ser cuidada.

Alaric sorriu, depois a puxou para seus braços.

– Por que está cuidando de mim? – ela perguntou com a voz abafada pelo peito dele. – Não é nada adequado.

– Mas, até aí, não fomos adequados um com o outro – ele murmurou.

Ela sorriu, depois ficou séria.

– O que todos vão pensar? Dizer?

– Se eles valorizam o próprio bem-estar, não vão falar nada. Vão pensar o que pensarem. Não podemos controlar isso.

Ela franziu o cenho. Ele tinha razão. Ela sabia bem disso. Mas também sabia que uma suspeita levava a fofoca e fofoca levava a acusações e, depois, ação.

Alaric beijou o topo da cabeça de Keeley e ela fechou os olhos contra a doçura do abraço dele.

– Ewan vai querer saber o que aconteceu. Está se sentindo bem o suficiente para enfrentar as perguntas dele?

Era verdade que ela preferia enfrentar uma multidão lhe jogando pedras do que ter que repensar nos eventos, do jeito que sua cabeça latejava e sua garganta doía. Entretanto, também sabia que o laird precisava saber o que quer que ela pudesse lhe contar. Ele tinha uma esposa e um filho para proteger. Tinha todo o clã para proteger.

– Contanto que eu tenha água para beber, posso falar com o laird.

– Vou me certificar de que ele não se demore – Alaric a tranquilizou.

Nesse momento, a porta se abriu e Maddie colocou a cabeça para dentro. Embora a mulher mais velha soubesse dos sentimentos de Keeley por Alaric, Keeley estremeceu e tentou se afastar.

Alaric a segurou contra ele e relaxou na cama enquanto esperava Maddie ir até eles.

– Trouxe caldo quente e água. O caldo vai amenizar sua dor de garganta, moça. A água vai ajudar a febre, eu espero. É importante que beba bastante.

Alaric pegou o caldo fervendo e, com cuidado, levou aos lábios de Keeley.

– Só beba. Está quente.

Grata pelo apoio de seu braço, ela colocou cautelosamente um pouco do caldo na boca. Sentia-se tão fraca quanto um gatinho e, com certeza, teria derrubado tudo se não fosse por Alaric.

Ele era infinitamente paciente, segurando a tigela a cada vez que ela sugava o líquido. Primeiro, doeu ao descer. Sua garganta parecia ter milhares de arranhões na pele inchada.

Quando ela não conseguiu tomar mais, apoiou-se no braço de Alaric e fechou os olhos.

– Voltarei daqui a pouco, moça – Maddie disse em voz baixa. – Se precisar de algo antes disso, me chame. Virei imediatamente.

Keeley mal conseguiu assentir. Só de tomar o caldo já consumira toda sua força. E ela ainda tinha que conversar com o laird.

Fechou os olhos e focou em respirar para evitar que o quarto girasse. Alaric beijou a têmpora dela e a abraçou mais apertado.

O calor dele passava para os ossos dela e ela suspirou de satisfação. Era o melhor que ela se sentira desde que acordou.

Gemeu quando uma batida soou à porta. A autorização de Alaric para entrarem soou distante, como se ele estivesse submerso. Ou talvez ela estivesse debaixo da água. Era óbvio que um deles estava.

Ela despertou quando ouviu baixinho a voz inquisidora do laird. Então franziu o cenho. Alaric estava discutindo com o irmão. Ele queria que Ewan a deixasse em paz e fizesse as perguntas mais tarde.

– Não, está tudo bem – ela disse. Sua garganta protestou com as poucas palavras, e ela colocou uma mão no pescoço a fim de massagear o desconforto.

Ewan se sentou à direita na cama, aos pés de Alaric, o que Keeley achou um pouco inapropriado, porém ele era o laird e, como tal, poderia fazer o que quisesse.

Ewan sorriu.

– É, moça, é um privilégio ser laird. Faço o que quero.

– Não quis dizer isso alto – ela murmurou.

– Está se sentindo bem o bastante para me contar o que aconteceu na floresta? Falei com Crispen e as outras crianças e, por Deus, cada um deles contou uma coisa diferente.

Ela sorriu, mas resmungou quando doeu.

– Não entendo por que estou me sentindo tão mal.

Ela tentou não soar tão irritada, mas tinha certeza de que falhara, julgando pelos olhares divertidos no rosto de Alaric e Ewan.

Ewan ficou sério e se inclinou para a frente.

– Sinto que sou eternamente grato a alguém por salvar a vida de meu filho. É verdade que ele parece encontrar problema aonde quer que vá. Ele me contou que você lutou por ele. Eu lhe devo algo que nunca poderei recompensar.

Ela balançou a cabeça sonolenta.

– Não. Você já recompensou.

A testa dele se enrugou confusa.

– Do que está falando, moça?

– De seu clã – ela disse rouca. – Você me tornou membro de seu clã. É o suficiente.

O braço de Alaric se tensionou ao redor dos ombros de Keeley e ele acariciou o braço dela como uma ação calmante.

A expressão de Ewan se suavizou.

– Você terá um lar aqui por quanto tempo desejar. Tem minha palavra.

Ela lambeu os lábios rachados e se enterrou um pouco mais em Alaric. O arrepio estava voltando e seus ossos já doíam.

– Temo que não serei de utilidade para você. Tudo aconteceu

muito rápido. Sei que eles pensaram que eu fosse sua esposa e estavam bem ansiosos para me descartar. Chamaram-no de tolo por deixar a Lady McCabe desprotegida.

Ewan fez uma carranca, seu rosto estava ficando sombrio como uma nuvem negra.

– Eles se vangloriaram por terem conseguido capturar seu filho e sua esposa.

Ewan se inclinou, com os olhos intensos.

– Disseram mais alguma coisa? Se identificaram? Você reconheceu o brasão deles?

Ela balançou a cabeça lentamente. Então suas sobrancelhas se uniram com concentração.

– Houve uma coisa. Disseram que Cameron os recompensaria lindamente pela captura. É tudo de que me lembro. Quando descobriram que eu não estava grávida, quiseram me matar ao perceberem o erro.

– Mercenários – Alaric cuspiu. – Cameron colocou uma recompensa pela captura de Mairin.

Ewan soltou uma lista de impropérios que fizeram Keeley se encolher.

– Há muitos homens sem moeda e nada a perder tentando raptar Mairin e meu filho.

– Se são mercenários, não têm clã ou castelo para chamar de lar – Alaric disse. – É provável que ainda estejam por perto.

Os lábios de Ewan se curvaram e suas narinas inflaram.

– É. Está na hora de ir à caça.

– Vou me preparar para acompanhá-lo.

Ewan parou, depois balançou a cabeça. Olhou para Keeley, depois de volta para o irmão.

– Não. Preciso de você aqui. Quero que fique perto de Mairin. Ela pode se ocupar com Keeley. Caelen vai me acompanhar.

Ao se levantar, olhou para Keeley de novo. Inclinou a cabeça em um gesto de respeito.

– De novo, tem meu agradecimento pela vida de meu filho. Espero que se sinta melhor logo.

Keeley balbuciou algo apropriado e lutou contra outro bocejo quando ele saiu do quarto. Estava congelando de novo e precisava de outra coberta. Por que Alaric a tirara dela?

Alaric se afundou mais na cama e a aninhou em seu abraço.

– Nunca fiquei com tanto medo – ele admitiu. – Quando ouvi o que tinha acontecido e não conseguia te encontrar. Não é um sentimento que quero ter de novo.

– Eu sabia que viria.

– Sua fé me deixa honrado.

Ela acariciou o peito dele com a ponta dos dedos. Algum dia... Algum dia, ele deveria proteger Rionna. E seus filhos. Keeley não poderia mais esperar que ele cuidasse dela ou lutasse suas batalhas. Depois de tanto tempo lutando sozinha, era uma sensação maravilhosa ter um homem como Alaric para apoiá-la.

– Deveria descansar, Keeley. Posso sentir a febre queimando em você.

Ela já estava se desligando, aconchegando-se no calor dele.

Alaric andava de um lado para o outro na escuridão do salão. Ewan havia levado um contingente de homens para perseguir os mercenários que atacaram Crispen e Keeley, e o crepúsculo estava se aproximando. Estavam fora por horas e ficava cada vez mais impaciente a cada minuto que passava.

Ele estava bravo por ter permanecido ali quando ansiava por uma luta. Queria descontar um pouco da raiva que corria em seu organismo.

Não era só por aqueles homens terem ousado tocar no que considerava ser dele – e Keeley *era* dele –, mas Alaric queria descontar sua frustração com o destino que lhe negaria a mulher que amava.

Em vez disso, esperava seus irmãos retornarem enquanto mantinha uma vigília silenciosa pelas mulheres do castelo.

Deveria voltar e dar uma olhada em Keeley, mas Maddie concordara em ficar ao lado dela enquanto Alaric ficava lá embaixo, onde poderia ouvir o grito de alerta dos vigias.

O fogo estava se apagando na lareira, porém, em vez de chamar alguém a fim de adicionar lenha, ele mesmo o fez e, logo, as chamas lambiam a madeira seca e rugiam vida.

Um grito soou no pátio e Alaric ergueu sua cabeça. Correu para a porta e desceu as escadas no ar vivo da noite.

Ewan e Caelen lideravam a festa no pátio e Alaric, silenciosamente, contou os homens. Todos estavam presentes e contabilizados, o que poderia significar duas coisas: ou não tiveram sucesso ao perseguir a presa ou não perderam ninguém na luta.

Ewan desmontou e limpou a mão na túnica, deixando uma trilha de sangue. Alaric avançou.

– Está machucado?

Ewan olhou para baixo e balançou a cabeça.

– Não. Não nos ferimos.

– Eles estão mortos?

– Sim – Caelen disse com uma voz sombria. – Não vão mais nos incomodar.

Alaric assentiu.

– Que bom.

– Eles não falaram e Deus sabe que não fui paciente no interrogatório – Ewan disse. – Foram os mesmos homens que pegaram Crispen e Keeley, e Keeley disse que falaram de Cameron. É prova suficiente para mim.

– Quanto mais devemos esperar? – Alaric perguntou em voz baixa.

Em volta deles, os homens ficaram em silêncio. Todos olharam para Ewan, com a pergunta queimando nos olhos. Eles queriam guerra. Estavam prontos para a guerra. Todos desprezavam Cameron e tudo o que ele fizera para o Clã McCabe. Nenhum McCabe descansaria até Cameron e todos seus aliados serem apagados da face da Terra.

– Logo – Ewan disse sério. – Precisamos ter paciênca. Depois que meu filho ou minha filha nascer, vamos reivindicar nosso direito sobre Neamh Álainn. Vamos unir toda a Terra Alta no casamento de Alaric com Rionna McDonald. Depois penduraremos Duncan Cameron na ponta de nossas espadas.

Um rugido saiu do pátio. Tochas e espadas foram apontadas para cima à medida que o grito ia de guerreiro em guerreiro. Palavras batiam contra escudos, cavalos empinavam e punhos eram erguidos conforme o barulho aumentava.

Alaric encontrou os olhares de seus irmãos no brilho das tochas que os rodeavam. Os olhos de Ewan estavam iluminados com determinação e, pela primeira vez, Alaric sentiu vergonha por sua frustração em relação ao seu futuro casamento.

Ewan dera tudo ao seu clã. Ficou sem comer para que toda mulher e criança pudesse comer. Colocou seus homens acima de si mesmo de todas as maneiras. Agora eles seriam o clã mais poderoso da Escócia.

Se Alaric pudesse fazer essa única coisa por seu clã – por seu irmão, por Mairin, que resgatara seu clã da beira da extinção –, então ele o faria com gratidão e orgulho.

Ele ergueu o braço, esticando a mão. Ewan o segurou e eles imobilizaram os braços. Suor e sangue brilhavam na pele de Ewan. Seus músculos latejavam enquanto se seguravam firmemente um ao outro.

Havia uma compreensão quando seus olhares se encontraram e se fixaram.

Caelen embainhou a espada e deu ordem para seus homens desmontarem e se retirarem para suas acomodações. Então se virou para os irmãos.

– Alguém quer nadar no lago?

Capítulo 25

Quando Keeley acordou novamente, sua cabeça parecia uma caneca vazia e sua boca era como se tivesse arrastado a língua no chão por um quilômetro. Juntou os lábios de forma barulhenta e os lambeu, tentando criar algum tipo de hidratação entre eles.

Ela virou a cabeça para o lado e gemeu. Jesus, doía se mexer.

Seu corpo todo estava mole como um pano velho e usado, e a pele estava grudenta pelo suor. E ela estava nua. Nenhum centímetro de roupa, e as peles estavam emboladas aos seus pés.

A vergonha aqueceu seu corpo de novo. Ela, provavelmente, estava vermelha. Só o Senhor sabia quem tinha entrado e saído do quarto durante sua febre.

Um gemido começou a escapar, mas ela apertou os lábios e se criticou. Já chega. Quanto mais ela se faria de vítima? Já perdera sabe-se lá quanto tempo na cama agindo como uma criança doente. Há quantos dias estava lá deitada sem fazer nada? Era vergonhoso.

Ergueu uma mão, depois a deixou cair na cama. Sua garganta ainda doía, mas a febre desaparecera, embora a tivesse deixado tão fraca quanto um recém-nascido. E, falando em recém-nascidos, ela precisavar checar Mairin a fim de verificar como as coisas progrediam com o bebê. O que significava que ela precisava se levantar.

Demoraram muitos e exaustivos minutos para que ela conseguisse se arrastar para a beirada da cama e se sentar. Ela adoraria um banho completo, mas não tinha força para se lavar.

Arrastou-se para a bacia de água e molhou um pano. Limpou o corpo sem pressa até se sentir um pouco humana novamente. Estava tentada a pular no lago, com temperatura gelada e tudo.

Depois de se lavar, pegou um de seus vestidos e olhou para baixo como se estivesse prestes a ir à batalha. Com um sorriso pesaroso, percebeu que era isso mesmo. Precisou de toda sua força apenas para ficar apresentável e, quando terminou com todas as amarrações, caiu na cama e ficou lá sentada se preparando para descer as escadas.

Ao chegar às escadas, orgulhou-se por não ter caído de cara. De fato, ao descer até embaixo, seu sangue acelerou com sua marcha lenta.

Sem fôlego, mas agradecida, ela entrou no salão e olhou em volta para ver o que estava acontecendo.

Mairin estava sentada ao lado da lareira com os pés apoiados em um banquinho com almofada. Keeley sorriu e andou até ela.

Quando Mairin olhou para cima e a viu, ficou sem ar.

– Keeley! O que está fazendo fora da cama? Esteve muito doente. Ainda deveria estar descansando. Você puxou a orelha de Alaric por ele ter se levantado logo.

Keeley se sentou na cadeira ao lado de Mairin.

– É, é verdade, sou uma péssima paciente, mas uma curandeira exigente. Espero que aqueles sob meus cuidados façam o que digo e não o que faço.

Mairin explodiu em uma gargalhada.

– Bom, pelo menos você não disfarça. – Então esticou o braço para segurar a mão de Keeley. – Você está bem? Ainda parece um pouco pálida para mim.

Keeley fez uma careta.

– Minha garganta ainda dói e minha cabeça tem uma dor oca

que me incomoda, mas não conseguia aguentar mais um instante na cama. Eu me sinto muito melhor agora que me levantei e andei.

Mairin se mexeu na cadeira e reposicionou os pés na almofada.

– A verdade é que eu adoraria ficar na cama hoje. O bebê está pressionando minhas costas e é muito difícil ficar em pé, mesmo que por pouco tempo.

– Então deveria ir para a cama. É importante não se esforçar muito.

Mairin sorriu para ela.

– Você parece tão maternal e, ainda assim, não aceita seu próprio conselho.

– É uma regalia de curandeira – Keeley disse descaradamente.

As duas mulheres se assustaram quando Ewan entrou no salão com o mensageiro do rei diretamente atrás dele. Sem saber se deveria mostrar respeito para o homem do rei, Keeley se levantou desajeitadamente e ficou ereta como uma vareta quando Caelen e Alaric entraram no salão após o mensageiro.

Mairin se esforçava para se levantar da cadeira.

– Ewan?

Ewan cruzou o salão e a empurrou gentilmente de volta para baixo.

– Não, não se levante. – Ele olhou para Keeley e assentiu para ela também se sentar. Franziu o cenho levemente como se só então notasse que ela estava em pé e fora do quarto, porém a dispensou com um olhar e voltou sua atenção ao mensageiro.

– É uma carta do rei que lhe trago. Ele pede que eu espere a resposta – o mensageiro disse.

Ewan assentiu e gesticulou para o mensageiro se sentar à mesa. Depois fez sinal para trazerem refresco da cozinha.

Desenrolou o pergaminho e passou uns instantes lendo antes de olhar para cima de novo. Seu olhar encontrou Alaric.

– É um recado sobre seu futuro casamento.

A sobrancelha de Alaric se ergueu, e ele olhou rapidamente para Keeley antes de voltar a olhar para o irmão.

– O rei expressa sua satisfação com a união e sua alegria sobre as alianças que formaremos. Gostaria de viajar até aqui para o casamento e para os clãs vizinhos que serão convidados, para que ele mesmo ouça os votos de aliança.

O salão estava em silêncio.

O peito de Keeley se apertou até ela pensar que poderia explodir. Ousou não olhar para Alaric, pois sabia que a expressão dela estaria arrasada. Olhou para baixo para suas mãos unidas, sem querer que *ninguém* visse sua dor.

– É uma grande honra, Alaric – Ewan disse baixinho.

– É. Por favor, transmita meu agradecimento pela honra que ele me concede – Alaric disse formalmente.

– Ele pede que eu o informe assim que soubermos o dia em que acontecerá o casamento.

De canto de olho, Keeley viu Alaric assentir rigidamente.

Keeley ouviu a inspiração rápida de Mairin e, quando olhou para ela, a empatia brilhava em seus olhos. Keeley sorriu corajosamente e ergueu o queixo.

– Sempre quis conhecer o rei.

Não foi covardia da parte de Keeley se retirar para o quarto antes que tivessem terminado de servir o jantar. Ela estremeceu ao pensar em como estaria seu rosto. Sabia como se sentia, e Maddie lhe prometeu levar água quente para um banho.

A expectativa de mergulhar em uma banheira com água fervendo a fez gemer de ansiedade. Ela se esforçou para subir as escadas, tão exausta que mal conseguia mexer as pernas.

Quando entrou no quarto, ficou grata por as criadas já terem enchido a banheira, ela estava arrasada.

Maddie entrou um instante depois, com as mãos nos quadris ao analisar o progresso. Então se virou para Keeley e se sentou na cama ao lado dela.

– Precisa de ajuda para entrar na banheira, moça?

Keeley sorriu.

– Obrigada, mas não. Você é maravilhosa por fazer isso por mim, Maddie. Sei que é um fardo carregar a água pelas escadas.

Maddie deu um tapinha em seu joelho.

– É o mínimo que posso fazer para nossa curandeira. Se não cuidarmos de você e a mantivermos saudável e forte, não haverá ninguém para cuidar da nossa doença!

As duas observavam enquanto o último balde era trazido e a banheira ficava cheia de água. A fumaça subia em nuvens rápidas, e os olhos de Keeley se viraram ao se imaginar entrando na banheira.

– Bom, vou deixá-la sozinha, moça. Gannon estará lá fora, então chame se precisar de algo.

As bochechas de Keeley queimaram.

– Gannon! Não posso deixar que ele entre aqui. Além disso, é dever dele cuidar das necessidades de Alaric.

Maddie riu.

– Ele não vai entrar, a não ser que tema por sua vida, e nesse caso não fará diferença se está vestida ou não. Mas, se chamá-lo, ele vai me chamar ou chamar Christina para você.

– Ufa. – Keeley respirou.

Maddie riu e saiu do quarto. Keeley não perdeu tempo em tirar o vestido pela cabeça. Ela o jogou voando pelo quarto e se apressou até a banheira.

Todo movimento causava uma dor considerável, mas ela entrou devagar na água até estar coberta por ela e, finalmente, até o queixo, enquanto se recostava contra a lateral.

Isso era o paraíso.

Ela fechou os olhos e relaxou os músculos doloridos e cansados. Esqueceu-se de tudo menos da sensação maravilhosa da água bem quente. Se alguém derramasse sempre um balde de água quente na banheira, ela ficaria feliz em permanecer ali por dias. Não estava totalmente certa de que seria capaz de sair, de qualquer forma.

Suspirou e apoiou os braços na beirada da banheira, depois ergueu o queixo para que a cabeça ficasse apoiada. O calor do fogo a apenas alguns metros torrava sua pele e a relaxava ainda mais.

Estava quase dormindo, com a cabeça caindo para o lado, quando a porta se abriu. Assustada, olhou para cima e viu Alaric parado do outro lado do quarto, envolto pela escuridão. As poucas velas acesas no quarto estavam ao redor da banheira e da área de se vestir. O resto da luz vinha do fogo na lareira e quase não chegava onde Alaric estava.

Ele ficou parado observando por bastante tempo, e ela olhou de volta para ele, esperando e absorvendo a fome de seus olhos. Havia algo decididamente diferente no comportamento dele naquela noite.

Geralmente, ele era despreocupado e zombeteiro. Eles riam baixinho antes de fazer amor e, normalmente, falavam sobre os acontecimentos do dia.

Naquela noite, a expressão dele era feroz e os olhos brilhavam perigosamente. Ela engoliu nervosa à medida que ele se aproximava da banheira, sem afastar o olhar dela.

Ela foi atingida por uma vulnerabilidade repentina, e isso a excitou. O poder rasgava o corpo dele e encheu o quarto até ficar vivo e respirando.

Alaric parou acima da banheira, olhando para baixo para o corpo nu de Keeley, seu olhar passando possessivamente por ela. Quando ela foi cobrir os seios com os braços, ele se ajoelhou ao lado da banheira e, gentilmente, afastou os braços dela.

– Não, não se proteja de mim. Esta noite você é minha. Somente minha. Pertence a mim e só a mim. Hoje à noite terei o que é meu. Eu cuido do que é meu.

O queixo dela tremeu e ela apertou os lábios a fim de inibir o nervosismo. Não que ela estivesse com medo. Longe disso. Estava animada. Mais do que nunca, e prestes a sair da banheira.

Ele pegou a toalha que estava pendurada na beirada da banheira e tocou o pescoço de Keeley. Apesar do calor da água e do fogo a pouca distância, o corpo dela imediatamente foi tomado por calafrios.

Eles percorreram os seios e endureceram os mamilos à medida que ele, delicadamente, puxou a toalha para o ombro dela.

O aroma de rosas flutuou até as narinas de Keeley. Alaric pegou o sabonete em barra e passou a toalha ao redor dele até formar espuma.

– Incline-se para a frente – ele ordenou.

Seu tom baixo e sensual fez com que ela estremecesse. Havia uma promessa oculta na voz dele que a fez se tensionar tanto que estava quase explodindo.

Quando Keeley estava na posição que ele queria, começou a esfregar a toalha em círculos preguiçosos pelas costas dela.

– Oh, isso é maravilhoso – ela gemeu.

Ele cobriu cada centímetro, subindo para massagear os ombros dela e depois recuando para descer acariciando a linha das costas até o sulco logo acima da bunda de Keeley.

Os olhos dela estavam fechados, a cabeça caída para a frente conforme a doce letargia – e o prazer – inundava suas veias. Porém, quando ele deu a volta com o braço para esfregar a toalha em seus mamilos, ela abriu os olhos e a respiração acelerou e saiu irregular de suas narinas.

Ele parou, depois agarrou os dois montes com as mãos. Lentamente, os polegares dele esfregaram os bicos. Para cima e para baixo, até cada toque causar ondas de prazer extraordinário no ventre dela.

Keeley se retraiu, não de dor, mas de êxtase esmagador quando a boca de Alaric tocou sua nuca. Só um beijo simples e delicado, mas a boca dele era como um relâmpago. As sensações duplas dos polegares de Alaric esfregando os mamilos de Keeley e a boca dele se movendo sensualmente sobre o pescoço dela amoleceram seus ossos. Ela estava sem reação. Completamente entregue a ele, e isso a excitava ainda mais.

– Você é muito linda – ele sussurrou contra o pescoço dela. – Olho para você e fico deslumbrado por seu fogo, sua beleza delicada, sua determinação e sua coragem. Acho que nunca existiu outra mulher igual. E nunca existirá.

Seu coração se apertou e a dor se espalhou pela garganta dela, fechando-a até as palavras ficarem impossíveis de sair. O que ela podia dizer, de qualquer forma?

– Hoje à noite, vou cuidar de você como fez comigo.

O sussurro rouco dele cantarolava em seus ouvidos, e ela estremeceu com as imagens que as palavras criavam.

Ele molhou o cabelo dela e lavou cada fio lenta e completamente. Correu os dedos pelas mechas grossas, uma por uma, até cada parte estar limpa. Então inclinou a cabeça para trás e enxaguou para que a água com sabão não caísse nos olhos dela.

Repetidamente, a água quente se derramava pelos ombros dela até ele, enfim, estar satisfeito com o trabalho feito.

– Me dê sua mão.

Ela escorregou os dedos pelos dele e ele a pôs de pé. A água correu pelo corpo dela, deixando-a lisa e brilhante na luz baixa. Nervosa, ela aguardou enquanto o olhar a varreu de cima a baixo, esquentando cada centímetro que percorria.

Os olhos de Alaric brilharam quando ele baixou a cabeça. Ela prendeu a respiração quando sua boca pairou precariamente sobre o seio dela. Então ele puxou o mamilo dela e sugou forte a ponta.

Os joelhos de Keeley vacilaram e ela teria caído para trás na banheira, porém ele a segurou pela cintura e a puxou contra ele, a boca ainda firme em volta do mamilo.

– Estou te molhando todo – ela ofegou.

– Não me importo.

Ele foi para o outro seio e lambeu. Passou pelo ponto sensível, causando arrepios de prazer pela espinha dela.

Ela estava fascinada pela imagem que eles formavam. Seus corpos unidos no brilho quente da lareira, a boca dele em seu seio e sua pele brilhando por estar molhada. Era o sonho romântico que ela tivera. Ele era seu guerreiro. Embora ela o tivesse salvado no início, ele salvava cada um de seus dias.

Seu guerreiro. Seu amor.

– Me ame, Alaric – ela sussurrou.

– Vou fazer isso, moça. Vou fazer. Hoje você é minha. É minha refém para fazer o que eu achar que deve. Nunca se sentirá mais cuidada e amada do que nesta noite.

Ele saiu por um segundo e retornou com uma toalha para secar. Assim que ela saiu da banheira, ele a envolveu com a toalha e a guiou até o fogo.

Com cuidado, tirou o excesso de água do cabelo dela até estar apenas úmido contra suas costas. Então pegou o pente e começou a desembaraçar, pacientemente, os nós do cabelo.

Nunca ninguém tinha cuidado assim dela. Era uma sensação maravilhosa. Ela se sentia importante. Como se fosse senhora do castelo e amada por seu laird.

Ele pressionou os lábios atrás da cabeça dela e os manteve ali por bastante tempo.

– Hoje à noite você vai obedecer a cada comando meu. Sim, vou cuidar de cada necessidade sua porque é meu desejo. Mas, esta noite, você é minha e irá ceder aos meus desejos.

As mãos de Alaric subiam e desciam pelos braços de Keeley, e a boca se moveu para a lateral do pescoço dela.

– Acha que pode concordar em não me dizer não?

O interior dela se contraiu insuportavelmente e ela estava respirando tão rápido que ficara tonta. O poder e a sensualidade da voz dele a excitavam além da conta. Ele não sabia que ela nunca lhe negaria nada?

Ela assentiu, sem conseguir falar uma única palavra, com o nó na garganta.

Ele virou a cabeça dela para que seus olhares se encontrassem. Os olhos dele queimaram os dela e sua expressão estava feroz, cada centímetro do guerreiro que ele era estava estampado.

– As palavras, Keeley. Quero ouvir as palavras de você.

– Sim, eu concordo – ela sussurrou.

Capítulo 26

Alaric ergueu Keeley nos braços e foi para a cama. A toalha com a qual envolvera o corpo dela se soltou e caiu no chão, deixando-a nua. Ele a colocou no colchão e deu um passo para trás, sem tirar os olhos dela.

Ela se sentiu intensamente vulnerável e engoliu com uma excitação nervosa à medida que ele começava a se despir devagar.

Os braços e ombros dele estavam tensos e latejantes, com o abdome duro esticado por seus músculos unidos firmemente. Os dedos dela ansiavam para trilhar linhas retas e explorar cada lugar rígido do corpo dele.

– Abra as pernas para mim, Keeley. Deixe-me olhar sua maciez feminina.

Ruborizando, ela relaxou as pernas e, lentamente, as separou. Alaric se abaixou e circulou seus tornozelos com os dedos, depois subiu até seus calcanhares estarem cravados no colchão e seus joelhos, dobrados.

A posição a deixava completamente exposta para ele. Deixava-a aberta e ansiosa por seu toque.

Ele se ajoelhou ao lado da cama e correu um dedo por suas pétalas úmidas, parando na entrada antes de enfiar delicadamente.

Ela arfou e arqueou os quadris, querendo mais. Ele saiu e abaixou a boca.

Ela prendeu a respiração até sua mente ficar enevoada. Cada parte de seu corpo se enrijecia com a ansiedade do toque dos lábios dele.

Mas não foram os lábios dele que a tocaram. Ele lambeu de sua entrada até a protuberância contraída e tensa abrigada pela camada de pele no topo.

Ela deu um gritinho e seu corpo se contorceu. Ele agarrou suas coxas e as segurou no lugar enquanto continuava a lambê-la. A aspereza da língua dele enviava ondas indescritíveis de prazer pela barriga dela e subia pelos seios, onde os mamilos se endureciam dolorosamente.

De forma gentil, ele sugou o pequeno monte e, então, passou a língua por ele, deixando-o mais enrijecido.

Era simplesmente demais. O corpo dela se estilhaçou. Era como se ela fosse folhas se espalhando em uma ventania. Depois de tanta pressão e tensão insuportável, de repente, ela estava tão leve que flutuava, descendo em um espiral delicado.

Desorientada pela intensidade de seu alívio, ela ergueu a cabeça.

– Alaric? – ela sussurrou.

Mas ele não respondeu. Em vez disso, virou-a delicadamente de barriga para baixo e passou uma mão em suas costas. Para sua surpresa, ele amarrou uma faixa de tecido no punho dela e, então, puxou seu outro braço para amarrar os dois punhos juntos.

Ela sentiu um frio na barriga e seus joelhos tremiam descontroladamente.

Quando ele terminou, testou o nó, e estava firme. Quando a colocou de joelhos com a bochecha descansando contra o colchão e a bunda alta no ar, suas mãos estavam amarradas seguramente às costas.

Ao se levantar, a mão dele acariciou a curva da bunda dela. Então ele espalmou as mãos nas duas nádegas e as ergueu para que ela ficasse aberta para ele.

– Eu te machuquei assim quando você era quase virgem. Hoje só vou te dar prazer.

Uma mão a deixou e ela sentiu os nós dos dedos dele enquanto posicionava o membro na abertura dela. Ele empurrou e sua grossura a preencheu, esticando-a ao redor de seu mastro.

Ela gemeu baixinho. Era uma sensação maravilhosa à medida que ele se forçava a ir mais fundo. Seu corpo se uniu firmemente ao dele e estremeceu ao seu redor. Quando ele tirou, sua pele inchada protestou contra o movimento e, molhada, apertou o pau dele.

– Doeu? – ele perguntou.

– Não – ela sussurrou.

Ele estocou nela, mais forte agora. Ela nunca tinha se sentido tão esticada, tão preenchida. Depois de ele se certificar de que podia continuar, começou a cavalgá-la mais vigorosamente.

Ele se esticou e segurou os punhos amarrados dela. Segurando-a firme, puxou-a para trás enquanto a penetrava.

O som das coxas dele batendo contra a bunda dela preencheu o ar. Por mais gentil que ele tivesse sido antes, agora ele a tomava grosseiramente, ajustando o ritmo para agradar a si mesmo.

Mais rápido e mais forte e, depois, ele parou, se enterrando profundamente nela. Ela estava arreganhada e sem defesa contra o que quer que ele quisesse fazer. Só aumentava a excitação dela. Ela rebolou impaciente, porém ele a segurou parada enquanto permanecia alojado nela.

Então, ele saiu e investiu de novo. Mais devagar e metódico desta vez. Estava no controle, suas estocadas eram medidas. Fortes. Profundas. Repetidamente, ele recuava e, então, enfiava até ela implorar para ele lhe dar alívio. Ela precisava de mais. Precisava que ele se movesse rápido e forte para providenciar a fricção.

– Eu não te disse que você me obedecerá hoje? – ele perguntou malicioso. – Sou eu que dito os comandos, Keeley. Você não dirá nada além de "sim" para o que eu pedir.

Ela apertou os olhos fechados e cerrou os dentes com agonia conforme ele estocou com investidas particularmente poderosas, como se reforçasse suas palavras. Sim, ele estava no controle. Ela não tinha nenhum.

Keeley teve que morder o lábio para não protestar quando ele saiu do aperto de seu corpo. Ele a colocou de pé e a segurou até equilibrá-la. Então, segurou os ombros dela e a colocou de joelhos no chão.

O membro dele estava enormemente ereto, duro e distendido a apenas centímetros do rosto dela. Brilhava com umidade e a pele estava esticada pela cabeça grande.

– Abra a boca, Keeley.

Ele enfiou uma mão no cabelo dela e agarrou sua nuca, ao mesmo tempo, segurou a base do pau com a outra mão e o guiou para os lábios abertos dela.

A boca de Keeley se esticou ao redor do perímetro inchado dele e ele se aprofundou. Primeiro, ela teve dificuldade para acomodá-lo, mas ele foi paciente, dando-lhe tempo para se adaptar e respirar pelo nariz.

Querendo agradá-lo, ela chupou mais, porém ele puxou o cabelo dela a fim de impedir a ação.

– Não, só fique parada – ele murmurou.

Segurando a cabeça dela com as mãos, ele começou a estocar em sua boca. Devagar, primeiro. Deslizava pela língua dela e pelo fundo de sua garganta. Quando ela relaxou mais, ele ficou mais exigente, aprofundando-se e se mantendo ali antes de recuar para que ela pudesse respirar.

Os únicos sons que ela podia ouvir eram de chupadas molhadas, conforme ele entrava e saía de sua boca, e a respiração irregular dele.

Ele gemeu quando uma pequena quantidade de líquido derramou na língua dela. Salgado e picante. Ela se preparou para mais, mas Alaric se retirou bruscamente da boca de Keeley e massageou com rapidez seu membro com a mão.

Espirrou sêmen quente no peito dela. Ele segurou seu pescoço e inclinou sua cabeça para trás conforme direcionava mais sobre seus seios. Os dedos dele agarraram sua nuca e ele gemeu enquanto trabalhava no resquício de gozo na pele dela.

Ele ficou ali, com a respiração arfante enquanto ela estava ajoelhada diante dele, tentando respirar também. Ela nunca imaginou algo assim entre um homem e uma mulher. Invocava uma resposta profunda e primitiva em seu ser. Ela se sentia possuída pelo guerreiro. A possessão de ele fazer o que desejasse. Ela nunca desejou tanto que algo fosse verdadeiro.

Ele se inclinou e beijou o topo da cabeça dela, depois a ajudou a se levantar. Ele a levou para a tigela de água e, com delicadeza, limpou o sêmen do corpo dela.

Ele se lavou e ela pôde ver que ele ainda estava rigidamente ereto. Ela não tinha muito conhecimento sobre essas coisas, mas tinha certeza de que não poderia ser normal.

Deixando as mãos dela amarradas às costas, ele a deitou na cama, onde empilhou travesseiros ao lado. Então simplesmente a ajeitou até ela estar deitada nos travesseiros, de barriga para baixo, com as pernas abertas e os pés apoiados no chão.

Desta vez, quando escorregou por trás dela, não tinha a mesma urgência de antes. Era quase como se estivesse saciado e pudesse ser mais paciente agora.

Ele empurrava para a frente e recuava, adotando um ritmo lento e regular, quase como se a explorasse. Apertava a bunda dela com as duas mãos e massageava à medida que seu pau desaparecia no corpo dela.

Agiu até o corpo dela começar a responder. Logo, ela arqueou para cima a fim de tomá-lo e se arrepiou com ansiedade, seu ventre contraído com uma necessidade desesperada. Ela ofegou e curvou os dedos, cerrando os punhos nas amarras.

Então ele alcançou entre os travesseiros e seu corpo e os dedos encontraram o ponto sensível entre as pernas dela. Ele acariciou e massageou até ela ficar selvagem com necessidade de alívio. Mesmo assim, ele continuava sua investida incansável, nunca desviando do ritmo regular com que começara.

Ela estava quase choramingando com a necessidade. Seu corpo estava muito apertado. A pressão era dolorosa.

Ainda assim, ele enfiava e tirava, infinitamente paciente.

Seus dedos acariciavam gentilmente a pele dela até ela finalmente estar tensa como uma corda de arco totalmente esticada. E, então, toda a tensão se esvaiu em uma onda enorme de prazer dormente e primoroso.

A visão dela embaçou. Ela gritou o nome dele repetidamente até poder ouvir seus próprios soluços. Onda após onda, parecendo eterno até ela se derreter nos travesseiros que a seguravam.

Ela perdeu a consciência ao flutuar em alguma nuvem distante. Por muitos minutos, não compreendia a sua volta ou que ele continuava a estocar nela.

Gradativamente, ela percebeu a batida da pele uma contra a outra e viu que ele ainda estava dentro dela, cavalgando-a bruscamente.

Ela não tinha força para fazer mais do que ficar deitada enquanto ele dirigia seu corpo. Inacreditavelmente, ela sentiu as agitações mais profundas em seu cerne conforme ele continuava a estocar.

Ele estava menos paciente agora. Agarrou seus quadris, cravando os dedos na pele dela. Ele socava, agora parecendo determinado a criar o fogo dentro dela mais uma vez.

Era mais direto, mais rápido e mais intenso desta vez. Sussurrou o nome dela. Então se inclinou para a frente, com os quadris batendo na bunda dela com uma força dolorosa.

– Você é minha – ele anunciou. – Minha. Você pertence a mim. Nenhum homem vai te comer como eu fiz esta noite.

O calor correu pelo sangue dela, acumulando-se em sua pélvis. Não, nenhum homem a reivindicaria da maneira como Alaric McCabe fez.

Ela cedeu à maré que crescia. Keeley se rendeu. Não queria mais nada a não ser pertencer àquele homem. Estremeceu com a agonia de seu alívio e abriu seu corpo completamente para recebê-lo.

Ele saiu dela, a recuada foi quase dolorosa em sua pele inchada e sensível. Então ela sentiu a semente dele contra suas costas enquanto ele se deitava nela, o peito arfando com o empenho.

Alaric beijou a nuca de Keeley e sussurrou palavras que ela mal conseguia ouvir.

Por um bom tempo, ele ficou deitado nela, com o membro pulsando contra sua pele. Então, devagar, ele se levantou e desamarrou seus braços. Segurou cada um e massageou as mãos dela até todos os arrepios desaparecerem.

– Fique aqui – ele disse ao sair da cama.

Ele retornou um instante depois com um pano quente e, gentilmente, limpou os resquícios de sua paixão das costas e da bunda dela. Quando terminou, virou-a e a pegou nos braços.

– Nunca agi assim com uma mulher – ele admitiu ao acariciar o cabelo dela. – É algo primitivo dentro de mim que rosna para reivindicá-la, para fazê-la minha e para marcá-la para sempre de algum jeito.

Ela sorriu e se aninhou nele. Estava deliciosamente dolorida e satisfeita.

– Eu gosto que me marque. Nunca sonhei que existisse algo assim entre um homem e uma mulher.

– Nem eu – Alaric disse, lamentando. – Você me inspira, moça.

Ela riu e bocejou. Alaric beijou sua testa e a puxou para ainda mais perto dele.

– O que faremos, Alaric? – ela sussurrou. – Era para ter sido apenas uma noite.

Ele correu os dedos pelo cabelo dela e apoiou a face em sua testa.

– Vivemos um dia de cada vez e saboreamos cada momento juntos. Quando a hora de dizer adeus chegar, teremos essas noites para nos lembrar da paixão feroz que houve entre nós.

Capítulo 27

Keeley estava convencida de que o nascimento do filho de Mairin não era um evento abençoado apenas no Clã McCabe, mas no paraíso também. Em janeiro, quando o inverno normalmente era avassalador, um clima que só poderia ser considerado mediano se firmou quinze dias antes da hora de Lady McCabe.

Era como se todas as Terras Altas esperassem com a respiração presa pela chegada do herdeiro de Neamh Álainn.

Oh, com certeza ainda estava frio, mas a neve não caía há semanas, e o vento não uivava. O sol parecia brilhar mais forte pelo curto período do dia que aparecia, e as noites não eram tão escuras.

Mairin estava ficando cada vez mais impaciente. À noite, Keeley se juntava com Maddie, Bertha e Christina, e elas se dividiam a fim de entreter Mairin e impedir que sua mente focasse na chegada iminente do bebê.

Até Ewan se juntava e passava a maior parte da noite sentado com a esposa diante da lareira no grande salão. Foi uma época relaxante, e Keeley se sentia cada vez mais parte do Clã McCabe.

Embora ela e Alaric fossem cuidadosos a fim de manter o mínimo contato quando em público, suas noites eram passadas entre as paredes e porta fechada do quarto dela.

Ele vinha até ela tarde da noite, assim que todos se deitavam, e fazia amor docemente com ela até os raios do crepúsculo aparecerem no céu.

Depois de ela ter ficado doente, não tentara afastá-lo. Estava sem forças. Oh, ela sabia que o tempo deles estava chegando ao fim, e pensar nisso insinuava uma dor aguda nas profundezas de sua alma, mas não se arrependeu nem por um segundo por ficar com ele. Era uma alegria que carregaria consigo mesma por todos os dias de sua vida.

Naquela manhã, eles ficaram na cama mais tempo do que o normal. Era típico que Alaric voltasse em silêncio para o quarto antes de o restante do castelo acordar, porém, naquele dia, ficaram deitados e ele traçava linhas para cima e para baixo pelo braço dela enquanto ela estava aconchegada em seu peito.

– Preciso me levantar – ele sussurrou antes de pressionar os lábios na têmpora dela.

– É, precisa.

Ele permaneceu parado.

– Acho cada vez mais difícil, conforme passam os dias, sair de seus braços.

Ela fechou os olhos para diminuir a dor e o apertou mais forte. Esperava que ele ficasse cansado dela depois de algumas noites. Havia se conformado em ter o que ele oferecia e não dizer uma palavra quando ele deixava sua cama. Mas, com o passar das semanas, ele visitara sua cama com maior frequência, até se tornar um lugar-comum passar toda noite com ela.

– Vai treinar hoje? – ela perguntou baixinho.

Ele grunhiu.

– Sim. E o dia todo. É importante não engordar e não ficar preguiçoso no inverno. Com a hora de Mairin se aproximando, a chance de ataque aumenta a cada dia.

Ela suspirou.

– Isso não é jeito de se viver. Pobre Mairin.

Eles descansaram em silêncio por muitos minutos antes de Alaric se virar e capturar seus lábios em um beijo carnal e faminto. Isso a pegou de surpresa e, antes de ela conseguir reagir, ele rolou, encaixando-se entre as pernas dela.

Não houve gentileza. Onde, antes, havia infinita paciência e ternura, agora ele estava agitado e exigente. Lembrou-a da noite quando ele exigiu sua total obediência e a tomou repetidamente.

O mastro dele escorregou por sua entrada e entrou fundo. Ela arfou pelo preenchimento total e seus olhos se arregalaram com o olhar selvagem dele. Ele estava feroz. Um predador caçando sua presa.

Abaixando os braços, ele segurou a parte de trás das pernas dela e as ergueu, enterrando-se completamente nela.

Os dedos dela agarraram os ombros dele, as unhas cravaram enquanto ele se movia sobre ela, seu corpo cobrindo totalmente o dela.

A respiração dele saía dura, o som era explosivo nos ouvidos dela.

– Eu nunca vou me cansar de você. Digo a mim mesmo que é só mais uma vez. Só mais uma. E nunca é suficiente. Nunca será o suficiente.

O coração dela amoleceu com a dor na voz dele. Ela passara muito tempo em seu próprio desespero e medo de quando se separassem; não considerara que ele também estivesse cheio de arrependimento.

Ela alcançou o rosto dele, segurando forte sua mandíbula antes de puxá-lo para baixo até sua boca estar a centímetros da dela. Ela traçou as linhas de seu maxilar, descendo para a boca e o queixo.

– Eu te amo – ela sussurrou. – Eu disse para mim mesma que não dificultaria, que não falaria essas palavras. Mas é mais difícil, para mim, terminar sem dizê-las. Preciso dá-las a você.

Ele parou de respirar e a angústia inundou seus olhos. Ficou parado dentro dela e olhando para ela com tanta emoção que as lágrimas pinicaram os olhos de Keeley. Quando ele começou a abrir a boca, ela pressionou um dedo em seus lábios.

– Não diga nada. Não precisa. Eu sinto você inteiro dentro de mim, me rodeando. Carregarei você comigo para onde eu for. Não diga coisas proibidas entre nós. Deixe ficar apenas como meu pecado.

Ele a apertou contra si e rolou até ela ficar por cima. Beijou-a descontrolado, boca, bochecha, olhos, e voltou ao queixo.

Ambos se tomaram desesperadamente, alimentando-se, como se estivessem morrendo de fome, amando-se como se fosse a última hora juntos. Ela não sabia o que incentivava a urgência, mas não lutou contra ela.

– Cavalgue em mim – ele sussurrou. – Me tome. Me faça seu, moça. Deixe-me segurá-la nos braços e assistir a você voar. Não há visão mais linda.

Engolindo o nó em sua garganta, ela pressionou as mãos contra o peito dele e começou a se mover sobre ele, sensualmente, observando cada expressão sua enquanto ela o tomava profundamente em seu corpo.

Os olhos dele brilharam e ficaram meio abertos, enevoados com desejo, e seus lábios se curvaram em um sorriso satisfeito.

Sim, ele era dela. Seu guerreiro. Ninguém nunca tiraria isso dela. Outra mulher poderia carregar seu nome e seus filhos, mas ela seria dona do coração dele assim como ele era dono do dela.

A força do corpo de Alaric deixava Keeley maravilhada. Cada ondulação e contração de seus músculos, o peito enorme e a superfície dura de sua barriga. Ele era todo masculino, todo duro e todo lindo.

Ela se levantou e, depois, abaixou a cabeça para lamber o peito dele. Ele ficou tenso e prendeu a respiração quando ela mordiscou um caminho até seu pescoço. Mordia brincando e, então, afundou os dentes na coluna espessa abaixo da orelha dele.

Com um gemido, ele a abraçou e a puxou para baixo, erguendo os quadris e se aprofundando em sua maciez.

– Eu te amo. Eu te amo.

Era como uma oração nos lábios dela, uma música das profundezas de sua alma. Lágrimas surgiam e escorriam pelo seu rosto enquanto ela o abraçava mais.

Os braços dele escorregavam pelo corpo dela como barras de aço. Eles se seguravam firme à medida que a tempestade crescia ao redor. O alívio dela, quando veio, foi doce e gentil, não a corrente tumultuosa que fora tantas vezes antes.

Agridoce e doloroso, inundou seu corpo, contraindo até ela se desmanchar em um milhão de pedacinhos.

Conforme ela se abaixava, tomou consciência de que ele acariciava suas costas, os dedos correndo por seu cabelo ao murmurar baixinho em seu ouvido.

Ficou deitada em cima dele por bastante tempo, aninhada em seus braços, enquanto ele continuava a lhe fazer carinho. Ela sabia que estava tarde. Muito mais tarde do que eles arriscaram antes. Ele teria que ir logo.

Como se seguisse seus pensamentos, Alaric se enrijeceu debaixo dela. Segurou-a e rolou até ele estar por cima de novo, ainda enterrado profundamente no corpo dela.

Ele olhou para ela, seus olhos sérios e escuros.

– Eu também te amo, Keeley. Já que não posso te dar mais nada, deixe que eu te dê essas palavras.

Ela mordeu a parte interna do lábio para impedir que mais lágrimas escorressem pelo rosto. Em vez disso, ela o beijou, só um beijo de amor e respeito nos lábios dele.

– Você deve ir agora – ela sussurrou. – Antes que nos descubram.

– É. Fique aqui um pouco e descanse. Se Mairin precisar de você, mando alguém chamá-la. Até lá, aproveite o descanso.

Ela sorriu e puxou as peles para cima quando ele saiu de seu corpo e se levantou da cama. Ele se vestiu em silêncio e saiu do quarto, parando na porta para um olhar longo e caloroso na direção dela.

Foi só um tempo depois de ele ter saído do quarto que ela percebeu que ele derramara um pouco de sua semente dentro dela.

Ela fechou os olhos, com esperança e pavor ao mesmo tempo. Não queria um filho para carregar sempre o conceito de bastardo, mas, ao mesmo tempo, sabia que, se ficasse grávida, seria o único filho que teria.

Ela se virou de lado e puxou as cobertas, apertando-as entre os seios.

– Não sei o que fazer – ela sussurrou chorosa. – Eu o amo. Eu o quero. Quero filhos dele e, ainda assim, todas essas coisas são proibidas para mim.

Ela fechou os olhos e permitiu que as lágrimas quentes desaparecessem nas cobertas. Prometeu a si mesma que não iria chorar. Que seria corajosa quando precisasse. Mas, cada vez mais, ela sabia que estava se enganando. Porque, quando chegasse a hora de Alaric se casar com outra, ela ficaria destruída.

Capítulo 28

Keeley se vestiu sem pressa. Não estava ansiosa para descer as escadas e deixar que a névoa de sonhos que a rodeava evaporasse assim que ela voltasse para a realidade.

Cantarolava baixinho para si mesma enquanto trançava o cabelo, depois esticou as peles na cama. Após dar a última batidinha no travesseiro, ela se virou e saiu do quarto.

Estava bem tarde, e ela se permitiu bocejar luxuriosamente ao descer as escadas. Era um bom dia para ficar dentro do castelo e aproveitar a companhia das outras mulheres. Mairin estava ficando cada vez mais inquieta à medida que os dias passavam.

Ela estava a três degraus do fim da escada quando o barulho do salão chegou aos seus ouvidos. Franzindo o cenho, ela apoiou a mão na parede e xeretou para ver o que estava acontecendo.

– Laird McDonald se aproxima de nossos portões – disse o arauto diante de Ewan.

Keeley arfou e vacilou ao descer os degraus restantes. Ficou tensa enquanto olhava para o outro lado do salão, onde Alaric estava com seus irmãos recebendo a notícia.

– Traz sua filha e pede que o recebam com boa-fé.

Ewan assentiu para o mensageiro.

– Sim, diga a ele que pode passar. Vou recebê-lo no pátio.

Ele se virou e gritou várias ordens. As criadas se espalharam por todas as direções ao começarem a preparar a mesa para o refresco.

Keeley olhava paralisada para Alaric, sentindo como se o mundo estivesse se abrindo aos seus pés. Então ele olhou para cima e flagrou o olhar dela.

O olhar dele era primitivo e expressava todo o turbilhão que acontecia dentro dela.

Ela tinha que ser forte. Tinha que ser uma pessoa melhor. Tinha que ser capaz de ficar firme, como se não se importasse com o mundo. Ela não era nada disso. Não conseguiria encarar sua amiga de infância ou o homem que a atacara. Não conseguiria encarar a mulher que se casaria com o homem que amava.

Cobrindo a boca a fim de conter o choro que se acumulava, ela se virou e subiu correndo as escadas.

Alaric viu Keeley voltar correndo para cima e se virou, sem ter certeza de que não iria atrás dela.

– O que McDonald está fazendo aqui? – ele cochichou. – Não era para ele vir até a primavera se aproximar, depois do nascimento do bebê de Mairin.

– Não sei – Ewan disse severo. – Pretendo descobrir. É possível que também tenha recebido uma carta de nosso rei. Ficaria ansioso para obedecer à sua ordem.

Alaric passou uma mão pelo cabelo. A corda estava se apertando em seu pescoço. Talvez ele estivesse vivendo na negação de sua realidade. Deixou de lado os pensamentos sobre seu casamento com Rionna, satisfeito por saborear cada noite nos braços de Keeley.

Agora... Agora seu futuro estava sobre ele, e Keeley fazia parte de seu passado.

– É melhor acabar com isso – Ewan murmurou.

Ele se encolheu com a empatia na voz de Ewan e o desgosto no rosto de Caelen. Alaric endireitou a postura e esqueceu sua angústia.

– Vamos recebê-lo – ele disse baixinho.

Ewan pegou a mão de Mairin e a puxou para seu abraço.

– Espere aqui, docinho, onde está quente e confortável. Peça às mulheres que te ajudem a colocar os pés para cima.

Ele passou a mão na barriga dela e a beijou uma última vez antes de se virar para Alaric.

Mairin franziu o cenho, infeliz, na direção de Alaric, quando ele e os irmãos saíram do salão a fim de receber os McDonald.

Durante o caminho, Alaric se perguntou como poderia fingir não detestar o desgraçado. Como ele ficaria diante do homem, ficaria com ele e seu clã, prometeria cuidar de sua filha e assumiria o manto da liderança quando McDonald saísse de cena?

Queria cuspir em seu olho e enfiar uma espada nele. Que tipo de homem atacava uma garota que mal começara a ser fértil? Que deixaria que ela carregasse a culpa por sua luxúria e fosse expulsa de seu clã por uma esposa ciumenta?

Ele não conseguia continuar pensando nisso porque sua fúria se acumulava a cada respiração.

– Suavize sua expressão – Caelen murmurou. – Você parece um assassino.

– O que ele fez com Keeley é vergonhoso.

As sobrancelhas de Caelen se uniram. Os irmãos pararam logo antes da abertura do portão para aguardar a aproximação dos cavaleiros McDonald.

– Do que está falando? – Caelen perguntou.

Alaric balançou a cabeça.

– Não é da sua conta.

– Mesmo assim, gostaria de saber que tipo de homem ele é antes de me aliar cegamente a ele – Caelen argumentou.

– Não é com ele que vai se aliar – Ewan se intrometeu. – É com seu irmão, pois ele será laird. – Ele olhava diretamente para Alaric enquanto falava. – Sei que se importa com Keeley, mas muita coisa depende dessa aliança. Recomponha-se para que não seja declarada uma guerra.

Ewan deu um passo à frente enquanto os cavaleiros McDonald apareciam na colina ao longe. Quando Alaric ia fazer o mesmo, Caelen o pegou pelo braço e o puxou de volta.

– Do que está falando?

As narinas de Alaric inflaram e ele apertou os lábios.

– Ele a molestou quando ela era só uma garota. Sua esposa os pegou antes de ele poder estuprá-la, mas a xingou de prostituta e a fez ser expulsa do clã. Ela está sozinha desde essa época.

Caelen ficou quieto. Sua mandíbula se contraiu, porém ele não disse nada, olhava para a frente em direção aos cavaleiros que se aproximavam.

Alaric respirou fundo quando McDonald e sua filha chegaram lado a lado. Ela foi a primeira a descer da sela, e ele ergueu uma sobrancelha quando viu que ela estava vestida com trajes masculinos. Era escandaloso uma mulher se vestir daquele jeito e, mesmo assim, não parecia que ela se importava com isso.

Ela encontrou o olhar dele, seus olhos dourados brilhando na luz do sol.

Gregor McDonald desmontou com um grunhido e pressionou os lábios com desprazer ao se aproximar da filha.

– Ewan – ele cumprimentou com um aceno de cabeça.

– Gregor – Ewan respondeu.

– Você conheceu minha filha. Dê uma boa olhada na mulher com quem vai se casar, Alaric. – Gregor apontou na direção de Alaric.

– Rionna – Alaric disse ao curvar a cabeça respeitosamente.

Rionna ofereceu uma cortesia esquisita em resposta, depois olhou para onde Caelen e Ewan estavam.

Sabendo que era esperado que ele cortejasse a moça enquanto ela estivesse ali – não, até se casarem –, ele lhe estendeu a mão.

Por um instante, ela o olhou de volta com uma confusão genuína antes de suas bochechas se ruborizarem e ela dar a mão para ele. Ele a puxou para seus lábios e passou-os por seus dedos.

– É um prazer, milady.

Ela limpou a garganta e puxou a mão de volta, com óbvio desconforto.

– Minha esposa está ansiosa para vê-la de novo, Rionna – Ewan disse. – Ela espera lá dentro. Sua hora está perto e ela está descansando, mas queria que eu repassasse o desejo que tem que você vá até lá quando puder.

– Obrigada. Estou ansiosa para vê-la de novo – Rionna disse baixinho. Ela olhou desconfortavelmente para Alaric novamente antes de passar por ele em direção à entrada do castelo.

Ewan se virou para Gregor assim que Rionna desapareceu. Estava parado, com os braços cruzados ao encarar o homem mais velho.

– Não avisou de sua chegada. Achei que viesse quando a primavera se aproximasse, depois que Mairin tivesse nosso bebê.

Gregor teve a graça de parecer desconcertado pela brusquidão de Ewan.

– Com a melhora do tempo, fez sentido fazer nossa jornada mais cedo. Era possível que, se o tempo piorasse, não conseguíssemos viajar até a primavera, e eu desejava selar nossa aliança na primeira oportunidade.

Ele suspirou e olhou inquieto para Ewan.

– Ouvi boatos de que Cameron está reunindo homens e que se aliou a Malcolm. David não tem força para ganhar a guerra contra o poder combinado de Malcolm *e* Cameron. Se Cameron voltar sua atenção para minhas terras ou para os clãs vizinhos, não conseguiremos conter sua força. Uma aliança é a única chance de derrotá-lo.

É verdade, Ewan, que todos das Terras Altas esperam ansiosamente pelo herdeiro de Neamh Álainn. Essa espera está no coração de nossa fortaleza. Com os McCabe no controle, formamos uma muralha impenetrável que mesmo Cameron será incapaz de derrotar.

Alaric ouvia as palavras do laird com o coração afundado. Tudo isso era verdade. Seu casamento com Rionna era crucial, não apenas selaria uma aliança entre os McDonald e os McCabe, mas faria com que os clãs vizinhos se aliassem. Clãs que, do contrário, teriam medo de desafiar Cameron – ou escolheriam o lado errado da batalha pelo trono.

– Então você veio porque quer que o casamento aconteça logo.

Gregor assentiu.

– Assim que puder ser arranjado.

– Rionna está de acordo com isso? – Ewan perguntou.

Gregor franziu os lábios.

– Ela é minha filha. Sabe seus deveres. Vai concordar.

Ewan lançou um olhar demorado para Alaric, quase como se alcançasse o interior da cabeça do irmão e pegasse os pensamentos dele. Alaric detestava aquele olhar. Detestava saber que o irmão tinha pena dele.

– Está disposto, Alaric? – Ewan perguntou baixinho.

Alaric engoliu. Nas laterais, seus dedos se curvavam lentamente em bolas apertadas. Então ele olhou para seu futuro sogro – o homem que ele substituiria na posição de laird.

Foram as palavras mais difíceis que ele já dissera, mas seu irmão, seu rei, Mairin, seu clã... todos dependiam dele.

Então ele disse as palavras que tirariam a mulher que ele amava da vida dele.

– Sim. Estou disposto.

Capítulo 29

– Não consigo encará-la.

Keeley se virou para olhar para fora da janela, ignorando o frio que pairava em seu quarto.

Maddie suspirou, andou até Keeley e a abraçou.

– Sei que é doloroso para você, moça. Mas não há nada a ganhar se escondendo. Cedo ou tarde, terá que aparecer. Mairin terá o bebê a qualquer dia agora. Você não pode perder isso.

– Já era ruim o suficiente tê-la chamado de amiga uma vez, mas agora devo ficar de lado e vendo-a se casar com Alaric. E tem o Laird McDonald. – Ela estremeceu e fechou os olhos. – Como posso olhar para ele depois do que fez?

Maddie segurou seu braço e a virou.

– Venha se sentar, moça. Quero conversar com você.

Arrasada, Keeley seguiu Maddie para a cama e se sentou na beirada. A mulher mais velha se acomodou ao lado dela e pegou sua mão.

– Você não fez nada errado. Não tem por que se envergonhar. O pecado é do laird e ele responderá a Deus por isso no fim.

– Eu não deveria estar aqui – Keeley disse com um gemido. – Que confusão. Eu me entreguei para um homem que não posso ter. O homem que vai se casar com uma mulher que eu costumava chamar de irmã. E, mesmo assim, estou aqui sentada brava com ela e com seu pai. Não sou inocente quando se vê dessa forma.

Maddie abraçou Keeley e a embalou para frente e para trás.

– É verdade que está em uma situação difícil. Não discordo disso. Mas precisa saber que o Laird McCabe não permitirá que nada de mal aconteça a você. Alaric também não. Você está segura. Laird McDonald não pode te machucar e, na verdade, moça, provavelmente ele fingirá que não a conhece.

– Sei que está certa – Keeley disse. – Só estou com medo.

Maddie passou a mão pelo cabelo de Keeley.

– Pronto, pronto, moça. Não a culpo por estar com medo, mas você tem todos os McCabe para te proteger. Se realmente ama Alaric, facilite o quanto puder para ele. Não deixe que ele veja como está magoada. Só vai piorar o fardo dele.

Keeley se afastou e secou as lágrimas dos olhos.

– É claro que tem razão. Estou agindo como uma criança mimada.

Maddie sorriu.

– Está agindo como uma mulher apaixonada que sabe que vai perder. Eu diria que está agindo de maneira normal.

Keeley lhe enviou um sorriso choroso.

– Serei corajosa amanhã. Prometo. Mas hoje só quero ficar aqui em cima.

– Parece justo para mim. Vou avisar Mairin sobre isso. Ela entenderá. Preocupa-se com você.

– Me chame se ela precisar de mim. Irei imediatamente.

Maddie assentiu e se levantou da beirada da cama.

Keeley deitou de costas, encarando o teto. Naquela manhã, ela estava deitada com Alaric naquela cama e lhe dissera que o amava. E ele também lhe dissera que a amava.

Lágrimas desceram pelo rosto dela. O último dia deles não era para ter sido assim. Era para eles terem sido avisados da chegada dos McDonald, então teriam tempo para se despedir. Uma última vez juntos. Mais uma noite nos braços um do outro.

Ela fechou os olhos quando as lágrimas escorreram mais rapidamente.

– Eu te amo – ela sussurrou. – Sempre vou te amar.

Mairin McCabe se mexeu no banco duro pela centésima vez e se esforçou valentemente para controlar o bocejo que ameaçava abrir sua boca. Seu marido ouvia educadamente enquanto Gregor McDonald recontava suas histórias de valor, também pela centésima vez, mas o foco de Mairin estava em Alaric e Rionna.

O casal não dissera mais do que algumas palavras durante todo o jantar. Mairin estava preocupada por Alaric estar tão distraído, e Rionna parecia perfeitamente satisfeita por seu futuro marido não falar nada.

Nas poucas vezes que Mairin tentou conversar com Rionna, encontrou o silêncio teimoso. Ela sabia que a garota era mais amigável, pelo menos quando estavam só as mulheres. Rionna já a visitara uma vez e as mulheres se deram muito bem juntas.

Alaric só parecia... infeliz. Oh, ele disfarçava bem, e ninguém mais poderia dizer que ele era qualquer coisa a não ser o guerreiro. Mairin o conhecia bem. Alaric não era tão frio quanto Caelen e não tendia a ser bravo como Ewan. Podiam sempre contar com ele para falar algo quando o silêncio pairava, e ele era uma pessoa bem sociável. Naquela noite, ele estava quieto como uma rocha, brincando com sua comida, como se não tivesse apetite.

Keeley estava ausente, obviamente, mas Mairin não poderia culpá-la. Era suficiente ter que ver o homem que amava cortejar outra mulher, porém as circunstâncias da partida de Keeley do Clã McDonald eram o bastante para manterem-na isolada.

Não havia nada que Mairin quisesse mais do que ir até o Laird McDonald e bater com um prato em sua cabeça. Se ela achasse que poderia se mover rápido o suficiente para passar por Ewan, talvez tentasse fazer isso.

– Você está quase caindo do banco – Ewan disse em sussurro. – O que há de errado? Não está se sentindo bem?

Ela olhou para os olhos preocupados – e incomodados – do marido.

– Estou me preparando para me retirar. Gostaria de subir. Fique e continue suas conversas com o Laird McDonald.

Ewan franziu o cenho.

– Não, vou subir com você. Vai dar um tempo para Alaric conversar com o laird... e Rionna, se ele quiser.

Sem esperar que ela respondesse, Ewan se virou para o Laird McDonald e, discretamente, interrompeu a conversa.

– Se nos dá licença, minha esposa quer se retirar. Ela se cansa facilmente esses dias e não gosto que ela suba para o nosso quarto sem mim.

Mairin não conseguiu controlar o olhar de desgosto quando os olhos do Laird McDonald brilharam lascivamente.

– Sim, eu entendo. Se eu tivesse uma esposa tão formosa quanto a sua, ela não iria se retirar sem mim também.

Mairin estremeceu. Pobre Keeley. Deve ter sido horrível para ela quando era apenas uma garota. O homem era um safado. E comia demais. Gertie não se esquecera do homem da última vez que visitara o castelo McCabe. Seus estoques não estavam tão cheios como agora, e o laird comera quase tudo que tinha.

– Venha, docinho – Ewan murmurou ao ajudá-la a se levantar.

Era verdade que ela estava exausta, mas, até aí, estava exausta a maioria dos dias. Havia hora que ela pensava que iria carregar aquele filho pela eternidade. A criança estava particularmente ativa naquela noite. Ela e Ewan deitariam na cama e, em silêncio, sentiriam os chutes e os movimentos.

Ela parou na metade das escadas, já sem fôlego. Ewan a estabilizou e esperou até que ela conseguisse continuar.

– Juro que parece que ficarei grávida para sempre – ela reclamou quando Ewan a levou para o quarto.

Ewan sorriu e a ajudou com as roupas.

– Não vai demorar agora. Pense em como será emocionante finalmente segurar nosso filho ou nossa filha.

Mairin suspirou.

– Eu sei.

Assim que vestiu a camisola, Mairin afundou-se na beirada da cama. Do outro lado do quarto, Ewan se despiu e ela pôde sentir seu olhar sobre ela quando ele voltou à cama.

Ele se sentou ao lado dela.

– O que foi, Mairin? Você parece preocupada. É o bebê que a preocupa?

Ela sorriu tristemente e se virou para olhar para ele.

– Não, tenho total fé em Keeley.

– Então por que está tão infeliz?

– É a Keeley. E Alaric – ela soltou.

Ewan suspirou e começou a se afastar, mas Mairin pegou o braço dele.

– Eles estão infelizes, Ewan. Não pode fazer nada?

Ewan fez careta e tocou o rosto de Mairin em um gesto tranquilizador.

– Não há nada que eu possa fazer, docinho. Muita coisa depende dessa aliança. Alaric é um homem crescido. Ele toma as próprias decisões.

Ela bufou irritada.

– Mas ele teria tomado essa decisão se nosso clã não precisasse tanto dessa aliança? Ele é um bom homem. Faria qualquer coisa por você. Pelo clã.

– Ele tem a chance de ser laird – Ewan comentou. – Uma chance que nunca terá se permanecer aqui. É uma oportunidade tão importante quanto a necessidade que temos de fazer essa aliança.

– Realmente precisamos tanto dos McDonald? – ela perguntou incrédula. Não parecia lógico o fato de eles precisarem tanto de um clã mais fraco com o poder que os McCabe tinham.

– É preciso mais do que o poder de luta – Ewan disse delicadamente. – É questão de política. O rei quer essa união. Melhor nem falar sobre isso, mas nós dois tememos que o McDonald pudesse se aliar a Cameron e isso seria desastroso, porque ele é tudo o que está entre as terras McCabe e Neamh Álainn.

Mairin franziu o nariz.

– Então é mais uma ação estratégica do que uma necessidade da força dele?

Ewan assentiu.

– Além disso, há ainda alguns clãs que temem o poder de Cameron e não se aliam a nenhum lado por medo da retaliação que Cameron e Malcolm farão caso saiam vitoriosos pelo trono e pelo controle das Terras Altas. Precisamos parecer uma força invencível. É um ciclo que nunca acaba. Para atrair outros para nossa causa, devemos ter alianças de muitos clãs.

Mairin suspirou.

– É um negócio podre. Quero que Alaric e Keeley sejam felizes.

Ewan a puxou para seus braços.

– Não há como saber que Alaric não será feliz com a união. Rionna é uma moça bonita. Ela lhe dará filhos e filhas fortes.

– Mas e Keeley? – Mairin sussurrou.

– Ela ficará aqui conosco, abrigada pelo Clã McCabe. Há muitos homens que se achariam afortunados por se casar com uma moça como a Keeley.

– Você faz parecer tão simples. Pensaria a mesma coisa se fosse proibido de se casar comigo?

Ewan se afastou com uma careta.

– Não há nenhuma força na Terra ou no céu que me mantivesse longe de você.

– É, e eu te amo por isso. Talvez eu ache que Alaric também esteja disposto a isso por Keeley – ela disse baixinho.

Capítulo 30

Keeley estava acordada ao amanhecer, observando melancolicamente a paisagem. A neve tinha derretido quase que por completo durante um calor inesperado, bem incomum para o mês de janeiro. Ela não dormira a noite anterior e seus olhos estavam cansados e doloridos.

O conselho de Maddie fora de grande valor. Keeley precisava ouvir a sabedoria da outra mulher. Não adiantaria nada se esconder em seu quarto. Ela não era mais a garotinha amedrontada que viveria sozinha sem o apoio de seu clã.

Tinha os McCabe agora. Tinha família. E amigos. Amigos bons e leais. Rionna e seu pai não poderiam machucá-la.

Mesmo se isso a matasse, ela sorriria no casamento de Alaric. Ela se despediria com todo amor no coração, mas sem chorar. Sem luto. Algumas coisas eram particulares. Por mais que ela quisesse gritar o amor por Alaric para todos ouvirem, era melhor manter seu coração onde nada pudesse ser usado contra ele.

Sentindo-se parcialmente melhor depois de sua noite inteira de choro, ela lavou o rosto e penteou o cabelo. Então respirou fundo e saiu do quarto para descer. Não tinha mesmo ideia do que faria naquele dia. Nas últimas semanas, ela e as outras mulheres do castelo se reuniam para fazer companhia para Mairin no salão. Com os McDonald de hóspedes, as mulheres provavelmente providenciariam um lugar mais silencioso para a visita deles.

Logo, ficou óbvio para Keeley que a maioria do clã ainda estava dormindo após uma noite longa entretendo os McDonald. O castelo estava coberto pelo silêncio.

Seria uma oportunidade maravilhosa para andar pelo pátio pelo menos, já que o laird proibiu qualquer um de se aventurar para mais longe.

Ela parou na cozinha a fim de visitar Gertie e perguntar se havia alguma erva da qual ela precisava para preparar a comida. Gertie fez uma careta e gesticulou para ela sair, resmungando algo sobre ser interrompida quando estava tentando pensar.

Com um sorriso, Keeley saiu para o pátio. Um frio repentino a encontrou assim que pisou do lado de fora, porém ela o recebeu bem na pele. Inspirou fundo e fechou os olhos. O ar parecia mais limpo e fresco no inverno. O gelo preencheu seus pulmões e, quando ela expirou, a respiração saiu em uma nuvem de fumaça.

Rindo como uma criança, ela fez a curva no castelo e se aventurou pela lateral. O lago estava à sua esquerda, e tão parado que lembrava um espelho. O sol oscilava pela superfície, fazendo com que ela se lembrasse de um escudo na batalha.

Ela estava tão envolvida em sua vista do lago que não reparou na pessoa vindo em sua direção até ouvir seu nome.

– Keeley? Keeley McDonald, é você?

Keeley se virou, e seu coração pulou para a boca. Rionna estava parada a apenas alguns metros, com a expressão indignada.

– Sim, sou eu – Keeley respondeu com voz baixa. Deu um passo hesitante para trás.

A dor tomou conta do rosto de Rionna. Seus olhos dourados ficaram confusos e o brilho até então presente se tornou opaco.

– Pensei que estivesse morta. Quando me disseram que tinha ido embora, eu procurei. Esperei. Mas, quando não retornou, pensei que estivesse *morta*.

O rosto de Keeley estampou sua confusão.

– Com quem você falou? Estou bem, como pode ver.

– Com as mulheres e os homens que mandava para sua cabana a fim de se certificar de seu bem-estar. Como chegou aqui? O que está fazendo nas terras McCabe? Há meses não é vista em sua cabana.

Keeley olhava com cautela para a outra mulher, em dúvida de como responder.

– Sou bem-vinda aqui.

Um espasmo de dor passou pelo rosto de Rionna. Um homem McDonald apareceu ao longe e gritou o nome de Rionna.

– O laird está te procurando. Quer sua presença no desjejum.

Rionna cerrou as mãos. Olhou de volta para Keeley e, então, para o homem de seu pai.

– Tenho que ir. Vejo você mais tarde. Tenho muito para falar com você.

Sem mais explicação, Rionna se virou e correu de volta para o castelo. Keeley a observou ir, seu estômago estava revirado. Suas emoções eram uma massa de incerteza. Parte dela queria jogar os braços em volta de Rionna e abraçá-la. Dizer o quanto sentia falta da sua amiga de infância e como ela ficara bonita.

A outra parte queria exigir uma explicação. A mágoa que ela pensara ter enterrado há muito tempo borbulhou para a superfície. Talvez ela nunca conseguisse esquecer ou perdoar ter sido forçada a sair da única vida e proteção que ela conhecia.

Suspirou e se voltou para o lago. Andou até a beirada e observou, admirada, as águas cristalinas. Ela amava a água. Absorvia o humor e os caprichos da natureza e os lançava na superfície para todos verem. Isso era libertador. Não fingir. Não se esconder. Só um reflexo do que fervilhava logo abaixo da superfície.

Ela não sabia por quanto tempo ficara ali. Olhando para o lago, perdida em pensamentos e com a dor constante no coração.

– Está um dia muito frio para uma moça ficar do lado de fora por todo o tempo que você ficou – Gannon disse gentilmente.

Ela se virou, assustada pela presença do guerreiro. Não o ouvira se aproximar, mas estava muito absorta em seus pensamentos.

Ela sorriu triste.

– É verdade que não percebi o frio.

– É pior ainda, então, porque não percebe quando fica muito frio.

Ela queria perguntar a ele se Alaric o mandou, mas se recusava a dizer seu nome. Jurara permanecer indiferente, mesmo se isso a matasse.

– Está um dia lindo – ela disse, continuando a conversa. – A neve quase sumiu. Geralmente não é tão quente nesta época do ano.

– É, mas ainda está frio demais para uma moça como a senhorita ficar aqui fora sozinha sem roupas apropriadas.

Keeley suspirou e lançou outro olhar para a água. A calmaria a tranquilizava. Dava-lhe paz quando seu interior estava um turbilhão. Se apenas pudesse envolvê-la nela como uma capa. Uma armadura de aço que ninguém conseguisse furar.

– Você sabe que os McDonald eram meu clã.

As palavras mal saíram, ditas de forma impetuosa. Ela não fazia ideia do porquê as dissera. Gannon nem era uma pessoa com a qual podia desabafar. O guerreiro provavelmente preferia ter seu braço arrancado do que ouvir o desabafo de uma mulher.

– É, eu sei – ele comentou.

Havia um tom diferente na voz dele que ela não conseguia definir muito bem.

– Não são mais.

Gannon assentiu.

– Não. Você é uma McCabe agora.

Ela sorriu com isso. Não conseguiu evitar. Preencheu-a com tanto calor que ela precisou se conter para não abraçá-lo e apertá-lo com toda sua força.

Os olhos dela ficaram marejados e ele a olhou com tanto horror que ela teve de rir.

– Obrigada por dizer isso. Eu precisava ouvir isso nesta manhã. Eu estava... Eu estava despreparada para a chegada deles.

– Não há motivo para chorar – ele disse grosseiramente. – Um McCabe não chora. Eles mantêm a cabeça erguida e não permitem que outros pisem neles.

Dessa vez, a tentação foi muito grande. Ela jogou os braços em volta dele, fazendo-o cambalear para trás quando o atingiu no peito.

– O que...?

Ele a segurou para que ambos não caíssem e ficou paralisado como uma pedra enquanto ela o apertava. Então ele suspirou.

– Com você e a Lady McCabe, juro que o Clã McCabe está se tornando uma manteiga derretida.

Keeley sorriu contra ele. Havia aspereza em sua voz, mas também afeição verdadeira. Ela se afastou e sorriu entre as lágrimas.

– Você gosta de mim.

Ele fez careta.

– Não disse nada desse tipo.

– Admita. Você gosta de mim.

Sua careta se aprofundou.

– Você deveria voltar para dentro do castelo agora.

– Obrigada, Gannon. Eu não estava me sentindo muito bem hoje. – Ela olhou para cima de novo e ficou tentada a abraçá-lo mais uma vez, mas ele pareceu perceber sua intenção e, rapidamente, deu um passo para trás. Ela sorriu de novo. – Acho que gosto muito mais do meu novo clã. Os McCabe reconhecem a importância de lealdade e família.

Ele pareceu ofendido.

– É claro que reconhecemos. Não há clã mais leal do que os McCabe e não há melhor laird do que o nosso.

– Estou muito feliz por estar aqui – ela disse baixinho quando eles se viraram para voltar ao castelo.

Gannon hesitou por um breve momento e, então, olhou de lado para ela.

– Também estou feliz que esteja aqui, Keeley McCabe.

Capítulo 31

Confortada pela escolta de Gannon, Keeley entrou no salão mas tomou cuidado para não olhar para Rionna nem para seu pai. Gannon a levou a um assento ao lado de Mairin e, depois, se sentou do outro lado de Keeley.

Ela lhe deu um sorriso grato ao mesmo tempo que Mairin apertava sua mão debaixo da mesa.

Ela se recusou a olhar para Alaric, que estava sentado a algumas cadeiras entre Rionna e o Laird McDonald. Em vez disso, focou em Mairin e Christina, que estava sentada à sua frente ao lado de Cormac.

O nervosismo estava lhe fazendo passar mal. Seu estômago estava cheio de nós. Com certeza, Rionna tinha contado ao pai sobre sua presença. Ele a chamaria de prostituta na frente do Clã McCabe? E o que Rionna poderia ter para dizer a ela?

Ela comeu em silêncio, assentindo quando Mairin falava. Em certo ponto, Gannon se inclinou e disse:

– Você acabou de dizer que *sim* quando Lady McCabe perguntou se pensava que ela ainda ficaria grávida por meses.

Keeley fechou os olhos e venceu o desejo de bater na testa com o próprio punho. Então se virou para Mairin, com o pedido de perdão nos olhos.

– Sinto muito.

Mairin sorriu e balançou a cabeça.

– Eu só estava brincando com você. Sabia que não estava prestando atenção porque assentia que *sim* para tudo. – Então ela se aproximou. – Está quase acabando. Ninguém nunca saberá que você está tão constrangida.

Keeley sorriu agradecida para ela, porém, quando virou de volta, viu o Laird McDonald encarando-a. Suas sobrancelhas estavam unidas e ela pôde ver o instante em que ele a reconheceu. Seus olhos se arregalaram e ele olhou para onde Rionna estava sentada, com a testa franzida. Então olhou de volta para Keeley, mas não era raiva nem surpresa que queimava em seu olhar.

Era desejo, e isso assustava Keeley mais do que se ele se levantasse e gritasse *prostituta*.

Ela não conseguia olhar para ele sem se lembrar do quanto se sentiu indefesa anos antes quando tinha certeza de que seria estuprada.

A vontade de sair da mesa e fugir era tão grande que ela estava quase em pé antes de perceber que estava permitindo que algo que acontecera há muito tempo a afetasse.

Por mais rápido que o pânico e o medo corressem pelo sistema dela, deixando-a fraca e trêmula, a raiva se intrometeu em suas veias. Ela relaxou na cadeira e desfez os punhos cerrados.

Não era mais aquela garotinha. Era uma mulher crescida e tinha seus meios de defesa. O laird não encontraria um alvo indefeso agora.

– Você não está sozinha – Gannon murmurou.

Ela não iria envergonhar nenhum deles ao derramar lágrimas, mas ainda percebeu que seu olhar estava um pouco marejado ao olhar para ele.

– Não, não estou sozinha. Não mais.

Ele sorriu.

– Se tiver terminado, vou acompanhá-la até lá em cima e ao seu quarto.

Keeley suspirou de alívio. Não que o laird ou mesmo Rionna pudessem correr atrás dela até seu quarto sem causar uma cena, mas, ainda assim, ela estava com medo de ser o centro das atenções ao pedir licença.

– Obrigada. Seria bom me retirar cedo para meu quarto.

Mairin, que estava ouvindo, inclinou-se para a frente e tocou o braço de Keeley.

– É, Keeley, por que não sobe?

Keeley se levantou o mais discretamente possível, porém, apesar de seu esforço para não chamar atenção, a mesa silenciou no mesmo instante e todos os olhos apontavam em sua direção.

Rionna, Alaric e o Laird McDonald a encaravam, mas com sentimentos variados. A preocupação transbordava o olhar de Alaric e se intensificou quando Gannon colocou o braço para ajudar Keeley. Rionna olhou para ela com algo que beirava sofrimento, e o laird a encarava com ávido interesse, seu olhar rastejando sobre ela até ela estar visivelmente trêmula.

– Venha – Gannon disse em tom baixo.

Keeley se virou e Gannon a guiou em direção à escada. Eles subiram em silêncio e, quando chegaram ao quarto dela, Gannon aguardou educadamente enquanto ela abria a porta.

– Estarei aqui fora se precisar – ele disse quando ela entrou.

Ela se virou, com o rosto franzido, e analisou o guerreiro.

– Seu dever é para com o laird e seus irmãos.

– É, isso é verdade. No entanto, é você que parece precisar mais de mim neste momento.

Demorou um segundo para Keeley perceber que Gannon deveria ter ficado sabendo do ataque do Laird McDonald. O calor inundou suas bochechas e ela olhou para baixo, sem ser capaz de encontrar o olhar do guerreiro.

– Obrigada – ela disse baixinho.

Antes que ele pudesse responder, ela fechou a porta e se apoiou contra ela.

Era um dilema terrível. Ela queria que Rionna e o laird saíssem das terras McCabe assim que possível, entretanto, quando fossem embora, Alaric viajaria com eles como o novo marido de Rionna.

Com um suspiro, ela começou a se despir e subiu na cama. Ficou deitada por bastante tempo, observando as chamas se apagando na lareira. Será que Alaric estava pensando nela agora ou estava se familiarizando com sua futura noiva?

Keeley acordou e se levantou de repente, seu coração batendo tão rápido que era doloroso. Sua porta estava aberta e, por um instante, seu pesadelo voltou e tudo o que ela podia ver era o Laird McDonald parado ali, olhando-a de forma provocativa.

– Keeley, sou eu, Ewan. Preciso que se apresse. Chegou a hora de Mairin.

Ela piscou para espantar o medo e, gradativamente, Ewan apareceu em sua visão. Estava lá parado, emoldurado pela porta, esperando sua resposta.

– Sim, é claro. Já estou indo – ela balbuciou.

Ela desceu desajeitada da cama e pegou sua roupa, depois a segurou contra o peito enquanto esperava que o laird saísse do quarto.

Ela se vestiu rapidamente, quase tropeçando na barra do vestido. Estava prestes a sair correndo do quarto quando parou e bateu as mãos na cabeça.

– Pense, Keeley, pense.

– Posso ajudar? – Gannon perguntou, encostado na parede do lado de fora do quarto de Keeley.

Ela massageou a têmpora dolorida, ainda lutando contra os efeitos de seus sonhos. Era ridículo ter ficado com tanto medo quando o Laird McCabe invadiu seu quarto. Gannon estava do lado de fora. Ele não teria deixado mais ninguém entrar.

Essa lembrança a acalmou, e ela fechou os olhos para respirar fundo.

– Sim, chame Maddie. E Christina. Peça para elas trazerem água e lençóis limpos. Preciso pegar meus suprimentos e já vou para o quarto do laird.

Gannon assentiu e saiu pelo corredor enquanto Keeley voltava ao seu quarto para pegar os suprimentos que esquecera.

Alguns minutos depois, ela se aproximou do quarto do laird e bateu. A porta se abriu e Ewan estava parado diante dela, com a expressão séria.

– Quem é, Ewan? – Mairin gritou. – É a Keeley?

Keeley passou por Ewan e ficou à vista de Mairin. Sorriu, encorajando-a.

– Sim, chegou a hora. Está pronta para ter esse bebê?

Mairin se sentou na cama, com a mão apertando a barriga enorme. Sua camisola estava amontoada ao redor dos joelhos e seu cabelo estava bagunçado. Um pouco do estresse se esvaiu de seus olhos e seus lábios se curvaram em um sorriso.

– Sim, estou cansada de carregar esta criança. Estou pronta para segurá-la nos braços, e não na minha barriga.

Keeley riu.

– Ouço muito isso quando chega a hora da mulher.

Com cuidado, ela esvaziou a saia cheia de suprimentos na penteadeira do laird e, então, voltou para a cama e se sentou na beirada diante de Mairin.

– Quando suas dores começaram? Estão constantes?

Mairin franziu o cenho e olhou para Ewan, com a expressão culpada.

– Começaram esta manhã, mas elas iam e vinham.

Ewan fez careta e expirou.

– Você deveria ter me falado no *instante* em que as dores começaram.

– Não queria passar o dia todo na cama – Mairin murmurou.

– Quando começaram a ficar mais fortes e constantes? – Keeley perguntou. Acariciava a mão de Mairin enquanto falava, para tentar acalmá-la.

– Foi antes do jantar, e elas ficaram mais frequentes desde lá.

– É difícil dizer mais quanto tempo ficará em trabalho de parto – Keeley disse ao se levantar. – Algumas vezes não dura muito, mas outras são como se a criança estivesse determinada a fazer o mundo esperar.

Mairin riu.

– Espero que seja a primeira opção.

A risada dela sumiu e um gemido escapou de seus lábios. Ela se inclinou para a frente e segurou a barriga enquanto seu rosto se crispava de dor.

Ewan se inclinou imediatamente sobre ela, suas mãos dançando pelo corpo dela.

– Mairin, está tudo bem? Está com muita dor? – Então olhou para Keeley. – O que posso fazer? Como posso ajudá-la?

Era óbvio, para Keeley, que o laird iria deixar todos loucos se permanecesse ali. Ela colocou uma mão no braço de Mairin ao se levantar e disse:

– Voltarei em um instante.

Ela correu para o salão, onde encontrou Gannon.

– Preciso que chame Caelen ou Alaric. Diga a eles para virem buscar o laird e levá-lo para baixo. Dê uma cerveja a ele ou algo que acalme seus nervos.

Gannon riu.

– Em outras palavras, tire-o de perto de você e da Lady McCabe.

Keeley sorriu.

– Exatamente. Vou chamá-lo quando chegar a hora de o bebê nascer.

Quando Gannon desapareceu, Keeley voltou para Mairin e mal tinha se sentado quando Maddie e Christina entraram com os itens que pedira. Mairin pareceu extremamente aliviada em ver as outras mulheres, e um pouco da tensão desapareceu de seu rosto.

– Pelo que parece, ainda vai demorar um pouco, moça – Maddie disse para Mairin.

Mairin fez careta.

Ewan tinha um olhar exausto e perdido ao observar todas as mulheres. Era óbvio que ele estava indeciso entre fugir para salvar sua vida e ficar como apoio para a esposa. Foi salvo de tomar essa decisão quando Caelen e Alaric chegaram.

Houve uma breve discussão antes de Mairin expulsar Ewan e dizer a ele para deixá-la sozinha. Caelen e Alaric pegaram Ewan pelo braço e o arrastaram para fora do quarto.

Na porta, Alaric parou e olhou de volta para Keeley. Seus lábios se ergueram em um sorriso discreto e ela fez o mesmo. Então os três irmãos desapareceram. Gannon colocou a cabeça para dentro e a abaixou na direção de Mairin.

– Se precisar de alguma coisa, estarei aqui fora na porta.

Mairin sorriu.

– Obrigada, Gannon. – Então seu rosto imediatamente se contraiu de dor e ela grunhiu enquanto Gannon saía rapidinho.

– Ah, agora, assim está melhor – Maddie declarou com um sorriso satisfeito. – O quarto do parto não é lugar para homem. Eles são infantis quando o assunto é dor de mulher.

Christina riu e Mairin assentiu, concordando.

– Ewan quer ficar aqui. É importante para ele – Mairin disse baixinho.

– Vou me certificar de que ele esteja. Disse a Gannon para falar para os outros não o deixarem beber muito – Keeley zombou. – Você ainda tem um tempo. É melhor ficar confortável e ter o mínimo de estresse possível.

Por algumas horas, as mulheres conversaram e brincaram com Mairin. Elas a acalmavam durante as dores, secavam sua testa e lhe ofereciam conforto.

– Jesus, está quente aqui – Mairin reclamou enquanto Christina secava o suor de sua testa pela décima vez.

– Na verdade, está até um pouco frio – Maddie argumentou. – Você não vai querer que o bebê fique com frio quando for tirado do calor de sua mãe.

– Acho que é hora de tirar sua camisola e deitá-la – Keeley disse. – Suas dores estão ficando mais frequentes e vou precisar verificar se o bebê está posicionado corretamente.

– E se ele não estiver? – Mairin perguntou ansiosa.

– Não há nada com que se preocupar – Keeley a tranquilizou.

Elas ajudaram Mairin a se despir e, então, deixaram-na confortável em lençóis limpos. Mairin era magra, mas seus quadris não eram estreitos, para o alívio de Keeley. Se o bebê não fosse extremamente grande, ela não teria dificuldade em parir.

Meia hora depois, as dores estavam bem constantes e Keeley olhou para cima de onde estava entre as pernas de Mairin.

– Vá chamar o laird – ela disse baixinho. – Está quase na hora.

Christina arregalou os olhos.

– Eu vou – ela exclamou, e estava fora do quarto antes que Maddie ou Keeley pudessem responder.

Nem um minuto mais tarde, o laird invadiu o quarto, e seu olhar focou em Mairin. Ele se ajoelhou ao lado da cama e pegou a mão dela.

– Você está bem, docinho? – ele perguntou ansioso. – Dói muito?

– Não, não dói nada – Mairin disse entre os dentes cerrados. – Dói como os fogos do inferno!

– Estou vendo a cabeça! – Keeley exclamou. – Na próxima contração, quero que inspire, segure e depois empurre. Não muito forte, só um empurrão firme e regular.

Mairin assentiu e apertou mais forte a mão de Ewan.

– Oh! – Mairin começou.

– É, isso – Keeley encorajou.

Quando Mairin soltou a respiração e desabou na cama, Keeley olhou para cima.

– Descanse agora e espere a próxima. Fará a mesma coisa de novo.

– Isso é insano – Ewan murmurou. – Por que o bebê não saiu ainda?

Maddie revirou os olhos.

– Típico do homem. Ele aparece e espera que esteja tudo pronto.

Pelos próximos minutos, Mairin e Keeley trabalharam juntas. Ela respirava quando Keeley mandava e empurrava quando era instruída. A cabeça saiu e escorregou nas mãos de Keeley.

– Isso, Mairin! – Keeley disse empolgada. – Mais um empurrão e acabará.

Mairin se animou e, com Ewan segurando-a, inspirou fundo e fez força para baixo, com os olhos fechados de concentração.

O bebê escorregou nas mãos de Keeley, todo melado, quente e abençoadamente vivo.

– É uma menina! – Keeley exclamou. – Você tem uma filha, Mairin.

Lágrimas se acumularam nos olhos de Mairin, e até os do laird estavam suspeitosamente molhados enquanto ele olhava para sua esposa.

– Uma filha – ele disse rouco.

Keeley começou a cortar e amarrar o cordão umbilical. Então rapidamente limpou o bebê e seu chorinho ecoou pelo quarto silencioso.

Os pais ficaram maravilhados com aquele primeiro som. Encaravam boquiabertos enquanto Keeley enrolava o bebê com cuidado em um cobertor quente e, então, colocava no peito de Mairin.

– Ela é linda – Ewan sussurrou. Beijou a testa suada de Mairin e tirou seu cabelo do rosto. – Tão linda quanto a mãe.

Mairin colocou o bebê perto de seu mamilo e o incentivou até pegar fracamente e começar a sugar.

Lágrimas queimavam os olhos de Keeley enquanto ela assistia à completa veneração nos olhos de Ewan. Ele pegou a esposa e a filha nos braços e as segurou enquanto o bebê era alimentado. Nenhum dos dois conseguia tirar os olhos da delicada menininha nos braços de Mairin.

– Você foi muito bem, moça – Maddie sussurrou enquanto abraçava Keeley. – Nunca vi um parto tão tranquilo.

Keeley sorriu para ela e gesticulou para Maddie ajudá-la a reunir os lençóis com sangue. Elas trabalharam em silêncio, sem querer perturbar o momento carinhoso entre o laird e sua família.

Elas caminharam até a porta quando, de repente, o laird se virou e levantou da cama. Ele se aproximou de Keeley e parou diante dela, com os olhos brilhantes de alívio e alegria.

– Obrigado. Minha esposa é tudo para mim. Eu não aguentaria perdê-la ou a minha filha. Você tem minha gratidão eterna e é um débito que nunca conseguirei te pagar.

Keeley sorriu.

– Voltarei para ver como ela está daqui a pouco.

Ewan assentiu e rapidamente voltou para o lado da esposa.

Quando Keeley e Maddie chegaram ao corredor, Caelen, Alaric e Gannon se desencostaram da parede para encarar as mulheres.

– Acabou? – Caelen perguntou.

Keeley assentiu.

– O laird tem uma filha.

Alaric sorriu.

– Uma filha. Que apropriado. Ela vai enlouquecê-lo assim como a mãe.

Gannon riu.

– Sem mencionar o resto de nós.

– E Mairin? Está tudo bem com ela? – Caelen perguntou.

Keeley ergueu uma sobrancelha.

– Olha só, Caelen, agora acredito que você tenha um coração. Sim, Mairin está bem. Ewan está com as duas agora, e pensei em lhes dar um pouco de privacidade.

Caelen fez careta e murmurou algo baixinho, porém Keeley viu alívio em seus olhos.

– Se nos derem licença, precisamos ir lá embaixo limpar tudo, e eu gostaria de um pouco de ar fresco – Keeley disse.

Sem esperar uma resposta, ela passou pelos homens e desceu as escadas, com Maddie atrás.

– Me dê os lençóis – Maddie mandou quando elas entraram no salão. – Vá tomar seu ar fresco. Foi uma noite exaustiva para você.

Keeley não discutiu e seguiu para o pátio, ansiosa para sentir o frio no rosto. Ela fechou os olhos assim que o vento frio a atingiu. Exausta, ela se sentou nos degraus. Partos sempre a assustavam. Muitas mulheres morriam ao tentar dar à luz, e Keeley estava determinada a que isso não acontecesse com Mairin, embora ela não precisasse ter se preocupado. Foi um dos partos mais fáceis que já fizera. Mesmo assim, o alívio era tanto dentro dela que seus joelhos estavam bambos.

Então ela ficou sentada ali, respirando fundo e regularmente.

– Keeley, está tudo bem?

Ela virou a cabeça e viu Alaric parado nas sombras. Seu coração bateu mais rápido enquanto ela olhava para ele. Era engraçado, já que não fazia muito tempo que o vira, mas ela ainda o absorvia como uma planta ressecada absorvia a chuva.

– Sim, tudo bem – ela murmurou.

Ele deu um passo à frente, mas parou a uma distância respeitável dela.

– Keeley, eu...

Ela se levantou, movida pelo desconforto na voz dele. Aproximou-se e colocou um dedo em seus lábios.

– Não, não diga – ela sussurrou. – Eu sempre soube de nosso destino... e o meu. O seu é nobre. Não deveria se arrepender. Você será importante, Alaric. Você será um grande laird. Tenho orgulho de ter te chamado de meu mesmo que por um curto período de tempo.

Alaric tocou o rosto dela e, depois, se inclinou devagar e deu um beijo carinhoso em seus lábios. Tão doce e rápido. Breve. Mas ela sentiu na alma.

– Você também é importante, Keeley McCabe – ele sussurrou. – Meu clã está melhor com você.

Ela se inclinou em seu beijo, encostando a testa à dele. Fechou os olhos, saboreando o doce contato. Ela respirou, permitindo que ele desabafasse seu cansaço e a mágoa.

Então ela se afastou e endureceu contra a dor em seu coração.

– Preciso ir agora. Preciso ver se Mairin e o bebê precisam de alguma coisa.

Alaric tirou o cabelo dela do rosto e segurou sua face.

– Eu te amo. Lembre-se sempre.

Keeley cobriu a mão dele com a dela e sorriu dolorosamente para Alaric.

– Vou me lembrar, sim.

Lentamente, ele se afastou e deu um passo para trás a fim de que ela pudesse passar por ele e entrar no castelo. Ela foi sem olhar para trás, mas sentiu a umidade em sua face antes de subir o primeiro degrau.

Capítulo 32

O Laird McCabe ficou no topo das escadas que davam para o pátio, com o pacotinho minúsculo que era sua filha em seus braços enormes.

– Minha filha! – ele proclamou e a segurou para o alto.

O clã reunido rugiu sua aprovação. Espadas foram erguidas, escudos batidos e uma torcida ressoante ecoou por toda a propriedade.

Ewan a segurou no colo de novo, e sua expressão era tão carinhosa e orgulhosa que Keeley mal conseguia engolir o nó em sua garganta. Maddie sorriu largamente ao lado de Keeley e apertou sua mão.

– É um dia maravilhoso para o Clã McCabe.

A mulher mais velha secou os olhos e fungou barulhenta até mesmo enquanto gritava alto em comemoração.

O calor tomou o corpo de Keeley ao perceber que a alegria do clã era dela. Fazia parte do Clã McCabe agora. O triunfo deles era o seu triunfo.

Com certeza, não havia melhor sentimento. Aceitação. Ela *pertencia* a algo.

Conforme os aplausos pararam e Ewan retornou para dentro com o bebê, os homens do clã voltaram aos seus deveres. Maddie se retirou para a cozinha e Keeley voltou para dentro, com a intenção de verificar o bem-estar de Mairin.

Ela cantarolava para si mesma ao subir as escadas. O corredor estava vazio, uma surpresa, já que Gannon se tornara um acessório permanente do lado de fora dos quartos. Parecia que ele mudara seu dever. Era um grande conforto para Keeley. Acostumara-se com o guerreiro bruto e gostava de sua companhia.

Ela não tinha dado mais do que dois passos quando uma mão apareceu, agarrou seu punho e ela se viu sendo puxada para um dos quartos.

Antes que ela pudesse gritar, se defender ou até processar o que acontecera, seus lábios foram assolados por um beijo brutal. A porta do quarto bateu atrás dela, e suas costas encostaram nela com força suficiente para tirar seu fôlego.

Por meio de seus sentidos confusos, ela reconheceu uma coisa: estava acontecendo de novo, só que, desta vez, não havia esforço para seduzir uma garotinha inexperiente. O Laird McDonald não se importava se a machucaria ou não ou se ela queria.

Assim que seus lábios deixaram os dela, ela abriu a boca para gritar só para ter a mão dele cobrindo-a com uma força dolorosa.

– Não pude acreditar em meu olhos quando te vi aqui – ele arfou. – Foi o destino. Sempre soube que pertencia a mim. Esperei anos por esse momento, Keeley. *Anos*. Você não vai me negar desta vez.

Keeley encarava o velho laird com horror. Ele era louco. Maluco! Atacaria Keeley dentro do castelo McCabe?

A mão livre dele foi para o seio dela e o apertou dolorosamente. Ele soltou a mão que cobria a boca de Keeley, mas, antes que ela pudesse respirar para gritar, sua boca cobriu a dela de novo.

Com toda sua força, Keeley deu uma joelhada na virilha do Laird McDonald e, quando ele abaixou as mãos para se curvar em agonia, ela o empurrou forte. Ele tropeçou para trás e caiu sentado.

Ela se virou para abrir a porta, desesperada para ir até o salão. Estava trancada! Ela gritou rouca bem quando o laird a agarrou pelo cabelo e a jogou do outro lado do quarto.

Ela caiu como um saco no chão, toda a respiração tirada dolorosamente de seu peito. Ele parou sobre ela, com os olhos brilhando de raiva. A saliva espumava em seus lábios e suas faces estavam vermelhas com o esforço.

– Sua putinha. Vai pagar pela desobediência.

Os olhos dela se estreitaram enfurecidos, e ela voou nele. Bateu forte e ele cambaleou para trás, com o choque refletido em seu rosto. Na verdade, ele ergueu os braços a fim de afastá-la, porém a raiva dela a impulsionou.

Aquele desgraçado fedido a enojava. Por anos, ela o via como algum demônio do inferno. Maior que a vida. Diabólico. Poderoso. Ela vivera com medo dele, criando em sua mente algo que ele não era.

– Você é um verme patético que abusa de crianças – ela rugiu.

Cerrou o punho e o girou. Seus nós explodiram de dor quando ela os bateu no nariz dele. Voou sangue e a cabeça do laird caiu para trás, e ele colocou a mão no rosto.

Ele berrou com raiva e avançou sobre ela. Ela desviou, mas não a tempo de evitar que ele a acertasse na bochecha. Ela cambaleou e caiu na cama.

– Exatamente onde você pertence – ele cuspiu ao avançar.

Muitas coisas aconteceram de uma vez.

A porta se despedaçou e explodiu para dentro. Os olhos do laird se arregalaram de medo. E, de repente, ele voou para o outro lado do quarto, batendo na parede com um som alto.

Keeley olhou assombrada quando Caelen avançou sobre o laird, com o corpo todo arrepiado de raiva. Ela recuou para trás na cama, erguendo-se para que conseguisse ver o que acontecia.

Caelen ergueu o laird e, então, achatou-o no chão com o punho. Ela nunca tinha visto alguém tão bravo. Se não intervisse, Caelen mataria o outro homem. Não que ela se importasse com seu destino, mas as implicações seriam desastrosas.

Ignorando a dor aguda em sua mandíbula e o choque frio que se arrastava por seu corpo, ela correu na direção a Caelen e se pendurou em seu braço.

– Caelen, você precisa parar!

Caelen jogou o laird no chão e o girou, com a fúria transbordando em seus olhos.

– Você vai protegê-lo?

Ela balançou a cabeça, prestes a chorar.

– Não. Mas deixe-o. Por favor. Pense no que está fazendo. Pense nas implicações.

O olhar dela caiu sobre a forma mole do laird e ela se arrepiou de repulsa. A compreensão a atingiu, seus joelhos falsearam e ela caiu.

Caelen a pegou e a segurou nos braços. Ele saiu do quarto e andou pelo corredor até a porta de Keeley. Sem hesitar, carregou-a para dentro e, delicadamente, a colocou na cama.

– Você quer que eu chame Maddie ou Christina? – ele perguntou baixinho.

Ela balançou a cabeça e colocou a mão na mandíbula dolorida.

– Eu vou matá-lo – Caelen soltou.

Ela balançou a cabeça muda, muito atordoada para fazer mais.

Caelen xingou e se virou.

– Vou chamar Alaric.

Com isso, Keeley voou da cama e segurou Caelen. Ela o puxou para dentro de novo e fechou a porta.

– Não! Você não pode. Caelen, você não deve dizer nada.

Caelen olhou abismado para ela.

– Pense no que vai fazer – ela disse rouca. – Se contar para Alaric, ele ficará furioso. Já está bravo pelo que aconteceu anos atrás. Se disser isso para ele, não há como prever o que ele vai fazer.

– Exatamente! Nenhum homem tolera tal tratamento a uma mulher – Caelen rugiu. – Ele merece morrer. É um insulto que oferece a todos os McCabe. Ewan nunca vai deixá-lo viver.

– É exatamente por isso que não pode dizer nada. Esta aliança é importante para seu... – Ela parou e ergueu o queixo. – É importante para o *meu* clã. O que acha que Alaric faria? Ele não pode arriscar insultar o pai da mulher com quem vai se casar. Alaric vai tomar o lugar como laird do Clã McDonald. Seu destino é importante. Se ele souber o que aconteceu, ficará furioso. Irá revidar.

Caelen passou uma mão pelo cabelo e emitiu um som agudo de irritação.

– Então você não quer que eu faça nada?

A pergunta saiu estrangulada, como se ele estivesse prestes a explodir.

Ela ergueu o olhar, com os olhos transbordando lágrimas. Estava se segurando por um fio e muito perto de se descontrolar. Ela iria rir ou chorar e não tinha certeza de qual seria.

Caelen suspirou e se sentou ao lado dela na cama. Ele hesitou e, depois, com cuidado, colocou os braços em volta dela em um abraço.

– Eu entendo se precisar chorar – ele disse grosseiramente.

Ela enterrou o rosto no peito dele e explodiu em lágrimas. Chorou fazendo barulho enquanto ele batia de um jeito esquisito nas costas dela. Ela chorou até seus olhos incharem e sua cabeça doer de forma desagradável. Depois de um tempo, o choro dela se transformou em soluços dolorosos.

Ela se afastou e limpou o nariz com as costas da mão. Depois começou a rir.

Caelen olhou com cautela para ela e ela não o culpava. Provavelmente, pensava que ela tinha perdido a razão.

– Eu tirei sangue do nariz dele – ela disse.

Caelen sorriu.

– Eu vi. Muito impressionante. Você é uma moça violenta.

– Também dei uma joelhada entre as pernas.

Ele estremeceu, mas assentiu com aprovação.

– Cá entre nós, não acho que ele está mais em forma para abordar mais moças.

– Que bom – ela disse ferozmente. – Já que sei que não podemos matá-lo, eu espero que ele sofra.

Caelen riu.

Ela suspirou e olhou para ele.

– Obrigada. Desculpe ter chorado em você. Sua túnica está molhada.

– É o mínimo que posso fazer depois de tudo que fez por meu clã – ele disse baixinho. – É verdade que não gostava muito de você no começo. Pensei que nada de bom sairia da paixão de Alaric por você. Mas a verdade é que ele é mais afortunado. Mesmo agora, que seria fácil acabar com o futuro casamento dele com Rionna, você pensa somente no clã. É uma mulher e tanto, Keeley McCabe.

Os olhos dela marejaram de novo.

– Oh, precisa parar. Choro quando sou chamada de McCabe.

Caelen colocou o dedo sob o queixo dela e o ergueu.

– Você está bem? Ele te machucou muito?

– Eu o machuquei mais do que ele a mim. Ele me bateu uma vez na mandíbula e está doendo muito, mas foi tudo o que conseguiu fazer.

– Que bom. Agora quer que eu chame alguma das mulheres para você?

Ele parecia tão esperançoso que ela teve que esconder seu sorriso.

– Não. Ficarei bem. Você fez muito bem o trabalho de uma mulher.

Ele fez careta, o que a divertiu mais.

– Estou brincando, mas, com toda seriedade, obrigada. Significou muito para mim você ter vindo me ajudar.

O rosto de Caelen ficou sombrio.

– Me desagrada o fato de você pensar que eu não viria.

Ela se levantou da cama e vacilou quando seus joelhos falharam. Caelen segurou seu braço para equilibrá-la e franziu o cenho seriamente para ela.

– Você deveria ficar na cama. Sofreu um susto terrível.

– Preciso cuidar das necessidades de Mairin e ver como o bebê está passando. Preciso fazer meus deveres, ou vou ficar sentada aqui chorando.

– Assim que cuidar de Mairin, retorne para o quarto e descanse – ele disse severamente. – Se não fizer isso, vou contar para Alaric o que aconteceu.

A careta dela era tão feroz quanto a dele.

– Tudo bem. Vou me retirar depois de ter cuidado de Mairin.

Caelen a observou sair do quarto, percebendo sua marcha desequilibrada. Ela era louca se pensava que ele não contaria a ninguém o que aconteceu. Ewan precisava saber da víbora que estava em seu castelo. Ele faria como ela desejava e não contaria a Alaric só porque ela tinha razão. Não haveria o que acalmasse a raiva do irmão se ele soubesse sobre o ataque de Gregor a Keeley. Seria declarada guerra e tudo pelo que os McCabe trabalharam nos últimos anos seria em vão.

Pela primeira vez, ele sentiu tristeza pela posição em que o irmão estava. Era óbvio que Alaric se importava profundamente com Keeley, e a moça também se importava com ele. O fato de ela não ter aproveitado a oportunidade para arruinar sua união com Rionna ganhou seu profundo respeito.

Não, Alaric não podia saber do que aconteceu, mas Caelen podia se intrometer e ser seu protetor até os McDonald irem embora das terras McCabe. Quanto mais rápido isso acontecesse, melhor. Porque Deus sabia que Caelen não conseguiria olhar para o desgraçado sem ver o rosto banhado de lágrimas de Keeley, e então iria querer matá-lo de novo.

Capítulo 33

– Keeley, o que aconteceu com seu rosto? – Mairin perguntou.

Keeley tocou o lugar dolorido em sua mandíbula.

– Está feio?

Mairin franziu o cenho.

– Há um machucado. Eu não tinha visto até você virar de um jeito específico na luz. O que aconteceu?

– Oh, não é nada – Keeley disse, sorrindo. – Foi meu jeito desastrado. Estou envergonhada, na verdade. Não estava olhando por onde ia. Ainda bem que ninguém testemunhou.

Mairin não pareceu convencida, mas não continuou o assunto.

– Agora, me diga, como está se sentindo?

– Cansada, mas me sinto bem. Um pouco dolorida, mas ansiosa para sair da cama. – Ela olhava como se implorasse para Keeley. – Ewan está quase me deixando louca. Eu disse a ele que inúmeras mulheres saem da cama logo, mas ele se recusa a me ouvir.

Keeley sorriu.

– Não vejo por que um breve período em pé e esticando as pernas seria ruim.

– Eu gostaria de me sentar diante da lareira e amamentar Isabel. Estou cansada de ficar na cama.

– Oh, foi esse nome que deu a ela? É lindo.

O rosto de Mairin brilhou com orgulho e amor ao olhar para baixo para o bebê dormindo em seu peito.

– Sim. Ewan vai anunciar quando o rei chegar.

Keeley engoliu e desviou o olhar, ocupando-se com a organização de coisas que não precisavam ser organizadas.

– O rei chegará logo?

– Sim. Ewan enviou uma carta para ele antes de Isabel nascer. Ele quer estar presente no casamento de Alaric. Esperamos que esse mensageiro chegue a qualquer dia para anunciar sua chegada.

Endurecendo sua expressão, Keeley foi até o bebê.

– Deixe-me colocá-la no berço e, então, eu a ajudo a ir para a cadeira diante da lareira. Gostaria que eu a ajudasse a se lavar e se trocar enquanto estou aqui?

– Oh, isso seria maravilhoso – Mairin suspirou.

Depois de colocar o bebê no berço, Keeley ajudou Mairin a se sentar na beirada da cama. Despiu a outra mulher com eficiência e a ajudou a se lavar. Assim que Mairin estava vestida em uma camisola limpa e cheirosa, Keeley se apoiou e a ajudou a se levantar.

– Não é tão ruim – Mairin disse com triunfo. – Não me sinto nada fraca.

– Esposa, está claro que terei que vigiá-la o tempo todo para ter certeza de que ficará onde deve – Ewan disse da porta.

Keeley pegou a Mairin assustada e, depois, se virou com uma careta para o laird.

– Entre ou saia, mas feche a porta e abaixe a voz. O bebê está dormindo.

Ewan não pareceu feliz por receber ordens, mas obedeceu à Keeley e voltou para ficar a alguns metros de Mairin, com os braços cruzados à frente do peito.

– Oh, pare de ficar aí com essa cara – Keeley disse irritada. – Ajude-a a ir para a cadeira diante do fogo. Ela gostaria de alimentar sua filha com conforto.

– Ela deveria estar na cama descansando – Ewan disse asperamente.

No entanto, ele segurou Mairin gentilmente contra sua lateral e a levou até a cadeira a uma distância curta. Keeley estava inquieta certificando-se de que Mairin estivesse apropriadamente coberta, e então foi pegar o bebê e colocá-lo nos braços de Mairin.

– Pare de ficar com essa cara, marido – Mairin disse, ecoando a ordem de Keeley. – Estou perfeitamente saudável. Se tivesse que passar mais um dia na cama, iria ficar louca.

– Só me preocupo com você – ele disse. – Quero que você e Isabel fiquem fortes e saudáveis.

Mairin sorriu e bateu no braço de Ewan.

– Nós duas estamos perfeitamente bem.

Ewan se sentou na beirada da cama e observou Mairin amamentar Isabel. A expressão dele era levemente abismada e seus olhos brilhavam com amor. Era uma cena de confortar o coração.

– Você quase me fez esquecer o que vim te falar – Ewan a acusou. – Ver você fora da cama me fez perder o foco.

Mairin sorriu.

– Não é frequente você perder o foco, marido.

Ele a olhou fixamente.

– O rei chegará em dois dias. Meu mensageiro o interceptou com as novidades do nascimento de Isabel. Ele está tão feliz em comemorar o casamento de Alaric e selar nossa aliança quanto em conceder o legado de Neamh Álainn para nossa filha.

Keeley congelou, mas continuou a tarefa de coletar os lençóis sujos de Mairin.

– Não posso ainda estar na cama quando o rei chegar – Mairin lamentou.

– Você não vai exagerar – Ewan disse severamente.

– Não vou perder o casamento de Alaric. Não me importo se tiver que me carregar lá para baixo. É ridículo eu ficar presa numa cama por tantos dias.

– Você não deve ter dificuldade em descer por um curto período, contanto que descanse nesse meio-tempo – Keeley se intrometeu.

Ewan lançou um olhar presunçoso a Mairin, que se virou para olhar Keeley.

– Traidora – ela sussurrou.

Uma batida soou na porta do quarto e Ewan se levantou franzindo o cenho. Quando ele abriu, Rionna McDonald estava no corredor. Keeley se enrijeceu e desviou o olhar, embora fosse bobo fazê-lo. Não era como se Rionna não conseguisse vê-la.

– Me perdoe, Laird McCabe – Rionna disse formalmente. – Eu esperava ver Lady McCabe e seu bebê, se estiverem prontas para receber visitantes.

Mairin lançou a Ewan um olhar indefeso e, então, olhou de canto de olho para Keeley, como se pedisse desculpa.

– Estou quase terminando meus afazeres – Keeley disse alto. – Voltarei para vê-la como está mais tarde, milady. – Ela curvou para o Laird McCabe e passou rápido por Rionna.

Rionna esticou o braço para tocar o braço de Keeley.

– Por favor, Keeley. Gostaria de falar com você depois.

Keeley sorriu brilhantemente.

– Não há necessidade. Não há nada para conversar. Soube que o rei chegará em dois dias. Parabéns pelo seu casamento. Tenho certeza de que deve estar ansiosa.

Ela se virou e correu pelo corredor, o olhar perturbador de Rionna a seguiu por todo o caminho.

Alaric girou a espada em um arco amplo e mandou o escudo de seu oponente voando pelo ar. Era o quarto homem que ele despachava em poucos minutos, e se virou, procurando o próximo adversário.

Seus homens estavam a uma distância cautelosa, nenhum deles aceitando o desafio.

Então, Caelen avançou diante dele, balançando sua espada de uma forma casual que era descaradamente zombeteira – e desafiadora.

– Você está querendo uma luta, irmão. Se é a verdade, então estou mais do que disposto a ajudá-lo.

Alaric fez careta.

– Não estou no clima para sua provocação.

Caelen ergueu uma sobrancelha.

– Provocação? Nós dois queremos a mesma coisa. Pare de perder tempo e erga a espada.

Sem parar para pensar por que Caelen estava querendo lutar, Alaric avançou e girou a espada. Caelen desviou facilmente e golpeou com a espada para impedir o ataque de Alaric.

O barulho de metal ressoou pelo pátio e, em questão de segundos, murmúrios empolgados foram ouvidos. Homens McDonald e McCabe se reuniram para formar um círculo ao redor dos dois irmãos.

Primeiro, Alaric foi devagar, andando para um lado e para o outro e medindo seus golpes, mas rapidamente ficou óbvio que Caelen não teria paciência para uma luta simples.

A raiva brilhava nos olhos do irmão e sua mandíbula estava formando uma linha muito tensa a cada golpe da espada.

Com um som selvagem de satisfação, Alaric se envolveu na batalha. Toda a frustração que se acumulara durante as últimas semanas estava fervilhando, e ele descontou em seu irmão mais novo.

Ele não precisava se preocupar. O que quer que tivesse deixado Caelen tão furioso estava abastecendo sua força, e os dois estavam rosnando como gladiadores.

A batalha deles rapidamente se transformou em apostas, conforme os lados foram decididos e gritavam palavras de encorajamento acima do barulho do metal e dos grunhidos altos dos dois oponentes.

À pouca distância, Ewan observava a batalha em silêncio. Ele não tentou intervir. Não era idiota. Seus dois irmãos tinham sangue nos olhos. Ele tinha total fé de que não chegariam a se matar. Se iam se machucar muito era uma questão totalmente diferente. Mas ele não iria entrar na briga e arriscar ter um membro machucado ou um osso quebrado.

Ele não tinha certeza do que estava alimentando a raiva de Caelen. Mas iria descobrir.

Estava tarde e a maior parte do castelo estava definitivamente na cama agora e, mesmo assim, Keeley permanecia deitada em sua cama bem acordada, conforme relembrava os acontecimentos do dia. Estava sendo um período exaustivo e ela não sabia quanto mais conseguiria aguentar a pressão sem desabar.

Ela não soubera de nenhuma discussão envolvendo o Laird McDonald, então só poderia assumir que Caelen mantivera sua palavra e não contara a ninguém sobre o ataque do laird.

Os dedos dela se curvaram formando punhos cerrados e ela teve que se obrigar a relaxar e filtrar a raiva de seu sangue. Ela gostaria de ter o desgraçado morto. Sua única satisfação era de que ele não tinha conseguido o melhor dela, e ela não tinha sido tão paralisada pelo medo, conseguindo até mesmo se defender.

Ela teria pulado pela janela antes de permitir que o Laird McDonald a violasse.

O que ela realmente queria era andar pelo corredor onde o desgraçado havia ficado recluso em seu quarto o dia todo e bater nele de novo.

Uma batida suave na porta de Keeley a fez se sentar ereta na cama. Ela se cobriu e se apressou em responder, preocupada que fosse algo errado com Mairin ou o bebê.

Quando abriu a porta, ficou surpresa em ver Rionna parada ali, com a expressão indecifrável.

– Rionna?

– Keeley – Rionna a cumprimentou baixinho. – Posso entrar?

Keeley agarrou a porta até os nós de seus dedos ficarem brancos. Ela não queria ter essa conversa com Rionna. Não queria nem conversar com a mulher. Era suficiente saber que ela se casaria com Alaric em pouco mais do que um dia.

Mas não conseguiria evitar o inevitável para sempre. Era melhor conversar em particular, onde não poderiam ser ouvidas.

Ela relaxou seu aperto na porta e a abriu mais.

– Sim, entre.

Rionna entrou e Keeley fechou a porta. Keeley andou para se sentar na beirada da cama. Ela não daria vantagem a Rionna permitindo que ela soubesse o quanto estava incomodada com sua visita.

Rionna esfregava as mãos nas calças masculinas que vestia e flexionava os dedos em um gesto nervoso.

– Tenho muita coisa para falar com você, Keeley. Começando pelo fato de eu estar superfeliz por você estar viva e bem. Fiquei com muito medo de que algo terrível tivesse acontecido.

A amargura brotou e, antes que Keeley pudesse se conter, soltou:

– É estranho dizer isso dado como fui expulsa de meu lar e deixada para sobreviver sozinha.

Rionna balançou a cabeça com a dor brilhando em seus olhos dourados.

– Não. Sozinha, não.

Keeley saiu da cama e ficou em pé com as pernas trêmulas.

– Você nem foi me buscar quando sua mãe morreu, e sabia da verdade, Rionna. Você *sabia*.

Rionna baixou a cabeça.

– Sim, eu sabia. Sempre soube. É terrível para uma moça saber disso sobre seu pai. Por que acha que sempre preferi que brincássemos fora do castelo, longe do meu pai? Eu via a forma como ele olhava para você, Keeley. Eu sabia e o desprezava por isso.

Keeley ficou boquiaberta. Ela não conseguia nem responder, de tão chocada que estava pelas palavras de Rionna.

Rionna esticou o braço e tocou o de Keeley.

– Por favor, sente-se e ouça o que tenho para dizer.

Keeley hesitou.

– Por favor – Rionna sussurrou.

Keeley caiu na cama e Rionna se sentou ao seu lado, embora mantivesse uma distância.

Rionna torcia os dedos nervosa diante dela e focava seu olhar na parede oposta.

– Fiquei devastada quando minha mãe a rotulou de prostituta e a expulsou do castelo. Eu *sabia* o que tinha acontecido e fiquei furiosa por ela culpar você. Era uma mulher orgulhosa e teria morrido se alguém soubesse da verdade. Não era desculpa. Fiquei brava com ela até o dia em que morreu por não ter te protegido como faria comigo. Sempre pensei...

Rionna respirou fundo e fechou os olhos.

– Sempre pensei no que ela teria feito se tivesse sido *eu*. Ela teria me chamado de prostituta? Teria fingido que não tinha acontecido? Teria se virado contra a própria filha para salvar seu orgulho?

Keeley engoliu contra o nó enorme em sua garganta. Havia muita dor e vergonha na voz de Rionna. Ela queria abraçá-la.

– Ela fingia que você não existia – Rionna disse dolorosamente. – Eu costumava ficar deitada acordada à noite preocupada em como você estava se alimentando e como iria sobreviver.

– E, ainda assim, você não fez ou disse nada depois que sua mãe morreu – Keeley disse amargamente.

Rionna suspirou, com a infelicidade estampada no rosto.

– As pessoas que iam te ajudar, aquelas que sempre te davam moeda ou carne da caça, eram todas enviadas por mim. Era a única maneira de eu poder ter certeza de que você estava sendo cuidada e de que tinha o que precisava.

Keeley conteve a dor crescente e apertou forte as mãos para que não se despedaçasse.

– Eu precisava de seu amor e apoio, o apoio do meu clã. Tem alguma ideia de como foi ser expulsa e saber que nunca poderia retornar e que, para as pessoas que me criaram e me amaram desde que nasci, eu estava morta?

Rionna pegou a mão dela com cuidado, como se estivesse com medo de que Keeley tirasse a mão.

– Eu não podia deixar você voltar, Keeley.

Keeley ergueu a cabeça e encarou sua prima com confusão.

– *Por quê?*

A vergonha se acumulava nos olhos de Rionna e ela desviou o olhar, com lágrimas brilhantes nos olhos dourados.

– Ele estava obcecado por você, Keeley. Nunca a teria deixado em paz. A única maneira de eu te proteger era ter certeza de que ficasse longe do meu pai. Você nunca teria ficado segura com ele por perto.

O coração de Keeley vacilou. A verdade das palavras de Rionna a atingiram com a força de um soco. Ela vira o desejo nos olhos do

Laird McDonald. Sentiu seu desespero. Era como se os últimos anos não tivessem existido e ele tivesse esperado todo esse tempo para ter sua chance com ela.

– Oh, Rionna – Keeley sussurrou.

– É parte do motivo pelo qual eu concordei em me casar com Alaric McCabe – Rionna continuou. – Se meu pai não for mais laird, eu posso recebê-la de volta em seu lar. Os McCabe são honrosos. Alaric nunca teria permitido que meu pai te machucasse. Poderíamos ser irmãs de novo.

Os olhos de Keeley pinicavam. Sua garganta latejava com lágrimas não derramadas e seu coração doía pela inocência perdida de duas garotinhas.

– Eu nunca te esqueci, Keeley. Nenhum dia se passou sem que eu me preocupasse com você. Sempre te amei como uma irmã, e sei que tem motivo para estar brava. Eu não a culparia se nunca me perdoasse, mas fiz a única coisa que pude para te manter a salvo.

Keeley se inclinou para a frente e puxou Rionna em um abraço. Elas se seguraram por muitos minutos, ambas fungando ao batalharem contra as lágrimas. Keeley nem sabia o que dizer. Ela abrigara sua mágoa por muito tempo, mas agora entendia que Rionna sofrera tanto quanto ela.

– Fiquei tão preocupada quando me disseram que você havia sumido da cabana – Rionna disse quando elas se afastaram. – Como veio parar com os McCabe?

A culpa se amontoava desconfortavelmente na cabeça de Keeley. Como poderia contar a Rionna tudo o que acontecera e sobre seu caso com Alaric? Como poderia magoá-la contando que seu futuro marido amava outra? Ela não se sentiu culpada pela mentira que rapidamente inventara.

– O Laird McCabe precisava de uma curandeira, com sua esposa perto de sua hora. Foi um encontro por acaso, mas ele me ofereceu um lar, um santuário e uma oportunidade que eu não poderia deixar passar.

A ansiedade turvou o olhar de Rionna e ela encarou Keeley.

– Está feliz aqui? Está sendo bem tratada?

Keeley sorriu e pegou a mão de Rionna de novo.

– Estou, sim. Os McCabe são minha família.

– Estou feliz que estará aqui para meu casamento com Alaric – Rionna disse. – Não há ninguém mais que eu quisesse ter por perto.

Keeley precisou se conter com toda força para não reagir à declaração inocente de Rionna.

De maneira impulsiva, Rionna envolveu os braços em Keeley de novo e a apertou em um abraço.

– Não quero te perder de novo, Keeley. Prometa que vai me visitar e que vai fazer o parto do meu primeiro filho. Não quero que os anos passem entre nós de novo.

Keeley fechou os olhos e abraçou Rionna forte.

– Sim – ela rangeu. – Eu prometo.

Capítulo 34

Keeley observava de sua janela enquanto Alaric caminhava com Rionna pela beirada do lago. Não era o cortejo mais privado do mundo. Os McCabe e McDonald estavam parados fazendo guarda enquanto o casal passava o tempo juntos.

Embora, com certeza, não estivesse quente, a temperatura fora de hora fazia com que fosse confortável ficar do lado de fora e, na verdade, o pátio estava cheio de atividade com os preparativos para o casamento.

Com a chegada do rei, a notícia se espalhou pelas Terras Altas, e os clãs vizinhos estavam chegando para acampar do lado de fora dos muros dos McCabe.

Gertie e as mulheres do castelo se descabelavam para preparar comida suficiente para o fluxo de visitantes.

Parecia que todos nas Terras Altas estavam ansiosos. A guerra era iminente, e cada clã queria ter certeza de que se aliaria ao lado vencedor.

O rei declararia abertamente sua aprovação em relação ao casamento entre Rionna e Alaric e também exigiria aliança dos clãs vizinhos. Com a concessão de Neamh Álainn para a filha de Ewan, os McCabe controlariam a maior parte da Escócia, com exceção do próprio rei.

Seria um dia memorável.

O olhar de Keeley pairava em Alaric, que estava parado escutando Rionna atentamente, embora fosse verdade que mais parecia que Rionna estava dando sermão nele.

Ela sabia que Alaric estava destinado à grandeza. Como laird dos McDonald, ele tomaria lugar ao lado de Ewan na defesa do trono – e de seus próprios clãs.

Naquele momento, Alaric olhou para cima e a brisa esvoaçou sua trança. Os dedos de Keeley ansiavam por se enfiarem em seu cabelo grosso. Seus olhares se encontraram e a dor passou pelo rosto dele.

Keeley se escondeu, sem querer que alguém testemunhasse a troca de olhares. Ela não faria nada para envergonhar Rionna, não importava que seu coração estivesse se quebrando em um milhão de pedaços.

Uma batida na porta interrompeu a direção sentimental de seus pensamentos e ela foi atender ansiosa, grata pela distração.

Para sua surpresa, Caelen surgiu em sua porta. Ela o encarou, incapaz de pensar no que dizer.

Caelen não parecia mais confortável com a situação. Ele pigarreou e fez careta.

– Pensei que você talvez gostaria... quer dizer, pensei que talvez não quisesse descer para o jantar sem escolta.

Ela ergueu uma sobrancelha.

– Está oferecendo?

Ele franziu mais o cenho.

– Sim. Sei que é demais para você e a conversa será sobre o casamento de Alaric amanhã. Mas não acho que deva passar a noite sozinha em seu quarto.

A expressão de Keeley se suavizou e ela sorriu para ele.

– Pelo amor de Deus, só não chore – ele resmungou.

Ela sufocou sua risada.

– Eu ficaria feliz por você me escoltar.

Ele segurou o braço no ar e a encarou diretamente.

O jantar foi barulhento e tempestuoso, e durou até tarde da noite. A mesa alta estava cheia de lairds dos clãs vizinhos, todos manejando para fazer favores ao rei.

Rionna parecia entediada e inquieta sentada entre Alaric e seu pai. Mairin parecia que iria tropeçar a qualquer momento, até Ewan colocar o braço em volta dela e puxá-la para si, obviamente sem se preocupar com a etiqueta.

Caelen se sentara ao lado de Keeley e, em silêncio, observava o burburinho à sua volta. Embora não falasse muito, ele se inclinou mais de uma vez e perguntou a Keeley como ela estava.

A preocupação dele a deixava emocionada. Debaixo da disposição grosseira de Caelen estava um homem cheio de honra e lealdade. Ela não sabia o que o deixara tão atento e cauteloso com suas afeições, mas era igualmente evidente que, assim que ganhava sua confiança, sua devoção não titubeava.

– Estou preocupada de esta noite ser demais para Mairin – Keeley sussurrou para Caelen. – Ela não admitirá que está exausta porque quer permanecer ao lado do marido, principalmente com o rei aqui.

Caelen olhou na direção de Mairin e franziu o cenho.

– Ewan deveria ter ordenado que ela fosse para a cama há uma hora.

– Talvez eu possa intervir e dizer que o bebê precisa dela.

– Vou subir com vocês duas para que Ewan não tenha que deixar os convidados – Caelen disse firmemente.

Keeley sorriu.

– Fico feliz por ser escoltada.

– Ele não terá chance de ficar sozinho com você novamente – Caelen jurou ao encarar diretamente Laird McDonald.

Keeley se levantou sem olhar na direção do Laird McDonald, embora tenha olhado para Rionna e oferecido um sorriso discreto. Seu olhar passou por Alaric, mas ela desviou rapidamente, temendo que seu rosto a traísse.

Caelen a levou para a ponta da mesa e Keeley fez reverência ao rei antes de voltar sua atenção ao Laird McCabe.

– Gostaria de levar Lady McCabe para cima se me permitir. Estou preocupada que ela exagere logo depois do nascimento de sua filha.

As palavras foram ditas para o benefício dos outros sentados perto de Ewan e Mairin. Ewan lhe lançou um olhar grato e se levantou para ajudar a esposa a se levantar.

Até Mairin pareceu grata ao se levantar e segurar no braço de Caelen.

Keeley estava prestes a se virar quando o rei ergueu a mão. Keeley congelou, incerta do que fazer. Ela oferecera algum insulto ao interromper?

– Ewan me contou que a senhorita é a curandeira que ajudou minha sobrinha durante sua gravidez e fez seu parto.

– Sim, Vossa Majestade.

As palavras saíram tão trêmulas que ela não sabia se tinha dado para entender.

– Ele me disse que tem grande habilidade e que também salvou a vida de Alaric McCabe.

Keeley assentiu, ficando cada vez mais desconfortável conforme mais pessoas paravam de comer para ouvir as palavras do rei.

– Os McCabe têm sorte de tê-la. Se Ewan não fosse um aliado tão valioso, eu a levaria para cuidar de mim.

Seus olhos se arregalaram e ela engoliu em seco.

– O-Obrigada, Vossa Majestade. É uma grande honra ouvir isso do senhor.

Ele ergueu a mão com um aceno.

– Agora, vá. Minha sobrinha precisa descansar. Encarrego a senhorita pela saúde dela e de seu recém-nascido.

Keeley fez novamente a reverência, grata por não tropeçar e se humilhar. Então se apressou atrás de Caelen e Mairin enquanto eles iam em direção às escadas.

– Como está passando? – Mairin perguntou a Keeley quando elas estavam sozinhas no quarto de Mairin.

Keeely arregalou os olhos.

– Eu estou preocupada com você. Parecia bem exausta no jantar.

Mairin fez careta.

– É, eu estava, e fiquei feliz por você me resgatar.

Mairin se sentou e Keeley pegou o bebê da mulher encarregada de seus cuidados e o entregou a Mairin. Ela começou a amamentar e, então, voltou a atenção para Keeley.

– Você está bem? Sei que não deve ser fácil para você.

Keeley forçou um sorriso.

– Estou bem. De verdade. Tive a chance de falar com Rionna. Ela sofreu tanto quanto eu nesses anos. Ela é minha irmã de coração. Não desejo que ela sofra mais.

– Então, em vez disso, você vai sofrer – Mairin disse em voz baixa.

Keeley suspirou.

– Quero que ela seja feliz. Quero que Alaric seja feliz. Acredito que ela possa fazê-lo feliz. É uma boa mulher. Será fiel e verdadeira com Alaric. Dará filhos e filhas fortes. É uma parceira valiosa para um laird.

– Assim como você, Keeley – Mairin disse baixinho.

Keeley deu um sorriso torto.

– Talvez um dia eu encontre meu próprio laird. – Mas, mesmo dizendo isso, ela sabia que ninguém nunca substituiria Alaric em seu coração.

– Fique comigo – Mairin convidou. – Ewan chegará tarde esta noite. Ficarei surpresa se ele entrar no quarto antes do amanhecer.

Keeley concordou, porque a ideia de ficar em seu quarto sozinha era mais do que ela podia suportar. De alguma maneira, a companhia de boas amigas aliviava um pouco a dor em seu coração e ela descobriu que não doía tanto sorrir.

Uma batida suave na porta do quarto despertou Keeley. Ela esfregou os olhos e piscou confusa. Nem tinha amanhecido ainda. Ela mal dormira depois de ficar com Mairin a maior parte da noite.

Esperando que não houvesse nada errado, ela rolou da cama e foi abrir a porta.

Quando viu Caelen parado, abriu mais a porta.

– Caelen? Há alguma coisa errada?

Ele colocou um dedo sobre os próprios lábios. Então se inclinou para a frente.

– Alaric me enviou para te chamar. Ele gostaria de vê-la. Não quer se arriscar vindo ao seu quarto.

Keeley engoliu.

– Onde?

– Vista algo quente. Ele está no lago, onde Crispen joga pedras.

– Me dê um instante. Ficarei pronta.

Ela se vestiu apressadamente e voltou para onde Caelen a aguardava. Na metade das escadas, ao descê-las, ela parou e franziu o cenho.

– Você sabe que, se alguém nos visse, pensaria que você e eu... que nós... estamos...

– Sim – Caelen disse baixinho. – Eu sei disso.

Keeley mordeu os lábios e continuou a descer as escadas. Caelen ficou em torno dela quando saíram do castelo e andaram até o lago na escuridão. Entraram em um pequeno bosque e saíram na margem do lago, onde havia muitas pedrinhas no banco de areia.

– Obrigado, Caelen – Alaric disse ao dar um passo à frente.

– Vou esperar Keeley em meio às árvores – Caelen disse ao recuar.

Keeley se virou nervosa para Alaric. Parecia que eles não se viam há uma eternidade. Que fazia tempo que não se tocavam ou beijavam.

Alaric pegou as mãos dela e as segurou gentilmente.

– Eu tinha que vê-la esta noite. Mais uma vez antes de eu dizer meus votos amanhã. Assim que os falar, nunca vou quebrá-los. Não trairei minha esposa ou meu clã.

Lágrimas brilhavam nos olhos de Keeley enquanto ela olhava o homem que amava mais que tudo na vida.

– Sim, eu sei disso.

Ele ergueu as mãos dela para seus lábios e as pressionou em sua boca trêmula.

– Quero que saiba que te amo, Keeley McCabe. Sempre vou te amar. Quero que encontre a felicidade. Quero que encontre um homem que vai te amar assim como te amei e que vai te dar a família que merece.

As lágrimas corriam rapidamente pelas bochechas dela.

– Também quero que seja feliz, Alaric. Rionna é uma boa mulher. Será uma boa esposa. Tente amá-la. Ela merece ser amada.

Alaric a puxou para seus braços e a segurou firme, descansando a cabeça no topo da dela.

– Farei qualquer coisa que me pedir, Keeley.

– Então seja feliz – ela sussurrou. – Lembre-se de mim com carinho. Nunca vou me esquecer do nosso tempo juntos. Vou guardá-lo sempre em meu coração. Você é um homem maravilhoso e um guerreiro exemplar. O Clã McDonald será muito melhor com você como laird.

Lentamente, Alaric se afastou, e ela sabia que era hora de deixá-lo ir. Seu corpo doía tanto que cada respiração era uma agonia. Ela se enrijeceu, determinada a ser corajosa e aguentar a partida com dignidade e graça. Alaric merecia isso tudo. A última coisa de que ele precisava era uma ex-amante histérica na véspera de seu casamento com outra.

Ela ergueu o braço para tocar o rosto dele e traçar as linhas de sua mandíbula forte e os ângulos de seu rosto.

– Viva muito e seja feliz, meu amor.

Ele pegou a mão dela e deu um beijo em sua palma. Quando ela puxou a mão de volta, estava úmida pelas lágrimas dele. Era mais do que ela podia suportar, o pensamento de seu guerreiro triste pelo que não aconteceria.

Ela se virou e andou firmemente até a floresta.

– Caelen – ela chamou baixinho.

– Estou aqui – ele disse ao sair das sombras.

– Por favor, me leve de volta – ela disse em um tom de voz que conseguiu controlar.

Caelen pegou seu braço e a guiou em direção ao castelo. A cada passo, a dor se tornava tão insuportável que ela pensou que fosse morrer.

Eles retornaram ao castelo em silêncio. Caelen a acompanhou até o quarto e abriu a porta. Por um bom tempo, ela ficou ali parada, tão dormente que não sabia se conseguiria andar a curta distância até sua cama.

– Você está bem? – Caelen perguntou gentilmente.

Quando ela não respondeu, ele a levou para dentro do quarto e fechou a porta. Então a puxou nos braços e a abraçou forte.

– Pronto, pronto, moça. Chore se quiser. Ninguém vai ouvir, com exceção de mim.

Ela enterrou o rosto na túnica dele e as lágrimas começaram a cair.

Capítulo 35

– Keeley, precisa se apressar! O padre vai me casar com Cormac no salão antes de casar Alaric e Rionna no pátio na hora do almoço – Christina disse.

Keeley esfregou os olhos para afastar a fadiga e torceu para que eles não estivessem vermelhos e inchados. Ela não dormira depois do encontro com Alaric, e era verdade que não desejava sair de seu quarto.

Mas não queria estragar a felicidade de Christina. A garota estava tão empolgada por seu casamento com Cormac que estava quase saltando para fora do vestido lindamente feito por Maddie e Bertha.

Ela olhou para Christina e sorriu.

– Você está linda, moça.

E estava. Seu rosto era uma coroa de felicidade e suas bochechas brilhavam. Ela não parara de sorrir a manhã toda.

– Obrigada – Christina disse. – Agora se apresse! Não quero fazer Cormac esperar.

Christina pegou a mão de Keeley e a arrastou para as escadas. Keeley se vestira com cuidado e até arrumara o cabelo em uma trança enrolada para a ocasião. Não queria que ninguém suspeitasse que ela estivesse morrendo por dentro.

De fato, Cormac estava esperando Christina, e o alívio que ele expressou quando ela entrou no cômodo fez Keeley sorrir. Ewan estava como testemunha de Cormac, e Christina puxava Keeley.

– Mairin está descansando antes do casamento de Alaric e Rionna, então eu queria que fosse minha testemunha – Christina sussurrou.

Keeley apertou a mão da garota.

– É claro que serei.

Timidamente, Christina se aproximou de Cormac e o rosto dele se iluminou quando pegou a mão dela. Eles se viraram para o padre e trocaram seus votos. Keeley ouviu os votos sagrados que os uniam como marido e mulher. O amor um pelo outro estava evidente na maneira como se olhavam nos olhos. Ninguém mais existia para o casal.

Quando, finalmente, Cormac se inclinou para beijar Christina, o cômodo irrompeu em gritos. A cor tingiu as faces de Christina quando eles se viraram para encarar os espectadores reunidos.

Keeley hesitou um instante para deixar Christina e Cormac entrarem no grupo de pessoas que esperavam para parabenizá-los e, então, saiu pelo lado, com a intenção de fugir de volta para o quarto.

– Keeley, uma palavrinha, por favor – Ewan disse quando ela passou.

Ele gesticulou para ela ir à alcova atrás do salão.

Ela olhava intrigada para ele e aguardou para saber o motivo do chamado.

– Caelen me contou o que aconteceu entre você e o Laird McDonald.

Keeley congelou.

– Ele não deveria ter contado.

– Deveria, sim. Sinto muito por isso. Fiquei consternado por alguém sob meus cuidados ter sido tratado assim. O laird nunca mais será bem-vindo ao meu castelo.

Keeley assentiu.

– Obrigada.

– Também quero te agradecer por não contar para Alaric – ele disse em tom mais sério. – Sei que ele se importa profundamente com você. Esse casamento é importante. Caelen disse que você implorou para ele não contar a Alaric porque sabia que poderia arruinar a aliança entre nossos clãs.

Keeley engoliu e assentiu.

– Você tem coragem, moça. Talvez seja a jovem mais corajosa que já conheci. Tornou-se amiga de minha esposa... não, do clã inteiro. Se há alguma coisa que eu possa fazer para garantir sua felicidade aqui, é só dizer.

– Sou grata por chamar os McCabe de meu clã – ela disse. – Tenho orgulho disso.

Ewan sorriu.

– Agora, vá. Não vou te importunar mais.

Keeley o cumprimentou e, apressadamente, saiu da alcova e seguiu na direção do pátio. Ela abriu caminho pela multidão de pessoas e seguiu para a colina que dava para ver onde Alaric e Rionna se casariam.

Puxando mais o xale ao seu redor para se proteger do frio, ela se sentou no trecho marrom de grama que ficara coberto pela neve por muito tempo.

O vento cortante a acalmou e adormeceu um pouco da dor que ainda arranhava o peito dela. O sol brilhava alto acima de sua cabeça e aquecia seu rosto e seus ombros. Era um dia perfeito para um casamento. As condições primaveris que chegavam só poderiam ser um sinal de que aquele dia estava escolhido pelo próprio Deus.

O castelo inteiro respirava um ar de expectativa. Bandeiras de uma dúzia de clãs diferentes voavam alto e cortavam a brisa fora do castelo. Comemorações menores entre clãs filtravam o ar e ela podia ouvir os músicos tocarem canções animadas.

Naquele dia, todos os olhos estariam em Alaric e Rionna. Keeley sorriu com carinho ao se lembrar de quando ela e Rionna eram apenas garotinhas, sonhando com seu príncipe encantado e o dia de seu casamento. Rionna merecia ter esse sonho realizado, e Alaric seria o melhor dos maridos.

Ela estava tão imersa em seus pensamentos que não percebeu que todos haviam começado a se reunir no pátio. Não era longe e ela podia ver cada detalhe da cerimônia.

Prendeu a respiração quando Alaric entrou, vestido com seu traje de casamento. Usava uma túnica de veludo azul e, na bainha, estava estampado o brasão dos McCabe. O cabelo dele caía pelos ombros e as pontas voavam com a brisa, dando-lhe uma visão deliciosamente despenteada.

Ele se posicionou ao lado do padre e aguardou que Rionna aparecesse. Alguns instantes depois, Rionna chegou ao pátio. Keeley sentiu uma onda de orgulho pela beleza da amiga. Ela brilhava como milhões de sóis. Seu cabelo dourado parecia em chamas com o brilho da luz do sol.

O vestido dela era elaborado e rebuscado e precisou de dois homens de cada lado para segurar a cauda. Ela estava magnífica. Estava parecendo uma rainha.

Quando Rionna estava a apenas alguns passos de Alaric, ele olhou na direção de Keeley. Encarou-a por um bom tempo, e ela sabia que ele a estava vendo na colina. Devagar, ela colocou os dedos nos lábios, dobrou-os em punho e tocou seu coração.

Alaric ergueu a mão em um gesto rápido e abriu os dedos sobre o coração antes de voltar a olhar para Rionna, que se aproximava.

Ao pegar a mão de Rionna, eles se viraram para encarar o padre, e o coração de Keeley se contraiu. Era isso. Em alguns instantes, Alaric se casaria com outra e estaria perdido para sempre para ela.

Doze tambores estavam alinhados de cada lado de Alaric e Rionna e começaram a tocar, um tributo ao casamento prestes a acontecer. O som preencheu o ar e ecoou pelo pátio.

Um movimento chamou a atenção de Keeley e ela franziu a testa, inclinando-se para frente a fim de olhar a figura deitada no topo da pedra atrás da multidão reunida.

O que ele queria? O que poderia estar fazendo?

O sol iluminou algo em sua mão e refletiu, um brilho rápido, mas foi suficiente para Keeley ver uma balestra em seus braços.

Ela se levantou de repente e gritou alto. Porém, os tambores continuaram a bater, mais rápido e mais alto. Ela gritou, mas foi perdido pelo vento e, então, começou a correr, certa de que nunca chegaria a tempo. Não tinha certeza do alvo. O rei estava presente. Ewan estava lá com Mairin.

Tudo o que sabia era que tinha que alertar a todos antes de ser tarde demais.

Os tambores ecoavam ferozmente nos ouvidos de Alaric. A cada batida, a dor no coração dele aumentava até ele só conseguir respirar.

Olhou para suas mãos unidas às de Rionna e, depois, para a beleza de sua noiva. Sim, ela era bonita. Daria uma boa esposa. Daria ótimos filhos e filhas. Seria um crédito na liderança de seu clã.

Então olhou para o irmão, que estava parado com Mairin de um lado e o rei do outro. Seu irmão, que sacrificara muito durante os anos a fim de garantir a sobrevivência de seu clã. Como ele não poderia fazer o mesmo?

Fechou os olhos. Oh, Deus, ele não podia fazer isso. Não podia continuar com isso.

Os tambores pararam de repente e o silêncio foi extremo no instante que se seguiu o susto. Então Alaric ouviu um grito. Seu nome.

Rionna se virou, assim como ele. Bem a tempo de pegar Keeley nos braços. Seus olhos estavam arregalados de susto – e dor. A boca dela se abriu, depois se fechou e ela arfou, seu rosto foi ficando branco.

Por um instante, ele não sabia o que tinha acontecido, porém ouviu os gritos horrorizados atrás de Keeley. Ouviu o som inconfundível de espadas sendo desembainhadas e então um grito.

Mesmo assim, tudo o que podia ver era o rosto de Keeley cheio de dor enquanto a segurava nos braços e, depois, enquanto ela arqueava o corpo, viu a flecha afundada em suas costas, e ele soube. O conhecimento do que ela fizera o atingiu tão forte que ele cambaleou e seus joelhos falharam. Ele afundou no chão segurando-a contra o peito.

– Keeley, não! *Não!* Por que fez isso? Oh, Deus, Keeley, não. Não. Não.

Saiu como um soluço. Ele não se importava. Não era orgulhoso. Não tinha vergonha. O rosto dela estava pálido e ela tinha o olhar da morte, o que ele já tinha visto em inúmeros guerreiros quando eram abatidos no calor da batalha.

Rionna se abaixou ao lado dele, seu rosto quase tão cinza quanto o de Keeley.

– Keeley? – ela sussurrou, sua voz trêmula e cheia do mesmo medo que agarrava Alaric com uma força implacável.

Em volta deles, o mundo enlouquecia. Havia gritos e chamadas de armas. Ewan deixou o rei e Mairin em segurança. Caelen e Gannon se posicionaram diante de Alaric, com as espadas desembainhadas, prontos para acabar com qualquer ameaça.

– Keeley, não me deixe, meu amor – Alaric sussurrou. – Aguente. Vou cuidar de você assim como cuidou de mim.

Ela sorriu trêmula, com o rosto crispado de dor.

– Valeu a pena. Você estava destinado a ser importante. Eu não poderia... – Ela parou de falar quando outro espasmo de agonia estremeceu seu corpo. – Eu não poderia permitir que morresse hoje.

Alaric tirou o cabelo do rosto dela e a segurou delicadamente contra ele ao embalá-la para a frente e para trás. Ele a olhou nos olhos, para as sombras que aumentavam a cada respiração arfante.

Ele segurou o rosto dela e a forçou a olhar para ele. Então esticou o braço e entrelaçou seus dedos com os dele até suas mãos estarem firmemente unidas.

– Eu, Alaric McCabe, me caso com você, Keeley McDonald McCabe. Eu a recebo como minha esposa até nosso último suspiro, até nossas almas estarem unidas novamente na outra vida.

Uma surpresa enfraquecida brilhou nos olhos dela e sua boca se abriu sem falar nada.

– Diga as palavras, Keeley. Me dê o que eu não estava disposto a lhe dar antes. Case-se comigo aqui e agora com todos como testemunhas. Eu te amo.

Uma única lágrima escorreu pela face dela. Ela fechou os olhos como se reunisse força e, então, os abriu e reavivou o brilho da determinação em suas profundezas.

– Eu, Keeley McDonald, agora McCabe, me caso com você, Alaric McCabe. Eu o recebo como meu marido para todo o sempre até nosso último suspiro.

A voz dela ficava cada vez mais fraca, mas as palavras foram ditas. Eles estavam de mãos dadas diante de centenas de testemunhas. Ela era sua esposa. Pertencia a ele por quanto tempo Deus lhe concedesse esse presente precioso.

Ele se abaixou e a beijou na testa, sufocando enquanto o choro de angústia ameaçava sair de sua garganta.

– Eu te amo – ele sussurrou. – Não me deixe, Keeley. Não agora que tomei coragem para fazer o que era certo.

– Alaric.

A voz baixa de Rionna se intrometeu na dor dele.

Ele olhou para a mulher com quem quase se casou e não viu horror. Nenhum julgamento ou ressentimento. Viu apenas dor enquanto as lágrimas escorriam infinitamente por suas faces.

– Precisamos levá-la para dentro. Precisamos ajudá-la.

Alaric a segurou mais forte e se levantou. A flecha sobressaía de suas costas, um lembrete resoluto do que ela sacrificara por ele.

– Alaric, por aqui – Ewan gritou para ele. – Leve-a para dentro para que eu possa ver o ferimento.

O mundo estava de pernas para o ar à sua volta. Movia-se lentamente como se o tempo estivesse parado. Caelen e Gannon o guiavam para a frente, com as espadas fornecendo uma barreira protetora entre ele e qualquer um que se aventurasse a chegar perto.

O barulho nos ouvidos dele o impediam de ouvir as vozes ao seu redor. Ele cambaleava em direção ao castelo enquanto o sangue de Keeley escorria no chão.

Ele fechou os olhos. *Não a leve de mim, Deus. Não agora. Não deixe ser tarde demais para fazer o que é certo. Me dê a chance de me desculpar.*

Capítulo 36

O quarto de Keeley estava cheio quando Alaric entrou carregando--a. Ewan estava parado ao lado da cama, com a expressão implacável. Mairin e Maddie estavam aos pés da cama, com os olhos vermelhos de tanto chorar. Cormac estava ao lado, confortando Christina, e Gannon e Caelen estavam de guarda na porta, com a fúria brilhando em seus olhos.

Alaric a colocou na cama, tendo o cuidado de deitá-la de lado para que a flecha não fosse empurrada mais profundamente em seu corpo. Ele olhou para o irmão, com o peito tenso com dor e angústia.

– Você pode ajudá-la? Pode consertar isso, Ewan?

Ewan se ajoelhou ao lado da cama para olhar o cabo da flecha.

– Vou tentar, Alaric, mas você precisa saber que não é bom. A flecha está enfiada profundamente no corpo dela. Pode ter atingido algum órgão vital.

Alaric fechou os olhos e procurou controlar a raiva que ameaçava arrebatar seus sentidos. Ela precisava que ele se acalmasse. Não precisava de um lunático raivoso, embora ele quisesse gritar e xingar o destino.

– Vou precisar cortar a cabeça da flecha nela – Ewan disse sombriamente. – É a única maneira.

Uma agitação na porta fez Alaric erguer a cabeça. Rionna, livre do vestido de casamento, estava sendo contida por Caelen e não estava nada feliz.

– Deixe-me passar – ela pediu. – Ela é minha amiga. Quero ajudar.

– Deixe-a passar – Alaric disse rouco. Ele olhou para Rionna quando ela correu para o lado da cama de Keeley. – Pode ajudá-la? Tem alguma habilidade de cura?

– Não muito, mas tenho uma mão firme e um corpo forte. Não vou desmaiar ao ver sangue e estou determinada a não deixá-la morrer.

– Deixe-a ficar. Ela pode me ajudar – Ewan disse. Então olhou na direção de Caelen. – Tire-o daqui. Ele não deve estar presente.

Por um instante, Alaric não percebeu que seu irmão estava se referindo a ele. Não até Gannon e Caelen pegarem seus braços, aí ele entendeu que eles queriam retirá-lo do quarto.

Ele deu um passo para trás e desembainhou a espada, apontando para o irmão mais novo.

– Vou matar o homem que tentar me separar dela. Não vou abandoná-la.

– Alaric, seja sensato – Ewan pediu. – Saia daqui. Você só está atrapalhando.

– Não vou sair – Alaric rosnou.

– Alaric, por favor – Mairin disse ao avançar. Ela contornou a espada e pressionou uma mão gentil no peito dele. – Venha comigo. Sei que a ama. Ela sabe que você a ama. Deixe Ewan tentar salvá-la. Você não ajuda nada ficando parado ao lado da cama dela como um selvagem. Não será agradável de ver e ouvir quando Ewan cortar a flecha das costas dela. Não se torture sem necessidade.

Alaric olhou para a cunhada e viu lágrimas em seus olhos, a dor assombrava seu rosto.

– Não posso abandoná-la – ele sussurrou. – Não vou deixá-la morrer sozinha.

– Droga, Alaric. Saia logo daqui – Ewan rosnou. – Se as coisas piorarem, eu te chamo imediatamente. Se queremos ter uma chance de salvá-la, precisamos agir rápido.

Mairin pegou a mão dele e apertou.

– Venha, Alaric. Deixe que eles cuidem de tudo.

Alaric fechou os olhos, com os ombros caídos. Ele se virou para onde Keeley estava deitada e se ajoelhou. Tocou seu ombro e, com delicadeza, acariciou a pele macia antes de se inclinar e beijar sua testa pálida.

– Eu te amo, Keeley. Seja forte. Viva. Por mim.

Caelen e Gannon puxaram Alaric e, dessa vez, ele se deixou ser levado para fora do quarto. Cambaleou para fora, com o coração martelando como um tambor.

A porta se fechou, banhando o corredor com escuridão. Ele se virou e socou a parede de pedra.

– Não! Maldição, não!

Caelen abraçou Alaric e o arrastou pelo corredor até seu próprio quarto. Ele chutou a porta e jogou Alaric para dentro.

Os olhos de Caelen brilhavam de raiva conforme ele jogava Alaric na cama.

– Assim você não faz bem a ela.

Alaric olhou para baixo para a mão inchada e para o sangue escorrendo da pele rasgada. Ele queria bater em algo. Queria o desgraçado que ousou fazer isso com Keeley.

Olhou para Caelen à medida que a frieza tomava conta dele.

– Vocês pegaram quem fez isso?

– Sim – Gannon disse da porta. – Está preso no calabouço.

– Ele agiu sozinho? – Alaric perguntou.

– Ainda não sabemos. Estamos esperando o laird interrogá-lo.

Alaric sugou ar pelas narinas.

– Eu vou matá-lo.

Caelen se sentou na cama ao lado do irmão.

– Sim, quando extrairmos a informação necessária dele, você pode matá-lo. Ninguém o impedirá.

– Ela me salvou de novo – Alaric disse sem vida. – A flecha era para mim. Ela entrou na frente e deu sua vida pela minha.

– É uma moça corajosa. Ela te ama.

Caelen falando de amor sem escárnio na voz era surpreendente. Mas havia somente uma admiração rancorosa e verdade em seu tom.

Alaric enterrou a cabeça nas mãos.

– Fiz uma confusão.

– Não se torture, Alaric. Você estava em uma situação impossível. Você e Keeley lidaram com isso o melhor que puderam. Muita coisa dependia do seu casamento com Rionna.

– Estou casado com Keeley – Alaric disse baixinho.

– Sim, eu ouvi. Fui testemunha do casamento.

– Não me deixa aliviado quando ela está quase morrendo.

Caelen olhou para Gannon, depois voltou para Alaric.

– Está subestimando a moça, Alaric. Ela é durona. Não é perdedora. Confesso que nunca conheci uma mulher tão forte. Merece meu respeito e minha fidelidade.

Alaric se levantou.

– Não posso ficar aqui sentado sem saber o que acontece a algumas portas. Se ela é corajosa o suficiente para entrar na frente de uma flecha por mim, o mínimo que posso fazer é ficar ao seu lado enquanto ela passa pelo pior. Sei que Ewan fez o que é certo, mas ela precisa de mim e não vou decepcioná-la.

Caelen suspirou.

– Se fosse minha mulher na situação dela, eu não deixaria ninguém me fazer sair do seu lado.

Gannon assentiu, concordando.

Alaric foi até a porta, mas parou e se virou a fim de encarar o irmão.

– Não te agradeci por ficar ao lado de Keeley durante esses últimos dias. Tem sido difícil para ela, eu sei. Era para ter sido eu. Serei eu de agora em diante.

Caelen sorriu.

– Não foi nenhum sacrifício. A verdade é que a moça me diverte.

Os cantos da boca de Alaric se ergueram em um sorriso discreto e ele saiu do quarto e desceu o corredor. Parou à porta de Keeley, temendo abri-la. Não vinha nenhum som de dentro. Nenhum grito de dor. Nenhum sinal de que ela ainda respirava.

Com uma oração sussurrada, ele abriu a porta e entrou.

Ewan estava inclinado sobre a cama, com o rosto crispado pela concentração. Rionna estava na cabeça de Keeley, acariciando seu cabelo e murmurando palavras calmantes.

Ewan deu uma olhada rápida na direção de Alaric, mas não se distraiu de sua tarefa. Quando Alaric se aproximou, ele pôde ver que Ewan fizera um corte em volta do cabo da flecha para abrir a pele o suficiente a fim de tirar a cabeça da flecha.

Os panos que rodeavam a flecha estavam ensopados com o sangue dela e estava escorrendo na cama.

– Deixe que eu a seguro para você se concentrar totalmente na flecha – Alaric disse. Ele mal reconhecia a própria voz.

– Você precisa segurá-la firme. Ela não deve se mover – Ewan disse.

Alaric assentiu e, com cuidado, apoiou-se na cama. Keeley estava com o rosto para o outro lado de Ewan e na beirada, para que Ewan tivesse acesso às suas costas. Ewan aguardou Alaric alinhar seu corpo ao longo de Keeley e, então, com cuidado, passou o braço por seu quadril. Deslizou o braço por baixo da cabeça dela e, com cautela, tirou-a do colo de Rionna.

– Você pode ajudar a limpar o sangue para que eu veja o que estou fazendo – Ewan disse para Rionna.

A respiração de Keeley era um mero sussurro contra o pescoço de Alaric. Quando Ewan colocou novamente a lâmina em sua pele, ela enrijeceu contra Alaric e um choramingo escapou de seus lábios.

– Shh, amor – Alaric murmurou. – Estou com você. Estou te segurando. Sei que dói. Seja corajosa por mim. Lute como disse para eu lutar.

Ewan trabalhou diligentemente nas horas seguintes. Ele temia a perda de sangue, então trabalhou lentamente e com cuidado ao extrair a flecha. Quando, finalmente, tirou a lâmina de metal, xingou quando ela começou a sangrar abundantemente.

Keeley tinha perdido a consciência há muito tempo e nem acordou quando Ewan tirou a flecha de sua pele. Seu sangue escorria no chão enquanto Ewan e Rionna aplicavam pressão na ferida.

Alaric ignorava a expressão resignada de seu irmão e focava somente na de Keeley. Ele queria que ela respirasse. Queria que ela vivesse.

Demorou mais duas horas para Ewan costurar a ferida. Era uma tarefa difícil porque ele não conseguia impedir o sangramento. Ewan trabalhou rápido para fechar o ferimento e, quando deu o último ponto, sentou-se no chão, com a expressão exausta.

– Mantenha a pressão – ordenou para Rionna. – O sangramento está diminuindo. Por Deus, não sei se conseguimos estancá-lo ou se ela já está desistindo da vida.

Com dedos trêmulos, Alaric sentiu o pulso no pescoço dela. Estava fraco e flutuante como as asas de uma borboleta, mas ela ainda estava viva.

Rionna se levantou depois de colocar uma bandagem na ferida e passou as costas do braço na testa, exausta.

– Preciso limpá-la, Alaric. Tenho que tirar os lençóis. Ela precisa vestir uma camisola limpa e tenho que lavar a sujeira de seu corpo.

– Eu farei isso – Alaric disse baixinho. – Não vou deixá-la. É meu dever cuidar dela. Não vou deixá-la sozinha.

A mulher com quem ele quase se casara o encarou de volta, com dor e tristeza nos olhos.

– Sinto muito, Alaric. Não sabia que você a amava e que ela o amava.

– Vá agora e descanse – Alaric disse gentilmente. – Vou cuidar de Keeley.

Depois de Rionna sair, Ewan foi lavar as mãos na bacia e ficou ali por um bom tempo, com as mãos caídas ao lado do corpo.

– Fiz tudo o que podia, Alaric. Está nas mãos de Deus agora.

– Sim, eu sei.

– Vou deixar você aqui. Tenho muito a fazer.

Alaric assentiu.

– Obrigado por salvá-la.

Ewan ofereceu um pequeno esboço de sorriso.

– Sua fé em minhas habilidades é honrosa. Se a moça viver, será por causa da teimosia dela.

Quando Ewan estava saindo do quarto, Maddie entrou correndo. Alaric ficou feliz pela ajuda. Juntos, tiraram os lençóis da cama e a roupa ensanguentada de Keeley. Alaric a limpou com panos úmidos até arrepios de frio cobrirem a pele dela.

– É melhor deixá-la nua – Maddie aconselhou. – É um ferimento grande em suas costas e precisaremos verificá-lo com frequência. Deite-a de lado e vamos colocar travesseiros atrás dela para que ela não vire de costas.

Alaric fez como Maddie sugeriu e, quando estava satisfeito por ela estar o mais confortável possível, ele esticou os braços até as costas dela e a abraçou.

Fechou os olhos e pressionou os lábios em sua testa macia.

– Eu te amo – ele sussurrou.

Capítulo 37

Por três dias, Alaric não saiu de perto de Keeley. Em nenhum momento ela recobrou a consciência, não importando o quanto Alaric tentasse acordá-la. Ele implorava, ameaçava, reprimia. Prometia a lua a ela. Nada obteve sucesso. Ele ficou com medo de que ela não estivesse absorvendo nenhum alimento e, depois de tanto sangue perdido, com certeza precisava de tudo que conseguisse.

E depois a febre se instalou. Sua pele estava seca e quente, bem quente. Ela se contorcia em seu sono e os demônios pareciam importuná-la sem dó. Alaric a segurava e a acalmava. Ele a banhava e, em certo momento, entrou na banheira, segurando-a na tentativa de esfriar a febre avassaladora.

Uma semana após tudo ter começado, Alaric estava perdendo as esperanças. Ela ficava cada vez mais fraca e imóvel a cada dia, era como se já tivesse morrido, mas seu corpo se recusasse a se desligar.

No sétimo dia, Ewan e Caelen foram até ele. A raiva de Alaric era uma visão avassaladora. Precisou dos esforços de seus irmãos, assim como Gannon e Cormac, para obrigá-lo a sair do quarto de Keeley.

Rionna e Maddie tomaram o lugar de Alaric enquanto os homens o tiravam do castelo.

– Aonde estão me levando? – Alaric rosnava ao lutar contra todos que o seguravam.

Os irmãos não disseram, apenas carregaram-no até o lago e jogaram-no ali.

A água foi um choque. Ele afundou, todo o ar deixou seus pulmões em uma sequência de bolhas. Seria muito fácil só inspirar e se juntar a Keeley. O fato de pensar nela sozinha e com medo em um lugar escuro o matava.

Conforme o frio se instalou, o instinto de viver se sobressaiu e ele lutou para nadar até a superfície. Ele surgiu e inspirou fundo.

– Que bom que resolveu ficar conosco – Ewan disparou da margem.

Alaric nadou um pouco e olhou para os irmãos.

– Que merda foi essa?

– Você está definhando à toa. Não saiu do quarto de Keeley em uma semana. Não comeu. Não tomou banho. Nem trocou de roupa. Se o ferimento não matá-la, provavelmente seu cheiro o fará – Caelen falou cinicamente.

Alaric nadou até a margem e saiu, chacoalhando a água do cabelo comprido. Ele mostrou os dentes por um instante antes de atacar Caelen.

Os dois caíram no chão com um barulho surdo e Caelen grunhiu enquanto perdia o ar. Ele se recuperou rapidamente e rolou, passando o braço pelo pescoço de Alaric.

Alaric socou a mandíbula de Caelen, que recuou. Antes de Alaric conseguir se levantar, Ewan bateu forte nele, levando o ombro à sua barriga.

– Por Deus, vocês estão tentando me matar? – Alaric perguntou quando Ewan o imobilizou no chão.

– Só tentando reaver um pouco da razão em sua cabeça oca – Ewan rosnou. – Está pronto para ouvir?

Alaric deu uma cabeçada no nariz de Ewan e, depois, rolou até ficar por cima do irmão.

– Você está ficando velho – Alaric provocou.

Caelen pulou de volta em cima de Alaric e os três homens rolaram, socando-se e xingando-se. Deus sabia que era bom ter alguma coisa em que bater.

Muitos minutos depois, os três ficaram deitados no chão respirando com dificuldade.

– Ah, droga – Ewan gemeu.

Alaric olhou para cima e viu Mairin parada sobre o marido, com as mãos nos quadris.

– Você deveria estar descansando – Ewan resmungou.

– E vocês deveriam estar fazendo outra coisa que não se bater! – Mairin brigou. – É vergonhoso!

– Não sei. Foi muito bom – Caelen disse de onde estava deitado no chão.

Alaric se levantou devagar.

– Houve alguma mudança com Keeley?

A expressão de Mairin suavizou.

– Não, ela ainda está dormindo.

Alaric fechou os olhos, depois se virou em direção ao lago. Talvez uma boa nadada clareasse sua mente e ele poderia se banhar ao mesmo tempo. Ewan tinha razão. Apodrecer ao lado de Keeley não faria nenhum bem.

– Ewan, o rei e todos os lairds estão impacientes – Mairin disse. – Eles querem saber o que é para ser feito.

– Sei bem disso, Mairin. – Havia uma censura na voz de Ewan, como se ele não tivesse gostado de ela tocar no assunto diante de Alaric.

Alaric ignorou os dois e voltou para a água gelada. Sabia muito bem que o rei e os lairds aguardavam Keeley morrer para que ele pudesse se casar com Rionna e selar a aliança.

Gannon lhe lançou uma barra de sabonete e esperou nos bancos de areia enquanto Alaric terminava o banho. Ewan e Caelen retornaram com Mairin, deixando Cormac para trás com Gannon para cuidar de Alaric.

Ele ainda não enlouquecera de tristeza. Com ênfase em *ainda*.

Quando voltou ao castelo meia hora mais tarde, Rionna o recebeu, com os olhos vermelhos e inchados. Seu coração parou e acelerou, martelando contra seu peito.

– O que foi? – ele perguntou.

– Você precisar vir. Ela está te chamando. Está mal, Alaric. Temo que não vá durar mais uma hora. Está tão fraca que não consegue manter os olhos abertos, e a febre está tão alta que ela está delirando.

Alaric começou a correr e voou pelo salão, esbarrando em inúmeras pessoas. Quando entrou no quarto de Keeley, seu coração parou.

Ela estava imóvel, tão imóvel que ele temia ser tarde demais. Mas, então, seus lábios tremeram muito levemente e ela sussurrou o nome dele.

Ele correu para o lado dela e se ajoelhou ao lado da cama.

– Estou aqui, Keeley. Estou aqui, amor.

Ele passou a mão pelo rosto dela, querendo que ela sentisse seu toque, querendo assegurar-lhe de que não estava sozinha.

Estava tão frágil, tão preciosa em suas mãos, tão quebrável. Ele não conseguia aceitar que ela poderia ser tirada dele a qualquer momento.

– Alaric? – ela sussurrou de novo.

– Sim, amor, estou aqui.

– Tão frio. Não dói mais. Só frio.

Alaric sentiu um frio na espinha.

Ela virou como se buscasse o rosto dele. Seus olhos apenas se entreabriram, mas não fixaram nele. O olhar dela estava sem vida, como se olhasse para um buraco negro.

– Estou com medo.

A confissão o dilacerou. Ele a pegou nos braços e lágrimas queimavam seus olhos. O fato de uma mulher que não temia nada agora estar com medo era mais do que ele poderia suportar.

– Estou com você, Keeley. Não tenha medo. Não vou te deixar. Eu juro.

– Me leve... – sua voz sumiu, pouco mais que um sussurro.

– Te levar aonde, docinho?

– Para o lugar... onde dissemos... adeus. Onde me beijou... por último.

Ele enterrou o rosto contra o pescoço dela e chorou.

– Por favor.

Oh, Deus, ele não queria que ela implorasse. A súplica em sua voz acabava completamente com ele.

– Sim, Keeley, vou te levar. Vou te levar aonde quiser.

Ela deu um sorriso triste e fechou os olhos, como se as poucas palavras que dissera a tivessem consumido por completo.

Ele a pegou gentilmente nos braços e a ergueu. Segurou-a contra o peito e pressionou os lábios no topo da cabeça dela. Lágrimas escorreram sem parar pelo rosto dele e ele desceu o corredor. Ninguém tentou impedi-lo. Mairin e Rionna choravam abertamente quando ele passou. Maddie tinha um olhar arrasado e Gannon baixou a cabeça em luto. No topo da escadaria, Caelen estava parado, com os punhos cerrados nas laterais do corpo.

Então, lentamente, ele esticou a mão para tocar o cabelo de Keeley e deixou os dedos escorregarem por sua bochecha. Ele se inclinou e beijou sua testa em um gesto carinhoso. Era a primeira vez que Alaric o vira demonstrar uma afeição ou preocupação tão aberta desde que a mulher que ele amara o traíra há tantos anos.

– Fique em paz – Caelen sussurrou.

Então ele recuou e saiu, com a mandíbula tensa.

Todo o clã se reuniu à medida que Alaric carregava Keeley pelo pátio e até o lago que seguia para o leste. Ele andou entre as árvores onde a aguardara uma semana antes. Parou na beirada da água e se abaixou para se sentar em uma das pedras.

– Estamos aqui, Keeley. Consegue sentir a brisa no rosto? Consegue sentir o ar fresco?

Os olhos dela se abriram fracamente e ela respirou fundo. A ação lhe causou dor instantânea e um espasmo cruel passou pelo rosto dela. Por muitos instantes, ela ficou deitada nos braços dele, com o peito subindo e descendo com o esforço.

– Sim – ela disse, enfim. – É maravilhoso sentir o sol na pele. Estou cansada, Alaric. Tentei muito lutar.

Ele podia ouvir a dor na voz dela, a tristeza sobre o conhecimento de que estava morrendo.

– Quero que saiba que morrerei feliz. Tudo... tudo que sempre quis... era ser sua. Sua... esposa. Mesmo que por pouco tempo. Você é meu e eu sou sua.

Alaric olhou para cima, o sofrimento caía sobre ele de forma pesada como uma rocha.

– Você sempre foi minha, Keeley. Do instante em que me levou para sua cabana. Nunca houve outra mulher que me cativou, de corpo e alma, da maneira que você fez. Nunca haverá outra. Eu deveria ter me disposto a lhe dar o que era seu antes. Tentei fazer o que era certo e, no fim, nada disso importa se te perder.

– Me abrace – ela sussurrou. – Fique aqui comigo e me abrace até chegar a hora de eu ir embora. Posso sentir que estou cada vez mais fraca. Acho que não vai demorar.

Um som de agonia foi arrancado da garganta de Alaric. O peito dele queimava como se ele engolisse fogo. Suas mãos tremiam tanto que ele estava preocupado em deixá-la cair.

– Sim, vou te abraçar, Keeley. Não vou te deixar sozinha. Vamos ficar aqui juntos e ver o sol se pôr no lago e vou te contar cada sonho que tive de nossa vida juntos.

Ela sorriu e estremeceu contra ele. Ficou completamente mole em seus braços, como se tivesse gastado toda a força que restava para dizer o que precisava. Por bastante tempo, ela ficou deitada até despertar, parecendo ter uma última coisa que ele precisava ouvir.

– Você é meu sonho, Alaric McCabe. E eu te amo. Te amei desde o instante em que seu cavalo o deixou em minha cabana. Passei muito tempo rancorosa e lamentando as circunstâncias da minha vida, mas a verdade é que eu não mudaria uma única coisa porque, senão, nunca teria conhecido seu amor.

Ele segurou o rosto dela nas mãos e baixou a boca até a dela. As lágrimas deles se misturaram e o sal deslizou em suas línguas quando Alaric beijou delicadamente seus lábios.

Ele fechou os olhos e a embalou para frente e para trás. O dia acabou em crepúsculo e a noite esfriou. Gannon veio com peles e, em silêncio, envolveu-as em Alaric e Keeley antes de deixar os dois sozinhos de novo.

O castelo já estava se preparando para o luto. Ninguém esperava que Keeley passasse daquela noite.

Alaric se ajeitou nas cobertas e ficou o mais confortável possível na pedra onde estava sentado. Ele começou a contar para Keeley todas as coisas que mais amava nela. Como ela o fazia rir com sua personalidade e seu humor sarcástico. Como ela não tinha medo dos irmãos dele.

Contou a ela sobre os sonhos de seus filhos e como ele queria uma menina tão linda e valente como ela e meninos com seu fogo e coragem.

A noite se instalou e as estrelas apareceram acima da cabeça deles. A lua se espalhava pelo lago, iluminando o casal conforme Alaric a segurava firme, sem deixar que Keeley escorregasse para longe dele.

Ela ficou cada vez mais quieta. Ele podia literalmente sentir a mudança conforme ela enfraquecia mais. A dor era demais para ele suportar.

Ele apoiou a cabeça no topo da dela e fechou os olhos, querendo um breve momento de paz. Quando abriu os olhos, o céu tinha clareado com a chegada iminente do amanhecer.

O pânico o esfaqueou no peito. Quanto tempo ele dormira? Estava com medo de olhar para baixo. Estava com medo de olhar para Keeley. E se ela tivesse morrido em seus braços enquanto ele dormia? Como ele se perdoaria?

– Keeley? – ele sussurrou ao se mexer na pedra.

Para sua felicidade, ela gemeu e se moveu contra ele. Sua testa brilhava com... suor. Com dedos trêmulos, ele tocou sua pele úmida e sentiu o líquido pegajoso que sinalizava o fim da febre.

Oh, Deus, ele não conseguia se mexer. Não conseguia pensar. Não conseguia processar. Deveria levá-la de volta ao castelo para que Ewan a examinasse, mas Deus sabia que, se ele tentasse se levantar agora, cairia de cara no chão.

Tocou o rosto dela, sua bochecha e suas pálpebras fechadas.

– Keeley, Keeley, moça, acorde e olhe para mim. Fale alguma coisa. Qualquer coisa.

Os lábios dela se abriram minimamente e era óbvio que ela tentava dizer algo, mas lhe faltava força, seus olhos se abriram um pouco, mas ela não conseguia mantê-los abertos.

– Não tem problema – ele a tranquilizou. – Sua febre passou. Está me ouvindo? Sua febre passou. É um bom sinal, Keeley. Você não vai morrer agora, ouviu? Lutou muito e por bastante tempo e me recuso a te deixar morrer agora que me deu esperança.

Ela sussurrou algo que ele não conseguiu ouvir. Ele se inclinou e colocou a orelha perto dos lábios dela.

– O que disse?

– Bruto – ela murmurou.

Ele fechou os olhos e riu. Era uma sensação tão extraordinária e maravilhosa que ele jogou a cabeça para trás e riu até lágrimas de alívio riscarem o seu rosto.

– Alaric, o que foi? – Ewan perguntou ao correr na direção do irmão.

Alaric se virou e viu o irmão parar a alguns passos, com a expressão cansada e sofrida. Ele olhou para a figura imóvel de Keeley e de volta para as lágrimas descendo pelo rosto de Alaric.

– Sinto muito, Alaric. Sinto tanto.

Alaric sorriu largamente.

– Ela está viva, Ewan. Está viva! A febre passou e ela acabou de me chamar de bruto. Com certeza, é um sinal de que não tem intenção de morrer.

Um sorriso enorme apareceu no rosto de Ewan.

– É, com certeza é um bom sinal. Qualquer moça que tem a coragem de ser do contra com certeza não vai morrer.

– Não consigo carregá-la, Ewan – Alaric admitiu. – Deus sabe que estou tão em choque que não tenho força para ficar em pé.

Ewan se apressou e pegou Keeley nos braços. Alaric demorou um instante, mas conseguiu se levantar com as pernas trêmulas e andar ao lado do irmão de volta ao castelo.

– Todos acham que ela está morta – Ewan explicou. – Correu pelo castelo que você a levou para o lago para morrer.

– É um milagre, Ewan. Um milagre que não consigo explicar, mas estou muito grato por ele. Ela estava morrendo. Pude senti-la morrendo em meus braços. Segurei-a a noite toda e conversei com ela o tempo todo, contando-lhe de meus sonhos e dos filhos que teríamos. Caí no sono e, quando acordei, a febre dela tinha passado e ela estava banhada em suor. Ainda está fraca como um filhotinho, mas a febre passou.

– Vou dar uma olhada no ferimento dela assim que chegarmos à sua cama – Ewan prometeu. – Então precisamos ver o que fazer sobre a aliança com os McDonald. O rei está esperando, assim como os lairds dos clãs que vieram para o seu casamento. Não podemos mais segurá-los aqui.

Alaric olhou para o irmão com todo o pesar em seu coração. Então assentiu, sabendo que deveria encarar essa questão ou o resultado poderia ser desastroso para seu clã.

– Assim que Keeley estiver confortável, vou com você para encontrar nosso rei – Alaric disse baixinho.

Capítulo 38

Alaric deixou Keeley com Maddie e Christina, e Mairin entrava quantas vezes conseguisse passar por Cormac, que estava de guarda na porta.

Maddie começou a chorar quando Alaric lhe contou que a febre de Keeley sumira.

– Vou cuidar bem da moça, Alaric. Vá fazer o que precisa. Vou lavá-la e alimentá-la e estará bem recuperada quando você voltar, eu juro.

Alaric sorriu.

– Sei que vai, Maddie.

Ele deu um último beijo nos lábios de Keeley antes de sair de seu quarto, descer as escadas e seguir para onde os outros aguardavam no salão. Caelen o encontrou quando ele desceu as escadas.

– Soube que Keeley está se recuperando.

Alaric sorriu.

– Está.

– Quero que saiba que pode contar com meu apoio para o que quer que seja decidido hoje.

Alaric ficou sério.

– Significa muito para mim, Caelen. Mais do que pode imaginar.

– Vamos ver o que o rei tem para dizer, então?

Alaric entrou à frente de Caelen e o salão ficou instantaneamente em silêncio. Havia muitas pessoas.

Na mesa alta, estavam sentados Ewan e o rei junto com o Laird McDonald e Rionna à sua direita.

Os outros lairds estavam sentados nas duas mesas que flanqueavam a mesa alta no meio do salão.

Quando o rei viu Alaric entrar, levantou-se e gesticulou para que ele se aproximasse.

– Vossa Alteza – Alaric murmurou quando parou diante do homem mais velho.

– Temos um problema, Alaric McCabe. Um que precisamos remediar logo.

Alaric parou com as pernas abertas e os braços cruzados à frente do peito enquanto esperava que o rei continuasse.

– Foi admirável ter oferecido se casar com a mulher que amava após ela ter salvado sua vida e cair morrendo em seus braços. O problema agora é que soube que ela pode se recuperar.

– Ela *vai* se recuperar – Alaric corrigiu sutilmente.

– Então está casado com a mulher errada.

O Laird McDonald se levantou e deu um soco na mesa.

– Isso é um insulto. Um disparate. O acordo era ele se casar com minha filha, Rionna, não com uma prostituta que foi expulsa do Clã McDonald há anos.

Alaric rosnou e começou a avançar no laird, mas Caelen chegou primeiro. Agarrou o pescoço do Laird McDonald e o jogou na cadeira. O laird, imediatamente, ficou em silêncio e encarou Caelen com medo.

Alaric franziu o cenho. O que acontecera entre os dois que deixaria Caelen tão bravo, e por que o laird temeria tanto Caelen?

– Fique quieto, McDonald – o rei o repreendeu. – Essa prostituta da qual fala salvou a vida de Alaric duas vezes e cuidou da minha sobrinha, fazendo o parto da herdeira de Neamh Álainn em segurança.

Devo muito a ela e é minha intenção ter certeza de que ela nunca mais precise de nada.

Ele voltou a atenção para Alaric.

– Como eu disse, foi honrável ter se casado com ela, mas precisa abandoná-la para o casamento com Rionna McDonald seguir em frente. Tenho uma dúzia de lairds de clãs vizinhos prontos para jurar lealdade à coroa e se aliar aos McCabe assim que você se casar e assumir como laird do Clã McDonald.

Alaric encarou o rei, sem acreditar que o abandono de outra para se casar com Rionna McDonald estivesse sendo sugerido tão calmamente. Ele olhou para Ewan para ver sua reação. Seu irmão estava sentado ao lado do rei, com a expressão indecifrável. Também esperava que Alaric abandonasse Keeley e seguisse em frente com seu casamento com Rionna?

Ele pensou em tudo que dependia seu casamento. A segurança de seu clã. Seus irmãos. Mairin e seu bebê. Finalmente, a possibilidade de declarar guerra e derrotar Cameron.

E seu casamento poderia fazer tudo isso? Ele balançou a cabeça.

– Não. Não vou deixá-la.

Os olhos do rei se arregalaram e o salão se dissolveu em caos. Aumentaram-se as vozes. Declarações bravas eram jogadas. Ameaças eram feitas e o Laird McDonald estava quase paralisado com sua fúria.

Alaric rugiu uma ordem para permanecerem calmos. Quando o salão finalmente ficou em silêncio, ele varreu com seu olhar os homens reunidos.

– Só um homem sem honra abandonaria a mulher que ama para se casar com outra. Só um homem sem honra deixaria sua mulher quando ela está tão perto da morte depois de salvar sua vida. Não consigo ser esse homem. Eu a amo. Devo minha lealdade e fidelidade a ela. Devo minha proteção e toda felicidade que posso lhe trazer pelo resto de sua vida.

Ele se virou para encarar Ewan.

– Sei que isso vai baixar a moral com minha família. Meus irmãos. Meu clã. Meu rei. Mas não posso ser o homem que você sempre conheceu se fizer isso. Tem de haver outra forma de fazer a aliança dar certo. O fato de eu ser laird dos McDonald não deveria ser a ligação que nos une.

O rei soltou a respiração, com os olhos brilhando de raiva.

– Pense no que está fazendo. Cameron quase destruiu seu clã. Essa é sua oportunidade de acabar com ele de uma vez por todas.

– Com ou sem esta aliança, Cameron é um homem morto – Alaric disse com uma voz ameaçadora. – O que o senhor busca é uma aliança que impedirá que Malcolm tenha sucesso em tomar o trono, e gostaria de usar nosso clã a fim de atingir seu objetivo.

O rosto do rei ficou sombrio.

– Não farei isso. – Alaric olhou para Rionna, com pedido de perdão nos olhos. – Sinto muito, Rionna. Não quero te humilhar para o mundo. Você é uma boa moça que merece um marido que não ame outra. Não posso me casar com você.

– Eu me casarei com ela.

O salão ficou em total silêncio. Alaric se virou, certo de que não fora Caelen que falara aquelas palavras. Quando viu que realmente fora seu irmão que dera um passo à frente e fizera a declaração, só conseguiu olhar abismado.

Rionna arfou e levou uma mão à boca ao olhar horrorizada para Caelen.

Ewan se levantou de seu assento com a expressão cautelosa.

– Acho que não ouvi corretamente.

– Eu disse que me casarei com ela – Caelen repetiu. – É a solução mais fácil. Um McCabe ainda se torna laird do Clã McDonald. Nossas alianças são seladas. Nos comprometemos com o rei contra

Malcolm e Cameron. Alaric fica casado com Keeley. Todo o mundo tem o que quer.

– Menos você – Alaric murmurou.

Caelen curvou os lábios.

– Não importa. Contanto que ela me dê filhos e filhas. Ficarei bem satisfeito com a união.

Rionna ficara pálida e afundara em seu assento ao lado de seu pai. O laird estava quase tão pálido quanto ela ao olhar horrorizado para o rei.

– Isso não pode ser permitido – o Laird McDonald falou cuspindo. – O acordo era que Alaric McCabe se casasse com Rionna e se tornasse laird quando eu abdicasse.

O rei esfregava o queixo de forma pensativa.

– Ewan, o que acha dessa confusão?

Ewan olhou firme para Caelen, mas Caelen o encarou de volta, com a expressão teimosa e determinada.

– Acho – Ewan disse devagar – que é uma solução razoável contanto que todas as partes concordem.

– Eu não concordo! – o Laird McDonald gritou.

– Pai, sente-se – Rionna disse com uma voz que soava como a batida de uma espada no escudo.

Ela se levantou e andou até o centro do cômodo onde Alaric e Caelen estavam diante de Ewan e do rei.

– Suas condições? – ela perguntou para Caelen com uma voz fria.

– Moça esperta – Caelen murmurou. – Sim, há condições. Seu pai deixa o castelo McCabe imediatamente e nunca mais poderá retornar enquanto Keeley McCabe morar aqui. Quando voltarmos para as terras McDonald após nosso casamento, seu pai deixa o posto de laird imediatamente e cede o poder a mim.

– Isso é um absurdo! – o Laird McDonald berrou.

Muitos outros McDonald expressaram seu desprazer e, logo, o salão estava vibrando com gritos raivosos.

Para a surpresa de Alaric, Rionna não disse nada durante a discussão. Ela ficou completamente imóvel, analisando Caelen.

– Suas condições parecem ser irracionais – o rei disse.

Caelen deu de ombros.

– Elas são minhas. Irracionais ou não.

– Não estou disposto a deixar a posição de laird ainda – o Laird McDonald berrou. – O plano era ceder o poder para Alaric depois do primeiro filho de Rionna.

Caelen ofereceu um sorriso preguiçoso.

– Posso garantir-lhe que sua filha terá um filho em nove meses após nosso casamento. Qual será a diferença de nove meses para você?

Rionna ficou vermelha e o Laird McDonald quase explodiu de raiva.

Então, Caelen se virou para o rei.

– Dei minha palavra de que não relataria um acontecimento de alguns dias atrás. Mas o motivo para não contar não é mais um problema e eu gostaria que o senhor e os outros clãs soubessem o tipo de homem que o Laird McDonald é e por que é minha condição que ele abdique do posto no instante em que me casar com sua filha.

O rei franziu o cenho.

– Então, fale. Dou-lhe permissão para quebrar a promessa.

– Quando Keeley era uma garota, era uma McDonald. Prima de Rionna e sobrinha do Laird McDonald. Ele a prendeu em seu quarto e tentou estuprá-la. Uma garota que mal havia se tornado mulher. Quando sua esposa os encontrou, chamou Keeley de prostituta e a expulsou do castelo. Ela foi obrigada a viver sozinha e se sustentar como nenhuma garota deveria ter de fazer. Estava sem proteção. É um milagre ter sobrevivido.

– Isso é loucura – o Laird McDonald cuspiu. – Foi como minha esposa disse. A moça tentou me seduzir.

Rionna se virou e encarou o pai com um olhar que o deixou branco e o fez sentar novamente.

– Isso não é tudo – Caelen disse baixinho. – Depois da chegada do laird aqui, quando ele descobriu que Keeley estava morando no castelo McCabe, esperou que ela passasse por seu quarto. Puxou-a para dentro, trancou a porta e tentou estuprá-la de novo.

Alaric avançou do outro lado da mesa e se jogou no Laird McDonald. A força fez com que os dois caíssem para trás e batessem no chão com um barulho ressoante que ecoou pelo castelo.

– Seu filho da puta – Alaric rosnou. – Como ousou tocá-la de novo? Vou te matar por isso!

Ele ergueu o laird e lhe deu um soco na cara, satisfeito quando o laird cuspiu sangue e dois dentes saíram voando de sua boca. Alaric recuou para bater de novo quando Caelen segurou seu punho.

– Chega – ele disse baixinho. – Deixei você dar um soco, mas agora o laird é meu problema, e vou lidar com ele de acordo.

– Foi você que a encontrou, não foi? – Alaric disse rouco. – E não me contou. Era para *eu* protegê-la. Deveria ter sido *eu* a fazê-lo pagar por esse insulto.

Caelen sorriu.

– Sua moça fez um bom trabalho sozinha. Deu um soco no nariz e quase arregaçou as bolas dele. Só terminei o trabalho para ela.

O rei se levantou, com a expressão sombria ao encarar o que acontecia.

– Isso é verdade, Laird McDonald? Você tentou estuprar uma criança sob seus cuidados e proteção? E tentou atacá-la mais uma vez sob o teto do Laird McCabe?

O laird permaneceu em silêncio enquanto tapava a boca sangrenta.

– Sim, é verdade – Rionna disse baixinho. – Eu estava lá.

– Puta desleal! – o laird cuspiu.

Caelen se voltou para o laird.

– É minha futura esposa que está insultando. Sugiro que reconsidere firmemente qualquer palavra que tem a dizer para ela no futuro.

O rei esfregou os dedos de maneira cansada no topo do nariz.

– O que acha disso, Ewan? Ainda podemos salvar essa aliança e os outros se unirão à nossa causa?

Ewan ergueu uma sobrancelha e observou os ocupantes do salão, cuja maioria estava em silêncio ao assistir ao que acontecia entre os McDonald e os McCabe.

– Por que não pergunta a eles?

O rei riu.

– Boa ideia, Ewan.

Ele ergueu as mãos para fazerem silêncio e, então, se dirigiu ao salão lotado.

– O que dizem, lairds? Se Caelen McCabe se casar com Rionna McDonald e selar Neamh Álainn às terras McCabe por meio da aliança com os McDonald, vocês se unirão a nós em nossa luta contra Duncan Cameron e Malcolm?

Um por um, os lairds deram um passo à frente, e o único som era de suas botas arranhando o chão.

– Eu me recuso a me aliar a um covarde que abusa de crianças – um laird gritou. – Se Caelen McCabe se tornar laird após seu casamento com Rionna McDonald, aí, sim, me unirei e jurarei lealdade à Sua Majestade e aos McCabe.

Os outros lairds assentiram e concordaram.

– Há só mais uma pergunta – Caelen falou.

Todas as cabeças se viraram em sua direção, mas ele voltou o olhar para Rionna, que ainda estava pálida e parada como uma vareta no centro do cômodo.

– Está disposta a se casar comigo e não com Alaric McCabe, Rionna McDonald?

Rionna olhou para o pai e balançou a cabeça em um gesto de lamentação. Finalmente, olhou para Caelen com seus olhos dourados cativantes.

– Sim, Caelen McCabe. Você se provou um amigo valioso e leal a Keeley e um bom irmão para Alaric.

– E apoia o fato de me tornar laird após nosso casamento e de seu pai abdicar?

Desta vez, ela nem hesitou.

– Eu não o quero em nossas terras.

O salão se encheu de burburinhos surpresos com as palavras dela. O Laird McDonald empalideceu e se levantou de novo.

– Sua puta ingrata! Para onde quer que eu vá?

– Não me importo. Mas você não é mais bem-vindo nas terras McDonald.

Caelen ergueu uma sobrancelha, surpreso e, depois, trocou olhares com Alaric. Nenhum dos irmãos esperava por isso. Era evidente, pelas visitas anteriores dos McDonald, que havia uma tensão entre pai e filha, mas eles não estavam preparados para o discurso frio de Rionna.

– Então está resolvido – o rei disse. – Parece que, no fim das contas, teremos um casamento.

Capítulo 39

Alaric encontrou Caelen quando o irmão estava prestes a entrar no quarto de Keeley.

– Repasse meu amor a ela e lhe diga que nunca duvidei dela nem por um segundo – Caelen disse com um sorriso triste.

– Eu vou. E Caelen, obrigado. Nem sei o que dizer. Nem imaginava que você se envolveria assim por mim e por Keeley. Não temos como agradecer.

Caelen sorriu.

– Aprendi muito com sua moça, Alaric. Nunca conheci alguém tão bravamente fiel e altruísta como ela. Ela se recusou a deixar que eu lhe contasse sobre o ataque do McDonald porque sabia o que você faria e estava preocupada em arruinar o casamento entre você e Rionna. Sabia o quanto esta aliança significava para o nosso clã, e estava disposta a colocar de lado suas vontades e desejos pessoais a fim de fazer o que pensava que era melhor para a família. Como eu poderia fazer menos que isso?

– Tome cuidado com Rionna – Alaric alertou. – Mairin estava preocupada de que eu fosse bruto com ela e, se estava preocupada comigo, imagino como teme com você.

Caelen riu.

– Mairin parece achar que todos nós queremos lidar com ela com mãos de ferro e arrasar com a parte dela que a torna especial. – Alaric deu de ombros. – Não faço ideia do que ela quer dizer, mas agora é com você. Tenho certeza de que tem algo a ver com o fato de ela andar por aí vestindo roupa de homem e de poder manejar uma espada e cavalgar melhor que muitos guerreiros.

– Ela fará o que eu disser – Caelen disse preguiçosamente.

– Queria estar lá para testemunhar isso.

– Agora vá e cuide da sua mulher. Sua esposa – Caelen emendou.

Alaric deu um tapinha no ombro de Caelen e, então, entrou no quarto de Keeley. Para sua surpresa, Gannon estava sentado na cama ao lado dela, passando um pano úmido em sua testa.

Ele quase deu risada. Keeley conquistou a todos eles. Não o surpreenderia se todo o clã assumisse turnos para cuidar dela.

Gannon olhou para cima e viu Alaric.

– Maddie levou Mairin para o quarto dela para que ela pudesse amamentar o bebê. Era para eu cuidar de Keeley até um de vocês retornar.

Alaric assentiu e gesticulou para Gannon se levantar.

– Como ela está? Recobrou a consciência?

– Ela está suando com a febre e ficou tão quente que tivemos de abrir a janela para deixar o ar mais frio entrar. Ela fica indo e vindo, embora eu ache que esteja mais dormindo do que inconsciente.

Alaric respirou aliviado.

– Pode ir agora. Eu cuido dela a partir de agora.

Gannon parou à porta.

– O que aconteceu lá embaixo? Disseram que o rei mandou que abandonasse Keeley.

Alaric sorriu.

– É, ele mandou.

Gannon fez careta e estufou o peito como se estivesse prestes a explodir.

– Eu recusei.

Gannon ergueu uma sobrancelha, chocado.

– Você disse não para o rei?

– Disse, sim – Alaric disse, lamentando. – Foi mais fácil do que parece.

– O que vai acontecer?

– É uma longa história e, se encontrar Caelen, tenho certeza de que ele ficará mais do que feliz em te contar. Agora, preciso cuidar da minha esposa e dizer de novo que a amo.

Gannon sorriu e saiu do quarto apressadamente.

Alaric foi para o lado de Keeley e a aconchegou nele. Ela se aninhou contra seu corpo e ele absorveu a sensação prazerosa de sua pele na dele, bem quente e macia. Delicada e infinitamente frágil contra seu corpo muito maior.

Ela era um milagre. O seu milagre. Pelo qual ele agradeceria a Deus todo dia pelo resto da vida.

– Alaric? – ela sussurrou.

– Sim, amor?

– Você vai me abandonar? Porque vou te contar que isso é podre de se fazer depois que eu viver. Não vou ficar tão calada desta vez. Você é meu marido, e não vou simplesmente desistir do meu marido para que se case com outra.

A petulância na voz dela o fez rir. Ela soava extremamente irritada e ofendida que tal coisa fosse possível.

Ele beijou seu nariz e encostou a bochecha contra a dela.

– Não, amor. Temo que esteja presa a mim. Desafiei o rei, meu irmão e quase doze outros clãs no processo, sem mencionar o desgraçado do Laird McDonald que você não me contou que a atacara dias atrás.

– Hummm, fez tudo isso por mim? – ela perguntou sonolenta.

– Fiz, sim.

Ela sorriu contra seu pescoço.

– Eu te amo. Te contei que considerei fortemente morrer, mas não consegui suportar a ideia de nunca mais te ver, mesmo se estivesse casado com outra mulher?

Ele fez careta para ela e tocou seu queixo para que ela olhasse diretamente em seus olhos.

– Você nunca mais vai pensar em tal coisa de novo, ouviu? Te proíbo de morrer.

– Muito bem, então, já que me proíbe, devo dizer que planejo ter uma recuperação completa. O ferimento está muito dolorido e é verdade que quase vomito toda vez que me mexo errado, mas planejo estar de pé e andando em uma semana, anote minhas palavras.

Ele riu pelas palavras arrogantes, depois a calou com um beijo gentil na boca.

– Eu te amo, Keeley McCabe. Você é uma McCabe de verdade agora. Estamos casados aos olhos de Deus e dos homens de nosso clã. Tudo o que precisa agora é consumar o casamento.

Ela gemeu.

– Essa parte vai ter que esperar um pouco.

Ele a abraçou com todo o cuidado que conseguia e apenas a segurou, absorvendo a alegria de tê-la viva, pertencendo a ele, de ser capaz de dizer ao mundo que a amava.

– Vou esperar o tempo que precisar, meu amor. Temos o resto da vida para consumar nosso casamento. Na verdade, acho que deveríamos pensar em consumá-lo diariamente. Quando estiver bem, é claro.

Ela suspirou e pressionou a bochecha em seu peito.

– Eu te amo, Alaric McCabe. E estou disposta a testar nossa consumação na próxima semana, se desejar.

Ele riu e se movimentou para que pudesse capturar seus lábios em um beijo demorado e delicioso.

– Se eu desejar? Moça, não há nada mais no mundo que eu deseje do que uma vida com você repleta de amor, risada e filhos.

Ela bocejou e fechou os olhos, e ele a observou cair no sono contra seu peito. Com certeza, não havia visão mais preciosa do que ela espalhada em seu corpo, e nenhum conhecimento mais doce do que o fato de ela ser verdadeiramente dele. Por quanto tempo eles respirassem.

Leia o começo emocionante do próximo romance de Maya Banks

Apaixonada por um Highlander

O tempo para seu primeiro casamento estava uma maravilha da natureza. Um dia quente fora de época em janeiro. Bem ameno, sem nenhuma brisa para despentear seu cabelo arranjado com tanto cuidado. Era como se o mundo tivesse parado para testemunhar a união das duas almas.

Rionna emitiu um som gutural, fazendo com que seu futuro marido levantasse a sobrancelha.

O tempo para seu segundo casamento? Escuro e úmido com uma tempestade de inverno chegando pelo oeste. Uma brisa fria já se instalara e o vento soprava violenta e incessantemente. Como se o mundo soubesse o quanto ela estava insegura com o homem ao seu lado, pronto para recitar os votos que o ligaria a ela para sempre.

Um arrepio subiu pela espinha dela, apesar de eles estarem diante de uma lareira enorme no grande salão.

Caelen franziu o cenho e se aproximou de Rionna a fim de protegê-la do vento soprando pelas peles na janela. Ela deu um passo para trás apressadamente antes de pensar melhor. O homem a deixava nervosa, e não era muita gente que a intimidava.

Ele franziu mais o cenho, depois voltou sua atenção para o padre.

Rionna olhou rapidamente em volta, esperando que ninguém tivesse testemunhado aquela troca de olhares. Não seria bom as pessoas acharem que ela temia seu novo marido. Mesmo que fosse verdade.

Ewan McCabe, o irmão McCabe mais velho e o primeiro homem com quem era para ela ter se casado, parou ao lado do irmão, com os braços cruzados à frente do peito enorme. Ele parecia ansioso para acabar com toda aquela coisa.

Alaric McCabe, o homem com quem ela quase se casara depois de Ewan se casar com Mairin Stuart, também parecia impaciente e ficava olhando para as escadas, como se pudesse correr a qualquer momento. Sua nova esposa, Keeley, estava lá em cima se recuperando de um ferimento que quase acabara com a vida dela.

A terceira vez era a definitiva, certo?

O rei David não estava em pé para a ocasião. Ele estava sentado formalmente ao lado da lareira, olhando com aprovação enquanto o padre se demorava em seu discurso. Em volta dele, também sentados, estavam muitos lairds das terras vizinhas. Todos esperando pela aliança entre os McDonald e os McCabe. Uma aliança que seria selada com o casamento de Caelen McCabe, o irmão McCabe mais novo – e último.

Era importante dizer que era o último porque, se algo desse errado com aquele casamento, não haveria mais McCabe para ela se casar e, naquele instante, seu orgulho não poderia aguentar outra rejeição.

Seu olhar passou do rei e dos lairds reunidos para seu pai mal-humorado, que estava sentado longe dos guerreiros, com os traços carrancudos e irritados.

Por um instante, seus olhares se encontraram e o lábio dele se curvou em um rosnado. Ela não o apoiara em continuar na posição de laird. Provavelmente fora desleal de sua parte. Não sabia se Caelen McCabe seria um laird melhor, mas com certeza era um homem melhor.

Ela percebeu que todos os olhares estavam sobre ela. Olhou nervosa para o padre e viu que perdera a deixa para recitar seus votos. Ainda mais vergonhoso, ela não fazia ideia do que o homem dissera.

– Agora é quando você jura me obedecer, unir-se apenas a mim e permanecer fiel por todos os seus dias – Caelen falou pausadamente.

As palavras dele enrijeceram sua espinha e ela não pôde conter o olhar desafiador a ele.

– E o que exatamente está jurando a mim?

Os olhos verdes pálidos dele caíram friamente sobre ela, analisando e depois erguendo-os como se não encontrasse nada significativo. Ela não gostou daquele olhar. Ele a ignorou.

– Você vai ter minha proteção e respeito devido a uma moça à sua altura.

– Só isso?

Ela sussurrou as palavras, mas teria dado tudo para não tê-las deixado sair. Porém, não havia dúvida de que ela sairia perdendo. Ewan McCabe claramente amava sua esposa, Mairin, e Alaric acabara de desafiar o rei e o país para ficar com a mulher que amava – efetivamente deixando Rionna de lado no processo.

Não que ela estivesse brava. Ela amava Keeley, que merecia ser feliz. O coração de Rionna ficou contente por um homem forte e bonito como Alaric ter proclamado publicamente seu amor por Keeley.

Mas também indicou o quanto seu próprio casamento seria improdutivo.

Caelen emitiu um som de irritação.

– O que você quer exatamente, moça?

Ela ergueu o queixo e o encarou, igualmente fria.

– Nada. É suficiente. Terei seu respeito e seu cuidado. Porém, não precisarei de sua proteção.

Ele ergueu uma sobrancelha.

– É mesmo?

– É. Posso cuidar da minha própria proteção.

Caelen riu e os homens reunidos riram.

– Diga seus votos, moça. Não temos o dia todo. Os homens estão com fome. Estão esperando por quase quinze dias agora.

Todos concordaram pelo salão e suas faces queimaram. Esse era seu casamento e ela não iria se apressar. Quem se importava com comida e com o estômago dos homens?

Como se sentisse que ela estava ficando furiosa, Caelen esticou o braço, pegou a mão dela e a puxou para seu lado até sua coxa queimar a dela com o tecido de seu vestido.

– Padre – Caelen disse com respeito –, pode dizer à moça o que ela precisa falar de novo?

Rionna se exasperou por todo o tempo que recitou. Lágrimas pinicaram seus olhos, mas ela não sabia por quê. Não era como se ela e Alaric estivessem apaixonados mais do que ela e Caelen. Toda a ideia de se casar com um McCabe fora planejada por seu pai e concordada pelos McCabe e o próprio rei.

Ela era só um peão para ser usado e descartado.

Ela suspirou e balançou a cabeça. Era ridículo ser tão sentimental. Havia coisas piores. Deveria estar feliz. Reencontrara sua irmã de coração ao ver Keeley, que agora estava feliz para sempre, casada, mesmo que encarasse uma longa recuperação. E o pai de Rionna não seria mais laird de seu clã.

Ela arriscou olhar de novo só para ver o pai virar outra caneca de cerveja. Supôs que não poderia culpá-lo totalmente por beber tanto. Todo seu modo de vida desapareceu em um segundo. Mas ela não podia se arrepender.

Seu clã poderia ser grande – *seria* grande – sob a liderança certa. Nunca foi sob a liderança de seu pai. Ele enfraquecera o nome McDonald até eles estarem reduzidos a implorar por ajuda e se aliar a um clã mais forte.

Ela cerrou a mão livre na lateral do corpo. Era seu sonho restaurar a glória de seu clã. Treinar os soldados em uma força formidável de luta. Agora seria tarefa de Caelen e ela seria relegada à posição observadora em vez de participativa, como queria.

Ela arfou com surpresa quando Caelen, de repente, se inclinou e a beijou. Ele se afastou quase antes de ela registrar o que fizera e ela ficou lá com os olhos arregalados ao levar a mão trêmula à boca.

A cerimônia terminara. No mesmo instante, criadas invadiram o salão carregando verdadeiras bandejas de comida, muito do qual viera de seu próprio estoque depois da aposta tola de seu pai há muitos meses.

Caelen a observou por um instante, depois gesticulou para ela ir à frente dele em direção à mesa alta. Rionna ficou feliz por ver Mairin se juntar ao marido. Em um mar de rostos não identificados e brutos, Mairin McCabe era um raio de sol. Sol cansado, mas quente.

Mairin correu com um sorriso enorme.

– Rionna, você está linda. Não há uma mulher aqui que esteja tão linda quanto você hoje.

As bochechas de Rionna esquentaram com o elogio de Mairin. Ela estava um pouco envergonhada por usar o mesmo vestido que usou quando quase se casou com Alaric. Ela se sentia amassada, amarrotada e suja. Mas a sinceridade no sorriso de Mairin tranquilizou o espírito de Rionna.

Mairin pegou a mão de Rionna nas dela como se oferecesse coragem.

– Oh, suas mãos estão congeladas! – Mairin exclamou. – Eu queria tanto estar presente no seu casamento. Espero que me perdoe.

– É claro – Rionna disse com um sorriso sincero. – Como Keeley está passando?

Um pouco de preocupação transpareceu no olhar de Mairin.

– Venha, sente-se para que possamos ser servidas. E então vou te contar sobre Keeley.

Rionna ficou aborrecida por ter olhado primeiro para seu novo marido a fim de ver o aceno de permissão dele. Ela cerrou os dentes e foi para a mesa para se sentar ao lado de Mairin. Já estava agindo como uma tola dócil e não estava casada nem há cinco minutos.

No entanto, na verdade, Caelen a assustava. Alaric não. Até mesmo Ewan não a intimidava. Mas Caelen a deixava com muito medo.

Rionna se sentou na cadeira ao lado de Mairin, esperando que Caelen demorasse um pouco para se juntar a ela. Ela não teve tanta sorte. Seu marido puxou a cadeira ao lado dela e correu para a mesa, a perna dele estava tão perto que pressionava a sua coxa.

Decidindo que seria rude – e óbvio – se ela se aproximasse de Mairin, resolveu ignorá-lo. Não podia se esquecer de que era aceitável que ele ficasse tão íntimo agora. Eles estavam casados.

Ela inspirou quando percebeu que era claro que ele ia exigir seus direitos conjugais. De fato, havia a noite de núpcias, o defloramento da virgem. Todas as coisas pelas quais as mulheres fofocavam quando os homens não estavam por perto.

O problema era que Rionna sempre estava com os homens e nunca fofocara na vida. Keeley fora separada dela quando eram muito novas, antes de Rionna começar a ficar curiosa por tais assuntos.

Com um pai safado e o medo constante de Rionna por Keeley, o mero pensamento de copular a deixava enjoada. Agora ela tinha um marido que esperava... Bom, esperava certas coisas, e que Deus a ajudasse, porque ela não fazia ideia do que eram.

A humilhação tensionou suas bochechas. Podia perguntar a Mairin. Ou a uma das mulheres McCabe. Todas eram bem generosas e gentis com Rionna. Mas a ideia de ter de admitir a elas o quanto era ignorante a fazia querer se esconder debaixo da mesa.

Ela sabia manejar uma espada melhor que a maioria dos homens. Sabia lutar. E era rápida. Sabia ser cruel quando provocada. Não tinha uma estrutura delicada nem desmaiava ao ver sangue.

Mas não sabia beijar.

– Você vai comer? – Caelen perguntou.

Ela olhou para cima e viu que os lugares haviam sido tomados e que a comida estava posta na mesa. Caelen havia sido atencioso: cortou um pedaço de carne e o colocou em seu prato.

– Sim – ela sussurrou.

A verdade era que ela estava quase morrendo de fome.

– Quer água ou cerveja?

Também era verdade que ela nunca bebia, mas, de alguma forma, naquele dia a cerveja parecia uma escolha sábia.

– Cerveja – ela disse, e esperou Caelen encher a caneca. Ela esticou a mão para pegá-la, mas, para sua surpresa, ele colocou na boca e primeiro cheirou depois bebeu um pouco.

– Não está envenenada – ele disse e deslizou na direção dela.

Ela ficou boquiaberta, sem compreender o que ele acabara de fazer.

– Mas e se *estivesse* envenenada?

Ele tocou sua face. Só uma vez. Era o único gesto de afeição que ele lhe oferecera e talvez nem tivesse sido com a intenção de afeição, mas foi gentil e até confortador.

– Então você não teria bebido o veneno nem teria morrido. Já quase perdemos um McCabe para tal covardia. Não vou arriscar outro.

Ela ficou abismada.

– Isso é ridículo! Acha que se *você* morrer assim torna tudo melhor?

– Rionna, acabei de jurar votos sagrados de protegê-la. Isso significa que darei minha vida por você e por qualquer filho que tenhamos. Já tivemos uma cobra em nosso meio tentando envenenar Ewan.

Agora que você e eu nos casamos, há melhor forma de impedir a aliança entre nossos clãs que não seja matar você?

– Ou você – ela sentiu obrigação de apontar.

– É, é uma possibilidade. Mas, se a única herdeira do McDonald morrer, então seu clã se desmancha, o que se torna um alvo fácil para Duncan Cameron. Você é a essência dessa aliança, Rionna. Acreditando nisso ou não. Muita coisa está sobre suas costas. Garanto que não será fácil para você.

– Não, nunca imaginei que seria diferente.

– Moça esperta.

Ele brincou com a caneca antes de entregar a ela. Então, solicitamente, ergueu-a e segurou na boca de Rionna, assim como um marido recém-casado faria para sua noiva durante o banquete de casamento.

– Beba, Rionna. Você parece exausta. Está com os nervos à flor da pele. Está tão dura que não consegue ficar confortável. Beba e tente relaxar. Temos uma longa tarde pela frente.

Ele não mentira.

Rionna ficou sentada exausta à mesa enquanto era feito brinde após brinde. Havia brindes para os McCabe. Brindes para a nova herdeira McCabe. Ewan e Mairin eram os pais orgulhosos da menina recém-nascida, que também era herdeira de uma das maiores e mais seletas propriedades da Escócia.

Depois houve brindes para Alaric e Keeley. Para a saúde de Keeley. Então começaram os brindes para seu casamento com Caelen.

Em certo ponto, os brindes passaram a se referir à masculinidade de Caelen, e dois lairds até começaram a apostar qual seria o tempo em que Rionna engravidaria.

Os olhos de Rionna estavam embaçados e ela não tinha total certeza se era devido aos longos elogios lançados de um lado para o outro. Sua caneca fora enchida mais vezes do que ela se lembrava, mas ela bebia, ignorando a forma como descia até seu estômago e fazia sua cabeça girar.

O Laird McCabe havia decretado que, apesar dos muitos problemas que precisavam ser discutidos e as decisões que tinham de ser tomadas, aquele dia seria passado comemorando o casamento do irmão.

Rionna suspeitava de que Mairin tivesse tudo a ver com aquele decreto. Mas ela não precisava se incomodar. Havia pouco para ser comemorado na mente de Rionna.

Ela olhou de lado e viu Caelen recostado na cadeira, observando preguiçosamente os ocupantes da mesa. Ele gritou um insulto quando algum homem McCabe disse algo para ele. Alguma coisa a ver com sua masculinidade. Rionna estremeceu e propositalmente bloqueou a mente para a insinuação.

Ela engoliu outro gole grande da cerveja e colocou a caneca de volta na mesa com um barulho que a fez retrair. Ninguém pareceu notar, mas *foi* insuportavelmente alto.

A comida diante dela nadava em sua visão, e a ideia de colocá-la na boca, apesar de Caelen ter cortado a carne em pedacinhos, revirou seu estômago.

– Rionna, há algo errado?

A pergunta discreta de Mairin tirou Rionna de seu devaneio. Ela olhou culpada para a outra mulher e, depois, piscou quando Mairin, de repente, se transformou em duas pessoas.

– Eu gostaria de ver Keeley – ela soltou.

Se a esposa do laird achou que era esquisito Rionna querer visitar Keeley no dia do seu casamento, ela não reagiu.

– Subirei com você se quiser.

Rionna suspirou de alívio e começou a se levantar. A mão de Caelen envolveu seu punho e ele a puxou para baixo de volta, franzindo o rosto.

– Desejo ver Keeley, já que ela não pôde vir ao meu casamento – Rionna disse. – Com sua permissão, é claro.

Ela quase sufocou com as palavras.

Ele a analisou por um breve instante, depois relaxou a mão em seu punho.

– Pode ir.

Soou tão autoritário. Tão... típico de marido.

O estômago dela se revirou quando ela pediu licença ao laird. Casada. Jesus, ela estava casada. Era esperado que fosse submissa ao seu marido. Que obedecesse.

Suas mãos tremiam ao seguir Mairin em direção às escadas. Elas subiram em silêncio, um dos homens de Ewan as seguia, porque Mairin não ia a nenhum lugar sem escolta.

Deus misericordioso, era para ela ser guiada pelas rédeas agora que estava casada com Caelen? A ideia de não poder ir a nenhum lugar ou fazer qualquer coisa sem que alguém respirasse em seu cangote a sufocava.

À porta de Keeley, Mairin bateu devagar. Alaric atendeu, e Mairin falou em voz baixa com seu cunhado.

Alaric assentiu e saiu do caminho, mas disse:

– Tente não demorar. Ela se cansa fácil.

Rionna olhou para o homem que teria sido seu marido e não pôde evitar fazer uma comparação silenciosa entre ele e seu irmão mais novo. O homem com quem agora ela estava casada.

Não havia dúvida de que ambos eram guerreiros valentes, mas ela ainda não conseguia parar de pensar que teria preferido se casar com Alaric. Ele não parecia tão... frio... como Caelen. Ou indiferente. Ou... alguma coisa.

Ela não conseguia identificar exatamente, mas havia algo nos olhos de Caelen que a deixava inquieta, que a deixava cautelosa, como se a presa estivesse pronta para fugir do predador. Ele a fazia se sentir pequena e desprotegida. *Feminina.*

– Rionna – Alaric disse, assentindo. – Parabéns pelo casamento.

Ainda havia um toque de culpa em seus olhos e, de verdade, ela não se ressentia. Não pelo motivo de ele não ter se casado com ela. Mas o fato de ele se apaixonar por Keeley não sumiu com sua humilhação. Ela ainda estava tentando lidar com isso.

– Obrigada – ela murmurou.

Ela esperou até Alaric passar por ela, depois entrou no quarto de Keeley.

Keeley se apoiou na montanha de travesseiros. Estava pálida e as linhas de fadiga formavam sulcos em sua testa. Mesmo assim, ela sorriu fracamente quando seu olhar encontrou o de Rionna.

– Sinto tanto por ter perdido seu casamento – Keeley disse.

Rionna sorriu e foi até a cama. Ela se sentou na beirada para não causar dor a Keeley e, então, com cuidado, pegou a mão dela.

– Não importa. Mal me lembro dele.

Keeley bufou e um espasmo de dor passou por sua expressão.

– Eu tinha que ver você – Rionna sussurrou. – Tinha uma coisa... sobre a qual eu queria te pedir conselho.

Os olhos de Keeley se arregalaram de surpresa e ela olhou além de Rionna para Mairin.

– É claro. Está tudo bem se Mairin ficar aqui? Ela é totalmente confiável.

Rionna lançou um olhar hesitante na direção de Mairin.

– Talvez eu deva descer e pegar um pouco de bebida para nós – Mairin sugeriu. – Vai lhe dar tempo de falar à vontade.

Rionna suspirou.

– Não, eu espero. A verdade é que eu poderia usar o conselho de mais de uma mulher. Keeley é recém-casada, afinal de contas.

Um leve rubor aqueceu as bochechas de Keeley e Mairin riu.

– Vou pedir que tragam cerveja, então, aí poderemos conversar. Tem minha palavra que nada passará das portas deste quarto.

Rionna pareceu grata a Mairin, que foi até a porta e conversou com Gannon, o guerreiro que as acompanhara para o andar de cima.

– O som passa fácil pelas portas? – Rionna sussurrou para Keeley.

– Garanto que nada pode ser ouvido do corredor – Keeley disse, com um brilho nos olhos. – Agora, sobre que assunto você quer conversar?

Rionna obedientemente esperou Mairin retornar para a cama de Keeley e, então, lambeu os lábios, sentindo-se muito tola por expor sua ignorância.

– É sobre a cama no casamento.

– Ah – Mairin disse com conhecimento.

– Ah, de fato – Keeley disse, assentindo.

Rionna soltou a respiração com frustração.

– O que preciso fazer? O que devo fazer? Não sei nada de beijar e copular ou... nada disso. São uma espada e uma luta das quais não tenho conhecimento.

A expressão de Mairin se suavizou e a diversão disparou de seus olhos. Ela cobriu a mão de Rionna com a sua e apertou.

– É verdade que, não muito tempo atrás, eu estava na mesma posição que você. Busquei conselho de algumas mulheres mais velhas do clã. Foi uma experiência que realmente me abriu os olhos.

– Sim, assim como eu fiz – Keeley admitiu. – Não é como se nascêssemos com esse conhecimento, e nenhuma de nós teve a mãe para nos guiar em tais coisas. – Ela lançou um olhar que pedia perdão a Rionna. – Pelo menos eu acho que sua mãe nunca conversou sobre esses assuntos delicados com você.

Rionna riu.

– Ela desistiu de mim desde quando meus peitos começaram a crescer.

As sobrancelhas de Keeley se ergueram.

– Seus peitos cresceram?

Rionna ficou vermelha e olhou para seus seios. Seus seios retos. Se Keeley – ou qualquer um – realmente soubesse o que estava debaixo das roupas... Seu marido saberia logo, a não ser que Rionna descobrisse um jeito de consumar um casamento totalmente vestida.

Mairin sorriu.

– Não é tão difícil, Rionna. Os homens fazem a maior parte do trabalho, como devem fazer no começo. Assim que você aprende um pouco, bom, então pode fazer todo tipo de coisa.

– Alaric é maravilhoso no ato de amor – Keeley disse com um suspiro.

Mairin ficou vermelha e limpou a garganta.

– É verdade que não pensei que Ewan fosse muito habilidoso de primeira. Nossa noite de núpcias foi apressada porque o exército de Duncan Cameron estava nos atacando. Foi um insulto que Ewan tomou como exceção e fez bastante esforço para se redimir. Com resultados muito satisfatórios, devo dizer.

As bochechas de Rionna se esquentaram ao olhar as duas mulheres. Os olhos delas se tornaram sonhadores e suaves ao falarem dos maridos. Rionna não conseguia imaginar tendo tal reação por Caelen. Ele era simplemente muito... ameaçador. Isso, essa era uma ótima descrição.

Uma batida na porta interrompeu a conversa e as mulheres ficaram em silêncio. Mairin respondeu, e Gannon entrou, com um olhar desaprovador no rosto.

– Obrigada, Gannon – Mairin disse quando ele colocou a jarra e as canecas na mesinha ao lado da cama de Keeley. – Pode ir agora.

Ele fez careta, mas saiu do quarto. Rionna olhou para Mairin, curiosa para saber por que ela aceitara tal insolência do homem de seu marido. Mairin simplesmente sorriu presunçosamente ao colocar cerveja nas canecas.

– Ele sabe que estamos tramando algo e está morrendo por não falar nada.

Ela deu a Rionna uma caneca e depois, com cuidado, colocou outra na mão de Keeley.

– Isso vai entorpecer a dor – Keeley disse.

– Desculpe, Keeley. Quer que eu vá? Não desejo lhe causar mais dor – Rionna disse.

Keeley bebeu a cerveja e, depois, se recostou de volta nos travesseiros com um suspiro.

– Não. Estou quase ficando louca por estar presa no quarto. Gosto de companhia. Além disso, precisamos acalmar seus medos sobre sua noite de núpcias.

Rionna bebeu sua cerveja, depois estendeu sua caneca para Mairin encher novamente. Ela tinha a sensação de que não iria gostar daquela conversa.

– Não há por que temer – Mairin a tranquilizou. – Não tenho dúvida de que Caelen tomará cuidado com você. – Então ela franziu o nariz. – Agradeça por não ter um exército atacando vocês. A verdade é que eu não gostei da minha noite de núpcias.

Rionna sentiu o sangue ser drenado de seu rosto.

– Shh, Mairin. Você não está ajudando – Keeley chiou.

Mairin bateu na mão de Rionna.

– Tudo ficará bem. Você vai ver.

– Mas o que eu *faço*?

– O que você sabe exatamente? – Keeley perguntou. – Vamos começar assim.

Rionna fechou os olhos arrasada e, depois, engoliu toda a cerveja.

– Nada.

– Oh, querida – Mairin disse. – Eu era ignorante, mas as freiras do convento fizeram um bom trabalho me informando superficialmente.

– Eu acho que você deveria ser honesta com Caelen sobre seus medos – Keeley sugeriu. – Ele seria um bruto ao ignorar a preocupação de uma dama. Se ele tem metade da habilidade de Alaric, você não vai ser deixada sem prazer.

Mairin riu com o elogio, e Rionna segurou a caneca para outra rodada de cerveja.

A última coisa que ela queria era conversar com Caelen sobre seus medos femininos. O homem provavelmente riria dela. Ou pior, a olharia de forma fria e indiferente que a faria se sentir... insignificante.

– Vai doer? – ela falou, sufocando.

Os lábios de Mairin franziram ao pensar naquilo. A testa de Keeley franziu por um instante.

– Não é totalmente prazeroso. No início. Mas a dor passa rapidamente e, se o homem for habilidoso, é bem maravilhoso no fim.

Mairin riu.

– De novo, contanto que não haja um exército atacando vocês.

– Chega de exército – Keeley disse irritada. – Não há nenhum exército.

Então as duas mulheres olharam uma para a outra e riram até Keeley gemer e desabar nos travesseiros.

Rionna só ficou olhando, absolutamente certa de que não queria mais falar sobre isso. Deu um grande bocejo e o quarto girou em curiosos círculos pequenos. Parecia que sua cabeça pesava como uma rocha, e era cada vez mais difícil mantê-la erguida.

Ela se levantou da beirada da cama de Keeley e começou a caminhar até a porta, desaprovando sua covardia. Ela estava agindo... Bom, ela estava agindo exatamente como uma mulher.

Para sua total humilhação, foi parar na janela e piscou confusa pelo vento frio que a atingiu no rosto e com a ponta das peles voando.

– Cuidado aí – Mairin disse perto de seu ouvido.

Ela guiou Rionna para uma cadeira no canto do quarto e a fez sentar.

– Talvez seja melhor se sentar um pouco. Não daria para você descer as escadas, e não queremos que os homens saibam o que estivemos conversando.

Rionna assentiu. Ela se sentia estranha. É, seria melhor se sentar um pouco até o quarto parar de girar de uma forma tão espetacular.

Caelen olhou para as escadas pelo que parecia ser a centésima vez, e Ewan também parecia impaciente. Rionna e Mairin tinham saído há algum tempo. Era tarde da noite e Caelen estava pronto para acabar com toda a comemoração do casamento.

Com o pouco da comemoração. Sua noiva ficara tensa e distante durante toda a cerimônia e, depois disso, se sentara em silêncio enquanto todos comemoravam à sua volta.

Se era para levar em consideração sua atitude, ela estava ainda menos empolgada que ele com a união. Não importava. Eles estavam ligados por obrigação. E agora o dever dele era consumar o casamento.

A virilha dele ficou tensa, e a onda de desejo o pegou de surpresa. Fazia tempo que ele não tinha uma reação tão forte em relação a uma mulher. Mas foi assim desde o dia em que pôs os olhos em Rionna.

Ele sentia vergonha pela reação para com a noiva de seu irmão. Era desleal e desrespeitoso sentir esse tipo de excitação.

Mas não importava o quanto ele se culpasse, não mudava o fato de ela só precisar entrar no recinto para seu corpo ganhar vida.

E agora ela era dele.

Ele buscou a base das escadas mais uma vez e lançou um olhar direto para Ewan. Era hora de pegar sua esposa e levá-la para a cama.

Ewan assentiu, depois levantou. Não parecia importar que o rei ainda estivesse aproveitando intensamente a festa. Ewan simplesmente anunciou que as festividades estavam no fim e que todos deveriam ir para a cama.

Todos se reuniriam de novo de manhã e conversariam. Ewan tinha um legado para reivindicar em nome de sua filha e havia uma guerra para ser planejada contra Duncan Cameron.

Caelen seguiu Ewan para o topo das escadas, onde encontraram Gannon.

– Lady McCabe foi para o quarto há uma hora, quando o bebê acordou para mamar – Gannon disse para Ewan.

– E minha esposa? – Caelen rosnou.

– Ainda está no quarto de Keeley. Alaric está no antigo quarto de Keeley, mas está perdendo a paciência e mais do que pronto para voltar para Keeley.

– Pode dizer a ele que Rionna sairá em um minuto – Caelen disse ao seguir em direção à porta.

Ele bateu, só porque era o quarto de Keeley e não tinha desejo de alarmá-la ao ir entrando. Era um insulto Rionna passar tanto tempo lá em cima, perdendo a maior parte da festa de seu casamento.

Depois de ouvir Keeley permitir sua entrada baixinho, ele abriu a porta e entrou.

A expressão dele se suavizou quando ele viu Keeley quase apoiada casualmente nos travesseiros. Ela parecia estar prestes a sair da cama, e ele se apressou para erguê-la. A exaustão rodeava seus olhos e ela grunhiu quando ele arrumou sua posição.

– Desculpe – ele murmurou.

– Está tudo bem – ela disse com um sorriso discreto.

– Vim buscar Rionna. – Ele franziu o cenho quando percebeu que ela não estava presente.

Keeley assentiu em direção ao outro canto.

– Ela está ali.

Caelen se virou e, para sua surpresa, a viu jogada em uma cadeira encostada na parede, dormindo enquanto roncava, com a boca aberta e a cabeça jogada para trás. Então ele analisou melhor o quarto e viu a jarra de cerveja e as canecas vazias.

Com um olhar desconfiado, xeretou a jarra e viu que estava vazia. Olhou de volta para Keeley, cujos olhos pareciam prestes a se virar de volta para sua cabeça, e então para Rionna, que não se mexera nenhum centímetro. Ele se lembrou de toda a cerveja que ela consumira à mesa lá embaixo e como ela comera pouco.

– Vocês estão bêbadas!

– Talvez – Keeley murmurou. – Quer dizer, provavelmente.

Caelen balançou a cabeça. Mulheres tolas.

Ele começou a andar até Rionna quando a súplica de Keeley o fez parar.

– Seja gentil com ela, Caelen. Ela está com medo.

Ele parou, olhou para baixo para a mulher desmaiada na cadeira e, então, lentamente, virou-se para olhar para Keeley.

– É por causa disso? Ela se embebedou porque está com medo de mim?

A testa de Keeley se crispou.

– Não de você, especificamente. Bom, acho que faz parte disso. Mas, Caelen, ela está amedrontada... sem saber...

Ela parou de falar e ruborizou até as raízes do cabelo.

– Entendi o que quer dizer – Caelen disse grosseiramente. – Sem ofensa, Keeley, mas é um assunto entre mim e minha esposa. Vou levá-la agora. Você deveria estar descansando, não consumindo quantidades enormes de cerveja.

– Ninguém nunca te disse que você é muito rigoroso? – Keeley lamentou.

Caelen se abaixou e passou os braços pelo corpo leve de Rionna e a ergueu. Ela pesava quase nada e, para sua surpresa, ele gostava de senti-la em seus braços. Era... bom.

Ele foi até a porta, rosnou uma ordem para Gannon, que sabia que estava do outro lado, e a porta rapidamente abriu. No corredor, Caelen encontrou Alaric, que ergueu uma sobrancelha questionadora.

– Cuide da sua própria esposa – Caelen disse rudemente. – Ela provavelmente está inconsciente agora.

– O quê? – Alaric perguntou.

Mas Caelen o ignorou e continuou a ir para o quarto. Ele abriu a porta com o ombro e, gentilmente, deitou Rionna na cama. Com um suspiro, deu um passo para trás a fim de observá-la.

Então a guerreirinha estava com medo. E, para fugir dele, ela bebera até cair. Pouco elogioso para Caelen, mas não podia culpá-la. Ele não tinha sido... Bom, ele não tinha sido várias coisas.

Balançando a cabeça, começou a despi-la até ela ficar só com as roupas de baixo. Suas mãos tremiam ao passá-las pela roupa de linho fina sobre o corpo dela.

Ele não conseguia ver nada de seus seios. Ela era uma mulher magra e não tinha muito seio. Seu corpo era esguio e tonificado, diferente de qualquer mulher com quem ele estivera.

Caelen estava ansioso para erguer a bainha da camisola e puxá-la do corpo dela até que ele pudesse vê-la nua. Era seu direito. Ela era sua esposa.

Mas não conseguia fazer isso.

Ele poderia acordá-la agora e exigir seus direitos de marido, porém tinha um desejo repentino de ver os olhos dela se esquentarem com o mesmo desejo que ele sentia. Queria ouvir seus gritos suaves de prazer. Não queria que ela sentisse medo.

Ele sorriu e balançou a cabeça. Quando ela acordasse de manhã, provavelmente teria uma dor de cabeça devastadora e se perguntaria o que aconteceu na noite anterior.

Caelen poderia ter consciência que tomaria o que era dele por direito quando Rionna estivesse preparada para se render de corpo e alma, mas isso não significava que ela tinha que saber disso imediatamente.

Ele se deitou na cama ao lado dela e puxou a pele pesada sobre ambos. O cheiro do cabelo dela entrou pelo seu nariz, e o calor do corpo dela o atingiu.

Murmurando um xingamento, ele se virou para o outro lado para não encará-la.

Para seu desalento, ela murmurou algo enquanto dormia e, então, aconchegou-se nas costas dele, com seu corpo quente e exuberante moldado tão apertado ao dele que ele não teria um minuto de sono naquela noite.

MAYA BANKS

AUTORA BEST-SELLER DO *THE NEW YORK TIMES*

Ela queria ensiná-lo a amar. Ele só queria possuí-la. Mas por trás deste guerrei
feroz existe um homem apaixonado, capaz de surpreender sua amada...

UNIVERSO DOS LIVROS

Atraída por um Highlander

Irmãos McCabe, volume 1

Ewan McCabe, o mais velho dos irmãos, é um guerreiro determinado a dizimar seu inimigo. E o agora é um momento oportuno para a batalha, já que seus homens estão prontos e Ewan está preparado para pegar de volta o que lhe pertence; contudo, uma tentação de olhos azuis e cabelos negros adentra seu castelo e sua vida. Mairin pode ser a salvação do clã de Ewan, mas, para um homem que sonha com vingança, os assuntos do coração são um território insignificante para conquistar.

Filha ilegítima do rei, Mairin tem uma propriedade valorizada que a tornou o centro de um jogo de interesses e reticente no amor. Seus piores medos vêm à tona quando ela é resgatada do perigo só para ser obrigada a se casar com seu salvador carismático e autoritário, Ewan McCabe. Mas a atração por seu novo marido robustamente poderoso a faz implorar por seu toque surpreendentemente gentil; seu corpo ganha vida sob aquele controle sensual. E, conforme a guerra se aproxima, a força, a alma e a paixão de Mairin desafiam Ewan a derrotar seus demônios e se entregar a um amor que vale mais do que vingança e dinheiro.

Montgomery e Armstrong

Seduzida por um Guerreiro Escocês

Uma mulher extraordinária que ensina
um rude guerreiro a ouvir com o coração

MAYA BANKS

Autora best-seller do *The New York Times*

UNIVERSO DOS LIVROS

Seduzida por um guerreiro escocês

Montgomery e Armstrong, volume 1

Eveline Armstrong é imensamente amada e protegida por seu clã, mas as pessoas a consideram diferente, poisapesar de ser linda e encantadora, a moça sofreu um acidente que lhe causou sequelas não só psicológicas, mas também físicas, visto que ela ficou surda. Satisfeita com sua vida reclusa, ela aprendeu a ler lábios e permitiu que o mundo a enxergasse como uma tola. Contudo, quando um casamento arranjado a torna esposa de Graeme Montgomery, integrante de um clã rival, Eveline aceita seu destino – despreparada para os deleites que viriam. Enredado pelos mistérios de Eveline, cujos lábios silenciosos são cheios de tentação, Graeme vê seu casamento ameaçado devido às rivalidades entre clãs e agora deverá enfrentar inúmeras adversidades para salvar a mulher que lhe despertou tanto amor.

O MAIS DESEJADO DOS HIGHLANDERS

Montgomery e Armstrong, volume 2

Genevieve McInnis está presa no castelo McHugh, no cativeiro de um líder cruel que tem grande prazer em mantê-la distante de qualquer outro homem. Mas, quando Bowen Montgomery invade os portões em uma missão de guerra, Genevieve redescobre a vontade de viver. A sensualidade robusta de Bowen atiça nela uma sensação profunda que anseia por ser prolongada mediante carícias pacientes e gentis. Algo quente, louco e tentador.

Bowen toma conta do castelo de seu inimigo, despreparado para a misteriosa e reclusa mulher que captura seu coração. Ele está encantado com sua determinação feroz, sua beleza incomum e sua força silenciosa e infalível. Contudo, para cortejá-la, será necessário mais do que a habilidade de um sedutor experiente. Ele descobre que amar Genevieve significa devolver a liberdade que lhe foi roubada, mesmo que isso signifique perdê-la para sempre.